에너지 전쟁
2030

EVERYTHING STARTS
RIGHT HERE
RIGHT NOW

에너지 전쟁
2030

새시 로이드 장편소설 | 김현수 옮김

살림Friends

SACI LLOYD

베로니크 백스터, 레이철 웨이드, 올리 라이언스,
헤릭 무코디, 매트 클라크, 댄 에드워즈,
이브라힘 아부 아쉬, 살림 아텍, 캐런 셸비,
그리고 뉴빅의 동료들과 제자들에게 감사드리며.

차 례

일러두기

1. 이 책의 원서는 사건의 현장성과 위기감을 살리기 위해 모두 현재시제로 쓰여 있습니다. 원작자의 문체를 그대로 살리고 최대한 원서를 그대로 전하기 위해 번역 또한 현재시제로 하였음을 알려 드립니다.

2. 家[jiā]: 중국어식으로 '지아'로 읽습니다. 작가가 소설 내에서 설정한 가상의 네트워크로, 전 세계 회원 수가 40억 명으로 추산되는 중국 방송사 퓨처랙스(Futurax)의 글로벌 소셜 네트워크 포털을 뜻합니다.

3. 이 책의 원제는 모멘텀(Momentum)입니다. 이 작품에서 상징하는 바가 있어 따로 번역하지 않고 원래 용어를 그대로 살려 두었습니다.

＊모멘텀(Momentum) : 물체가 한 방향으로 지속적으로 진행하며 빨라지고 강해지는 경향을 뜻합니다. 물리학 용어로는 동력(動力)을 말하며 추진력, 여세, 타성이라고도 합니다. 일의 진행에 있어서의 탄력, 가속도를 뜻합니다.

세상의 모든 아웃사이더들을 위하여

1

아파트 옥상 끝에 올라 선 헌터, 요령은 이미 알고 있다. 점프하기
좋은 자세를 잡고 발가락을 바깥쪽으로 약간 내밀었다. 몸의 긴장
을 풀고, 무릎은 살짝 굽혔다. 점프 거리를 극대화하기 위해서는 팔
을 앞으로 뻗은 채 몸 전체로 도약해야 한다. 움직임이 단순해야 하
고, 5미터 정도 떨어진 건너편 옥상에 집중하기만 하면 된다. 관건
은 '모멘텀'. 높이나 추락 따위에 정신을 팔면 안 된다. 오직 목표물
에 집중해야 한다. 알아야 할 건 정말 다 알고 있다.

'그러니까 헌터, 다리를 살짝 굽히고 긴장 풀고 팔을 앞으로 내던
져…….'

몸이 떨린다. 너무 오랫동안 이 자세로 서 있었다. 빌딩 옆으로 바
람이 한줄기 불어와 모래와 플라스틱 조각이 헌터의 몸을 휘감는

다. 헌터는 자신이 서 있는 빌딩과 바로 옆 빌딩과의 사이, 14층 높이의 골을 내려다본다. 공포가 느껴진다. 그 느낌이 좋다. 아니, 싫다.

'이런 짓, 불법이야. 다칠 수도 있어.'

마치 거울 속 나에게 말하는 것 같다.

'이게 바로 지금 너의 모습이야.'

아, 왜 아래쪽을 내려다봤을까? 헌터는 긴 숨을 내쉰다.

'도저히 못하겠어, 오늘은 아니야. 이런 멍청한 놈.'

헌터는 사우스스퀘이 건물 옥상 끝에 걸터앉아 껌을 하나 꺼내 들고, 손으로 바닥을 짚어 뒤로 기댄 채 발 뒤꿈치로 벽을 툭툭 친다. 옆에는 텅 비어 폐허가 된, 다 쓰러져 가는 건물들이 비밀을 몽땅 까발리듯 속을 훤히 내어 보이고 있다. 아무도 볼 리 없지만……. 이걸 보는 사람이 없다기보다는 이곳에 오는 사람이 아예 없다는 편이 더 맞다. 물론 헌터가 아는 사람 중에만 없는 걸지도 모른다. 빈민가 사람들조차 이렇게 물 가까이에는 살지 않는다. 여기 왔다는 걸 아버지가 알게 되는 날엔 죽음이다. 하지만 그럴 일은 절대 없을 테니 당장은 그딴 거 상관없다.

점프를 하지 못했다는 생각은 점차 희미해진다. 헌터는 황량한 건물들을 훑어보며 도시 외곽의 무질서한 콘크리트 더미 위로 보석처럼 흩뿌려지는 정교한 움직임(떨어지고, 기어오르고, 달리고, 비틀고, 도약하고, 뛰어오르는 모습)을 상상해 본다. 상상하는 것만으로도 얼굴에 미소가 번진다. 상상 속에서 헌터는 가장 높은 곳에 있다. 발아래의 모든 게 온전히 그의 것이다.

잠시 헌터는 고요를 음미한다. 서쪽으로 불과 몇 블록 떨어진 곳에는, 세인트 캐서린 도크 지역의 값비싼 고급 아파트들이 음울한 스카이라인을 뚫고 삐죽삐죽 솟아 있다. 하지만 이곳에는 인공 에너지에 의한 그 어떤 잡음도, 소리도, 불빛도, 진동도 없다. 아무것도 없다. 헌터는 온몸을 쭉 뻗고 진짜 자신의 모습을 느낀다. 그의 몸은 23.5도 기울어진 축을 따라 자전하며, 곧 폭발할 듯한 헬륨 폭탄 주위를 공전하는 돌덩어리, 그리고 그 돌덩어리에 묶여 있는, 피와 뼈를 싸고 있는 연약한 껍데기일 뿐이다. 하지만 동시에 너무나 고요한, 즉 아무 소리 없는 완벽한 공학의 산물이다.

맞은편 건물, 짙은 색 복장을 한 남자 셋이 12층에 나타난다. 한 남자는 계단 위에서 기다리고 나머지 둘은 복도로 걸어간다. 일부러 발소리를 죽이고 가다가 끝에서 세 번째 빨간 문 앞에 선다. 앞서 있던 남자가 외시경을 통해 안을 들여다본다. 반대편에서 그를 노려보고 있던 소년에게 그 남자의 눈은 거대하게, 물고기 눈처럼 다가온다. 소년의 눈동자가 커진다. 그들 사이에 놓인 것은 얇은 나무판 한 장뿐이다. 문밖의 남자는 잠시 문짝에 귀를 갖다 대더니 고개를 저으며 뒤로 물러난다. 남자가 동료에게 손짓한다.

이윽고 두 남자가 함께 어깨로 문을 들이받자 문짝이 떨어져 나가고 둘은 집 안에 들이닥친다. 하지만 이미 대비하고 있던 소년은 남자들이 잠시 균형을 잃은 틈을 놓치지 않고 그들을 타 넘어 콘크리트가 다 드러난 복도로 착지한 후, 방향을 틀어 계단을 향해 내

달린다. 계단에 서 있던 남자가 고함을 치며 총구를 올리지만 소년은 더 이상 그쪽으로 달리고 있지 않다. 어느새 천정의 철근 레일로 몸을 날려 매달렸다. 소년은 발로 남자의 머리를 잡은 후 벽에 찍는다. 그러고는 날렵하고 정돈된 움직임으로 얼룩덜룩한 바닥으로 내려온 뒤 계단 난간을 넘어 아래층으로 뛰어내린다.

계단 맨 아래쪽에 착지한 소년은 반대쪽을 향해 복도를 내달리기 시작한다. 위층에 있던 남자 둘이 소리를 치며 달려 내려오고, 아래쪽에 있던 남자는 그 소리를 듣고 계단을 올라오고 있다. 소년은 그 사이에서 꼼짝없이 잡힐 상황이다. 소년은 0.1초 정도 망설이더니 방향을 튼다. 그리고 그 건물의 벽 쪽으로 뛰어올라 수도관을 붙잡고 먼저 문 위쪽의 좁은 창을 발로 깬 후, 유리 조각들 사이로 몸을 밀어 넣어 안쪽에 착지한다. 소년을 쫓아 복도로 쏟아져 나온 남자들은 코흐 MP7 기관단총으로 문을 산산조각 낸다. 잠시 정적이 흐르더니, 갑자기 발코니 문이 날아가고 소년이 테라스로 굴러 나와 철제 난간 위로 몸을 회전시켜 외벽 파이프를 타고 미끄러져 내려간다. 잠시 후, 낡은 건물 안에서 총성을 울려 대며 남자들이 발코니에 나타난다.

헌터는 이 광경을 다 보고 있다. 소년의 등 뒤로 총탄들이 날아와 벽을 벌집으로 만들어 놓는다. 소년은 울퉁불퉁한 벽면을 필사적으로 기어오르더니 엘리베이터 속으로 몸을 던진다. 탈출을 위한 마지막 시도다. 헌터는 숨이 막힌다. 저 소년은 마치 짐승 같다. 반은 짐승인 인간. 그때, 헌터의 눈에 아래편에 서 있는 무장된 지프,

죽음의 마차라 불리는 '까베이라오'가 눈에 들어온다. '코삭'이다! 지붕 가장자리를 붙들고 납작하게 엎드린 헌터의 심장은 요동치기 시작하고, 손가락 밑에서 벽돌 조각이 바스러진다. 그들 눈에 띄면 안 된다. 하지만 소년은, 어디 있는 거지? 도망치라고 알려 줘야 하는데…….

아, 저기 있다! 소년은 엘리베이터 수직통로에서 몸을 던져 건물 끝에 걸려 있는 밧줄을 향해 공중으로 날아오른다. 소년의 몸이 바깥쪽으로 아치를 그린다, 지구 저 위편으로 우아하고 아름다운 곡선을 만들며. 그리고 아주 빛나는 한순간, 모든 것이 사라진다. 오직 소년과 하늘과 곡선뿐. 밧줄은 잘 보이지도 않는다. 그의 몸이 밑으로 떨어지기 시작하는 순간, 소년은 공중에서 밧줄을 깔끔하게 잡아채 단단히 붙들고, 모멘텀을 이용해 건물 전면에 커다란 활 모양 곡선을 그린다. 그렇게 엄청나게 큰 폭으로 몸을 밀어 올려 다 부서져가는 벽을 가로지르고, 중력의 법칙을 거스르며 평지를 뛰듯 달려서 이내 건물의 북쪽 끝에서 사라져 버린다.

헌터는 몸을 낮춘 채, 다 부서진 타일 위를 기어 옥상의 반대편으로 가 본다. 소년을 놓치고 싶지 않다. 화재 비상 사다리에 도착한 소년은 엄청난 보폭으로 미친 듯이 내려가고 있다. 하지만 코삭 군인 하나가 2층 발코니에서 불쑥 나타난다. 그가 총을 겨눈다. 소년은 그를 보지 못한다. 헌터가 비명을 지르지만 아무 소리도 나지 않는다. 고함을 쳐도 정적뿐이다. 헌터의 소리가 들렸다가는 그도 죽은 목숨이다. 일단 죽인 다음에 그가 누군지 확인할 것이다.

바로 그때 날카로운 금속의 번쩍임이 창공을 가른다. 그런데 어깨에서 피가 솟구치며 떨어지는 것은 군인이다. 헌터는 고개를 돌린다. 방금 뭐였지? 건물 저 아래편 문가에 얼핏 어떤 움직임이 눈에 띈다. 그리고 비명 소리가 바람에 실려 올라온다. 소년의 머리가 이리저리 움직인다. 잠시 죽은 듯이 멈춰 있더니 이제는 반대 방향으로 재빨리 비상 사다리를 타고 오르기 시작한다. 하지만 코삭 군인들도 조여들고 있다. 소년이 열세다. 총성과 고함소리가 꽉 막힌 벽 안을 타고 울린다. 도저히 더는 볼 수 없어 헌터는 눈을 반쯤 감는다. 저 아이가 해낼 수 있을까? 불가능해. 하지만 소년은 마지막으로 비상 사다리 끝에서 필사적으로 몸을 날려 지붕 홈통 파이프에 매달린다.

숨 막히는 순간이 흐르고, 소년은 걸쇠가 달린 플라스틱을 손가락으로 붙잡고, 위로 올라갈 만한 발받침을 필사적으로 찾고 있다. 그리고 해낸다. 소년은 어느새 지붕 위에 있다! 잠시 잠깐도 멈추지 않고 소년은 옥상 위를 달리고 있다. 헌터가 있는 건물 쪽으로 곧장. 건물과 건물 사이를 점프하기 위해 속도가 높아지고, 근육, 뼈, 힘줄이 팽팽해지며 솟아오른다. 그리고 건물 끝에 다다라 텅 빈 공간으로 몸을 띄우자 소년은 두 팔을 앞으로 던진다. 그의 온몸 전체가 오로지 하나의 생각, 하나의 움직임뿐이다. 앞으로! 중력과 싸우는 그의 몸이 탁 트인 공간으로 날아오른다.

성공할 것 같아! 헌터는 숨을 멈춘다. 그런데 그때 마치 갈가리 찢기듯이 소년의 몸이 일그러진다. 두 팔은 축 늘어지고 두 다리는 옆으로 빗나간다. 모든 움직임이 멈추고 모멘텀도 파괴된다. 그의 가슴 위로 비가 내리듯 붉은 구멍들이 찍힌다. 그 모든 에너지와 우아함이 산산조각 나고, 소년의 몸은 마치 돌덩이처럼 하늘에서 뚝 떨어진다.

헌터는 건물 끝으로 기어가 소년이 어디로 떨어졌나 보기 위해 눈을 크게 뜬다. 마치 제 심장 박동이 멈춘 것 같고, 자기가 죽어 길거리에 내버려진 것만 같다. 코삭에게는 그저 더러운 '아웃사이더' 아이 하나가 죽은 것뿐일 테지만, 저 아래 지하층에서 석궁을 숨기고 있는 여자아이, 우마에게는 가슴이 무너질 듯 슬픈 목숨이다. 여자아이는 잠깐 위쪽을 보다가 헌터를 발견하고 얼어붙는다. 저건 누구지? 나를 봤을까? 코삭의 스파이? 혹시 모르니 누군지 알아봐야겠어. 우마가 가만히 쉿 소리를 내자 문가를 지키고 있던 개 한마리가 고개를 들어 맑고 푸른 눈으로 우마를 본다.

우마는 엄지로 지붕 쪽을 가리킨다.

"류바, 저 애를 따라가. 어디서 온 녀석인지 알아봐, 알았지?"

개는 몸을 쭉 펴고 일어나 문가에 잠시 멈춰 서서 빨간 귀 끝을 세우고 소리를 유심히 듣는다.

"잠깐! 코삭들이 간 게 확실해지면 가야지."

개가 끄응 소리를 낸다.

"너, 내가 못 알아들을 것 같아?"

하지만 은빛 몸을 그림자 속으로 숨기며 류바는 이미 가고 없다.

우마가 소매로 눈물을 닦는다. 빈민가 건물의 이 더러운 구석에선, 툭하면 먼지가 눈에 들어간다.

두 시간 후, 옥스퍼드 가 야시장을 지나 더러운 '家[지아] 바'로 들어서자 안도감에 숨을 내쉰다. 나의 홈그라운드! 헌터는 토사물 찌꺼기와 쓰레기가 널린 이 암울한 분위기에 적응하기 위해 잠시 입구에 멈춰 선 채로 여기가 평소보다 더 더러운 건지 아니면 오늘밤유독 자신이 까다로운 건지 생각한다.

이곳은 살아 있다. 그것만은 확실하다. 적어도 100명은 되는 남자아이들이 각자의 RET(망막이라는 뜻의 Retina에서 따온 말 – 옮긴이) 스캔에 접속해 고함을 질러대며 가상현실 속 3D 몬테카를로 트랙에 자기 차를 갖다 박고 있다. 번쩍이는 조명 사이로 저 끝에는 한무리의 여자아이들이 시뮬레이션 보이들과 노닥거리고 있다. 그 아이들이 깔깔대고 떠들어대는 소리가 심장을 쿵쿵 울리는 뭄바이코어 음악을 뚫고 들려온다.

"헌터!"

헌터가 돌아본 곳엔 삐죽삐죽 웃자란 모히칸 스타일 머리의 깡마른 아이가 허리에 손을 올리고 서 있다.

"헤이, 힝구, 어히 가허허?"

헌터가 얼굴을 찌푸린다.

"뭐라고?"

"던하해도 던하도 어꾸."

"리오……. 아무것도……."

베이스 소리가 초 저음역대로 떨어지자 헌터의 갈비뼈가 통째로 우르르 떨린다. 결국 헌터는 리오의 어깨를 잡아끌고 거리로 나온다. 문이 닫히자 소리는 안에 갇혀 버린다.

헌터가 몸을 앞으로 내민다.

"대체 뭐라 그런 거야?"

리오는 손가락으로 헌터의 가슴팍을 찌른다.

"야, 니가 도아하는 그 후히라는 애가 왔더. 그래서 던화했자나!"

당황한 헌터는 리오의 오른쪽 눈을 덮고 있는 초경량 렌즈 너머로 그의 얼굴을 빤히 본다. 대체 무슨 말을 하는 거야? 그러다 곧 헌터의 얼굴에 미소가 번진다.

"수지? 수지가 여기 왔다고? 리오, 이 자식, 너 또 엑스트라 먹었어?"

리오는 손바닥으로 자기 볼을 쳐서 공기를 터뜨리더니 헤헤 하고 웃는다.

"어, 먹어허."

말라 엑스트라 누들. 감각이 마비될 정도의 초강력 매운맛으로 악명 높다. 일단 한번 맛보면 사랑에 빠질 수밖에 없다. 원래 사천 지방에서는 썩은 고기 맛을 감추려고 만들었다지만, 어느 미치광이 생화학자의 실험실에서 매운맛이 성공적으로 업그레이드된 것이다. 한 그릇을 먹으면 지옥에 떨어질 듯 죽도록 맵고, 두 그릇을 먹으면 그 매운맛에 천국에 오르는 것 같으며, 세 그릇을 먹으면 두개골에서 전두엽이 발사되는 듯하다. 리오 웰링턴 산티아고 다 실바는 최소 세 그릇은 먹는 친구다. 이제 리오는 보도 위에서 발을 질질 끌며 문워킹을 선보이고 있다.

헌터는 고개를 내젓는다.

"배고파 죽겠어. 좀 조용한 데 가서 뭐 좀 먹자. 말해 줄 사건이 있어."

"하껀?"

"그래, 리오. 큰 하껀."

헌터는 리오의 머리를 툭 친다.

"그리고 그 독한 것 좀 작작 먹어, 이 멍청아. 난 지금 리오 실바의 정상적인 뇌가 꼭 필요하단 말이야."

리오는 헌터에게 가볍게 박치기를 하고 툭툭 치는 것으로 대답을 대신한다. 그리고 문을 밀자, 토사물로 코팅된 질척질척한 '家 바'의 내부가 두 아이를 다시 삼킨다.

30분쯤 뒤, 리오는 식당 뒤쪽의 부서진 의자에 꾸부정하게 앉아, 우툴두툴한 테이블에 놓인 빈 콜라 캔을 손가락이 하얘지도록 찌그러뜨린다. 얼굴의 웃음기도, 말라 국수 때문에 새던 발음도 완전히 싹 사라졌다.

　"안 좋아."

　헌터가 고개를 끄덕인다.

　"알아."

　"아니, 넌 몰라. 넌 그게 무슨 멋진 경험인 것처럼 말하고 있잖아. 하지만 난 그게 어떤 건지 알아. 나는 빈민가에서 살았고, 거기서 빠져나오는 데 정말 오래 걸렸어. 대체 왜 거기서 헛짓하고 있는 거야? 왜 복잡하게 얽히려는 거야?"

　"얽히려는 거 아니야. 그냥 거기 있었던 것뿐이야."

　"프리러닝(주변의 환경, 건물, 장애물 등을 이용해서 동작을 선보이는 곡예의 한 형태, 주로 장애물이 많이 있는 체육관이나 도시에서 연습한다. ─옮긴이)인지 뭔지 그 멍청한 짓 하고 있었어? '시민'들은 점프 같은 거 하지 않아. 너도 알잖아, 그런 건 아웃사이더 애들이나 하는 거라고. 네가 빈민가에서 그런 짓을 하는 걸 코삭들이 보면 바로 해치워 버릴걸. 일단 널 쏘아 떨어뜨린 다음에 실은 네가 겁쟁이 부잣집 백인 아이였다는 걸 알게 되겠지."

　헌터는 밥이 들어 있던 도시락을 옆으로 치워 버린다.

　"그래, 그렇다 쳐. 그래도 난 어쨌든 지금 살아 있어. 家에 24시간 내내 접속해 있지는 않잖아, 무슨 뇌사상태 거시기처럼."

리오의 입 꼬리가 비웃듯이 올라간다.

"거시기가 뭔데?"

"너."

"그런 말은 있지도 않고, 있다 해도 난 그런 거 아니거든."

"맞거든. 네가 가진 거라곤 산소결핍 뇌밖에 없잖아. 척수에 달려 있는 곤죽 덩어리지. 넌 RET스캔 없이는 화장실도 못 가잖아."

리오가 헌터에게 다가온다.

"내 손으로 뭘 해야 하는지는 나도 알거든. 믿어라, 쫌."

헌터가 웃는다.

"그래, 그렇다고 해 줄게. 하지만 진짜 맨몸으로 있었던 게 대체 언젠데……. RET 없이 길거리를 다닌 게 언젠지 생각나?"

리오는 얼굴을 찡그리더니 귀에서 오른쪽 눈까지 이어지는 얇은 반투명 헤드셋을 톡톡 두드린다.

"몰라. 난 이걸 사랑해. 싫어하는 사람은 없어, 너 빼고, 이 괴상한 놈아. 家로 접속하면 현실이 훨씬 더 멋져 보여. 그렇다고 남한테 피해를 주는 것도 아니고. 네가 하는 짓이야말로 문제지. 그렇게 계속 빈민가에서 점프를 하다가는 언젠가 큰코다칠걸. 당장 그 자리에서 쏴 버리지 않는다 해도 코삭들이 체포할 거고, 그럼 그 기록이 천년만년 남겠지. 암만 네가 기술 1계급인 신의 몸이라 해도 신분증은 깨끗하게 지키는 게 좋을 거야."

"좀 더러워지면 어때?"

헌터와 리오가 동시에 고개를 든다. 테이블 위로 몸을 기댄 여자아이가 어찌나 매력적인지 그 애 몸에서 페로몬 증기가 뿜어져 나오는 것 같다.

리오가 침을 꿀꺽 삼킨다.

"아무것도 아냐, 수지. 그냥 이 바보놈한테 얘길 하는 중이었어……. 그러니까 그……."

헌터가 끼어든다.

"나도 정상적으로 살려면 다른 사람들처럼 RET스캔을 써야 한다는 뭐 그런 얘기."

수지가 시선을 낮게 깔자, 그녀의 보랏빛 눈빛이 헌터에게 박힌다.

"아, 아웃사이더 얘기? 어머, 그런 불법 대화를 해도 되는 거야? 그리고 헌터, 그때 내가 말한 것에 대해선 아직 대답 안 했어."

헌터가 이마를 찡그린다. 아, 수지는 정말 아름답다. 하지만 그 죽은 소년……. 그리고 코삭……. 오늘밤엔 도저히 이 여자애와 놀 기분이 아니다.

"내 신분증을 깨끗하게 유지하려면 합법적인 것만 하라고 리오가 말하는 중이었어. 그런데 난 그보단 진짜 삶을 살아야 한다고……. 그러니까 피하려고만 하는 것보단……."

"뭘 피해? 더러워지는 걸?"

헌터는 온몸의 피가 관자놀이 쪽으로 솟구치는 느낌이다. 수지가 다정한 미소를 짓는다.

"이를테면?"

온몸의 핏줄을 타고 욕망이 폭발하는 것 같다. 수지가 더 가까이

다가온다. 이 향기는 뭐지? 마치 마약 같아. 하지만 뭔가 잘못되었다는 느낌이 든다. 헌터는 자기가 그녀를 좋아하게 돼 있다는 것을 안다. 정말로 좋아한다. 하지만 지금 이 순간은 뭔가 옳지 않은 느낌이다. 이런 상태로는 그의 몸이, 그의 심장이 뛰지 않을 것이다. 헌터는 그의 두 손만 내려다본다.

수지가 토라진다.

"할 말 없어? 너 진짜 나한테 아무 말도 안 할 거야?"

헌터는 곤란한 표정을 짓는다.

"응."

수지가 어찌나 가깝게 다가오는지 몸의 열기까지 느낄 수 있다. 숨을 쉴 수가 없다. 그녀의 머리카락이 헌터의 볼을 쓸고 지나간다.

"됐어, 그럼. 난 너와 나 사이에 뭔가 있는 줄 알았어."

수지가 돌아서서 가 버린다. 잠시 후, 헌터는 몸을 돌려 수지가 천천히 바를 가로질러 사람들 무리 속으로 사라지는 모습을 바라본다. 그리고 머리를 흔든다. 그녀를 차 버리다니. 방금 내가 한 짓인데도 믿을 수가 없다. 헌터는 몇 달 전부터 수지에게 작업을 걸어왔다. 다른 여자는 쳐다보지도 않았다. 한 치의 오차도 없던 열 추적 미사일이 우주로 날아든 지 1분도 채 안 돼서 갑자기 불타는 난파선이 된 꼴이다. 제대로 박살나서, 연기만 피워 올리며 네바다 사막에 처박힌 고물 덩어리가 바로 나다. 테이블로 돌아오자 리오의 눈알이 튀어나오려고 한다.

"지금 대체 뭔 짓을 한 거야? 네가 수지를 원하는 게 아니었다면 진작 내가 나섰을 거라고. 멍청한 자식. 계집애같이 얼굴만 반반해 가지고."

헌터는 손으로 머리를 만지며 다시 정신을 차리려고 애쓴다.

"리오, 난 심각하다고……. 지금 너한테 뭔가 중요한 걸 얘기하려 고 하잖아. 오늘 밤에 어떤 애가 살해되는 걸 봤어. 너한텐 그게 아 무 일도 아니야?"

리오는 주먹으로 콜라 캔을 내리친다.

"너한테 기회가 왔는데 네가 날렸어, 알아? 걔가 스스로 네 앞 에 왔다고. 그리고 걔한텐 루이스라는 죽여주는 친구도 있단 말이 야. 부활절 연휴 2주 동안 걔네들이랑 끝내주게 놀 수 있었는데, 이 젠……."

"리오!"

리오가 한숨을 쉰다.

"그래, 헌터. 그 일이 아무 일도 아니라는 건 아니야. 하지만 네 똥 이 아닌 똥에 신경 쓰기 시작하는 순간 곧장 네가 똥통으로 직행하 게 된다는 걸 알아 두라고. 난 지금 내 문제들만으로도 머리가 터질 지경이야. 죽은 아이는 안됐지만, 어차피 아웃사이더잖아. 자기가 선 택한 삶이야. 그러니까 그만 신경 꺼."

갑자기 바 안의 빛과 소리가 일제히 사라진다. 꽤 오랜 시간 동안 공간 전체가 칠흑 같은 고요 속에서 숨 쉬고 있다. 들숨, 날숨, 들숨, 날숨. 끈기 있는 기다림이 계속된다. 이 안에 있는 사람들은 어둠 속 에 내던져 지는 게 익숙한 사람들이다. 그러다 갑자기 어떤 남자애가 가짜 비명 소리를 지르자 주위의 아이들이 웃음을 터뜨린다. 그러고는 다시 정적이 흐른다. 들숨, 날숨, 들숨, 날숨이 반복되다가 곧 에너지가 다시 공급된다. 몬테카를로 경주 트랙 화면이 '완전몰입' 모드로 나타나고 육중한 베이스음이 다시 스피커에서 울려 나온다.

헌터가 재킷을 집어 든다.

"왜 이러지? 오늘만 벌써 다섯 번째 정전이잖아. 전철 연료가 다 떨어지기 전에 집에 가야겠어. 넌 안 가?"

리오가 손가락으로 RET스캔의 전원스위치를 더듬으며 고개를 젓는다.

"안 가. '지옥의 주방 뒷방 싸움꾼'이란 새 프로그램을 받았어. 치명적인 기술들을 배울 수 있을 것 같은데, 너도 나랑 같이 한판 뜨자. 우리 연습 좀 해야지. 런던 家 파이터 결승이 내일이잖아."

헌터가 고개를 젓는다.

"왜?"

리오는 상처받은 표정이다.

헌터는 그의 가장 친한 친구를 물끄러미 본다.

'왜냐하면 그건 진짜가 아니기 때문이야, 리오. 네가 웃통을 벗어젖히고 지옥의 주방 뒤편에 서서, 만신창이가 된 얼굴로 피를 뚝뚝 흘리고 있어도 실제로 너는 어떤 고통도, 어떤 공포도 전혀 느끼지 못하잖아. 이제 그런 건 내게 더 이상 아무 의미가 없어.'

헌터는 미소를 지으며 배를 문지른다.

"아니 그냥, 아까 계란볶음밥을 많이 먹었더니 좀 둔해진 느낌이야. 메이메이를 불러. 걘 패싸움이라면 꼭 끼잖아."

리오가 고개를 끄덕인다.

"좋아. 하지만 내일 결승엔 꼭 나오는 거지? 나 바람맞히는 거 아니지?"

헌터가 씩 웃는다.

"당연하지. 내일 우리 집에서 아홉 시에 꼭 보자."

바 입구에서 헌터가 잠시 멈춘다. 비가 가볍게 내리는 옥스퍼드 가는 시장의 불빛들로 반짝이고 있다. 헌터는 재킷의 깃을 목으로 바짝 당기며 밖으로 나선 후, 본드 가의 전철역을 향해 왼쪽으로 꺾는다. 예쉬 야시장의 불빛들이 흔들리며 은은히 빛나고 있다. 반짝반짝 빛나는 싸구려 물건들, 깔깔거리는 여자들, 팔짱 낀 사람들, 꽈배기와 도넛 튀기는 냄새가 진동하는 달콤한 공기, 그리고 뭄바이 테크노 음악의 정신없는 비트와 함께 계속 앞으로, 앞으로 밀려가는 수백 명의 사람들이 뒤섞여 있다.

헌터는 인력거나 픽업트럭이라도 잡아 탈 수 있을까 해서 인파를 헤집고 보도 끝으로 나간다. 그런 것들은 작디작은 엔진이 터질 지경이 될 때까지 번화가를 요리조리 누비며 잘도 간다.

그러다가 헌터는 갑자기 멈춘다. 무언가가 그의 뒤를 따라오는 느낌이다. 마치 누군가가 자기를 지켜보고 있는 것처럼. 뒤돌아보지만 아무도 없다. 언제나처럼 사람이 넘쳐나는 거리일 뿐이다. 헌터는 고개를 흔든다. 자기를 대체 누가, 뭐하러 지켜보겠냐고. 헌터는 다시 옷깃을 더 바짝 끌어당기고 발길을 재촉한다.

류바는 헌터가 몇 발짝 더 가기를 기다린 후, 말고 있던 꼬리를 풀고 다시 우아하게 옥스퍼드 가를 따라 바삐 움직인다.

밤이 내릴 무렵 우마가 보우 빈민가의 '리틀 로마 번화가'를 지나
고 있다. 우마는 그저 빨리 집으로 돌아가 하루를 끝내고픈 마음뿐
이다. 주위의 거리가 깨어나고 있다. 오늘 밤에 '클럽 바일레의 스피
커 50대' 파티가 있다. 한 달 중 가장 대대적인 밤샘 파티가 열린다.
난로, 밀가루 포대, 맥주 상자, 스피커, 살아 있는 닭 같은 것들을 옮
기며 파티 준비를 하는 사람들로 길거리가 터질 지경이다. '이스트
엔드' 스타일의 정말 제대로 된 빈민가 파티가 될 것이다.

사거리로 접어들자 알리 아저씨네 시샤 바에서 조용한 아라비아
음악이 흘러나오기 시작한다. 그 소리에 우마는 자기도 모르게 미
소를 짓는다. 알리 아저씨네 가게는 우마가 정말로 좋아해서 종종
들르지만, 오늘은 인사하러 가지 않는다. 그저 집에 가고 싶은 마음

뿐이다. 고개를 숙인 채 걷고 있는 우마는 우아한 두 형체가 벽에서 벽으로, 지붕에서 지붕으로 움직이며 주택들을 뛰어넘고 있는 것도 보지 못한다. 하지만 알리 아저씨는 그들을 발견한다. 아저씨는 계산대에서 위쪽을 올려다보며 두 손을 동그랗게 모아 입에 대고 소리친다.

"어이, 이 도둑고양이들! 오늘은 뭘 던져 줄래?"

그러고는 허리를 굽혀 씩씩 거리며 웃다가, 바로 앞에서 끓고 있는 물주전자에 침을 마구 튀긴다. 지나가던 우마는 눈을 깜빡이며 '이제부터는 매일 아침 아저씨 가게에서 마시는 모닝 애플 티를 건너뛰어야겠다.'라고 생각한다.

몇 걸음 더 가다가 테이블 축구 게임 대를 다닥다닥 둘러싸고 서서 웃고 소리 지르는 남자애들 무리와 마주친다. 그중에서 작지만 다부진 체격에 윗머리를 평평하게 민, 한 남자아이가 고개를 든다. 그리고 우마를 보자 씩 웃는다.

"헤이, 우마, 이따가 나랑 춤추러 갈래?"

우마는 어깨를 으쓱한다.

"봐서."

남자아이는 화살을 맞은 시늉을 하며 뒤로 주춤주춤 물러난다. 우마는 어이없다는 표정을 짓는다.

'대체 패츠 쟤는 언제쯤 포기할까?'

징 박힌 재킷을 입고 묵직한 금색 체인을 걸고 다니는 패츠와 그 일당들을 우마는 도저히 진지하게 받아들일 수가 없다. 하지만 패츠도 나름대로 귀여운 구석이 있다. 둘 다 아주 어렸을 때부터 서로를 봐 왔고, 벌써 몇 년째 이런 줄다리기를 해 오고 있다. 패츠는 끊임없이 묻고 우마는 끊임없이 거절한다. 우마가 로마 가에서 방향을 틀어 옆길로 나오자 번화가의 북적거림이 한순간에 뚝 끊긴다.

"우마!"

고개를 들자 아까 하늘 위를 뛰어다니던 두 형체가 우마 바로 위에 있다. 그중에서 레이더스 야구 모자를 쓰고 올드스쿨 팀버랜드 티셔츠를 입은 여자아이가 도서관 지붕에서 뛰어내려 가로등 기둥을 타고 미끄러져 내려오더니 먼지를 일으키며 우마 바로 앞에 착지한다.

딱딱했던 우마의 얼굴이 활짝 풀어진다.

"로즈, 너 요즘 완전 거침없구나."

로즈는 위쪽을 가리킨다.

"아냐, 레이레이가 하는 걸 봐야 돼. 쟤 좀 봐."

우마가 다시 위를 올려다본다. 열 살, 열한 살쯤 돼 보이는 남자아이가 15미터나 되는 낡은 주차 건물 끝에 잠시 멈춰 서서 다음 동작을 준비하고 있다. 그것도 잠시, 곧 건물을 따라 빙글빙글 올라오는 콘크리트 경사로 너머 눈부신 점프를 몇 가지 선보인다.

"쟤 얼굴은 좀 어때?"

로즈는 두 손을 뒷주머니에 찌른다.

"알잖아. 실밥을 뽑을 때까지 못 참겠다는 거지. 내가 그랬어. 꼬마야, 이건 네 얼굴이란다. 아물 때까지 기다려야 한다고. 하지만 말을 안 들어."

"이번이 마지막 수술이었던 거야?"

"아니. 지난번 수술은 그저 압력을 좀 줄여 주는 정도랄까?"

로즈가 휙 돌아서더니 동생에게 내려오라는 신호를 보낸다. 우마는 더 이상 묻지 말아야 한다는 것을 안다. 로즈는 우마의 제일 친한 친구인데도 이상하게 얘기할 수 없는 것들이 있다. 편히 얘기하기엔 너무나 엄청난 일들이고, 둘 사이가 너무 가깝기 때문이다. 그래서 우마는 로즈가 어떻게 수술비를 마련하는지 절대로 묻지 않는다. 로즈가 도둑질하는 것을 모른다는 건 아니다. 빈민가의 애들 절반이 하는 짓이니까. 하지만 수술비를 마련하기 위해 자기 친구가 어떤 위험을 감수하고 있는지는 우마도 그저 상상만 할 수 있을 뿐이다. 그리고 로즈는 그 얘기를 절대 입 밖에 내지 않는 것에 지독한 자부심을 느낀다. 물론 빈민가 사람들이 이 남매를 보살펴 주지만 결국 모든 책임은 로즈의 몫이다. 로즈의 동생에겐 오직 로즈밖에 없다.

레이는 엉덩이를 흔들며 배수관을 타고 내려온다. 두 팔을 풀고 두 발은 가볍게, 아주 깔끔하고 우아한 동작으로 몸을 돌려 바닥에 착지한다. 우마와 로즈를 향해 돌아서서 실밥이 터질 것같이 커다란 미소를 짓는다. 레이는 우마에게 수줍게 고개를 끄덕이더니 다시 앞으로 달려 나가며 자기 누나에게 뭐라고 수신호를 보낸다. 손이 보이지 않을 정도로 빠르다.

로즈가 못 말리겠다는 듯 눈동자를 굴리며 말한다.

"알았다, 알았어. 해 봐."

레이는 누나에게 다시 한 번 밝게 웃어 보이고 돌아서서 길가의 벽돌담을 향해 곧장 달려간다. 착지하는 발을 도약판으로 삼아 위로 몸을 띄우더니 담 꼭대기를 붙잡아 몸을 잽싸게 담 반대편으로 넘긴다. 로즈는 한동안 동생을 바라보다가 한숨을 쉬고는 주머니에서 캇(씹어 먹거나 차로 만들어 마시면 약의 효용이 있는 아라비아나 아프리카산 식물의 잎 – 옮긴이) 봉지를 꺼낸다.

"쟤가 100퍼센트 인간이긴 한 건지 잘 모르겠다니까."

잎을 하나 아작아작 씹더니 우마에게도 봉지를 내민다.

"오늘밤에 같이 놀래? 크레이 형제들이 지네 아버지가 꿍쳐 둔 위스키 한 병을 훔쳐 냈다던데. 80도짜리 술이래."

우마가 발밑을 본다.

"아니. 오늘 밤은 못 갈 것 같아. 나……. 나……. 오늘 코삭들이 강가에서 한 아이를 없애는 걸 봤어."

로즈가 숨을 들이쉰다.

"누구?"

"몰라……. 이 근처 애는 아니야. 내가, 내가 도우려고 했는데, 그랬는데……."

"혼자였어?"

"응."

"근데 걘 대체 뭘 하느라 백업 하나 없이 낯선 구역을 뛰어다닌 거야?"

"그래, 네 말이 맞아. 죽어도 싸다."

로즈는 친구의 어깨에 손을 올린다.

"그런 말이 아니잖아. 네 잘못이 아니라는 거야. 우리에겐 지켜야
할 규칙이 있잖아."

우마가 어깨를 으쓱한다.

로즈가 웃는다.

"아, 마법의 액체 약간이면 너도 괜찮아질 거야. 오늘 밤에 나랑
클럽에 가자."

우마는 다 알고 있다는 듯 싱글거린다.

"설마 우가 파리에서 돌아왔다고 이러는 건 아니지, 그치?"

로즈는 총에 맞은 것처럼 비틀거린다.

"너, 너 이 의심 많은 앙큼한 계집애 같으니라고. 오늘 춤추러 와.
비뚤어지게 한번 마셔 보자고, 알았지?"

두 시간 뒤, 클럽 '바일레'는 최고조에 달해 있지만 우마는 여전히
집이다. 우마가 사는 아파트 건물은 클럽을 정면으로 보고 있어 그
곳에서 터져 나오는 소리가 집 안쪽까지 쾅쾅 울린다. 하지만 뭔가
이상하다. 런던은 또 정전이 됐고 창밖을 슬쩍 내다보니 이웃들이
왔다 갔다 하며 낮은 목소리로 다급하게 무슨 말인가를 주고받는
다. 그것까지는 그렇다 쳐도 이모와 경비대 넷이 갑자기 모여든 건
아무래도 이상하다. 우마는 경비대 중 한 명이 낡은 전기 변전소 위
평평한 지붕에 자리를 잡고, 반자동식 소총을 빈민가와 번화가의

경계 쪽을 향해 두는 모습을 지켜본다.

갑자기 옆방에서 목소리가 들려온다. 아! 사촌 오빠의 방이다. 어쩌면 뭔가를 알아낼 수 있을지도 모른다. 우마는 매트리스 위로 기어 올라가 숱 많은 검은 머리카락을 뒤로 넘기고 벽에 귀를 바짝 갖다 댄다. 우마의 사촌 구이도가 확실하다. 하지만 떠나갈 듯한 소음 때문에 알아듣기가 너무 어렵다. 우마는 인상을 있는 대로 쓴 채, 바일레의 스피커 소리는 차단하고 구이도의 낮고 조용한 목소리에만 집중하려고 애쓴다.

"찬성할 수 없어요. 제 생각엔 지금 떠나야 해요. 뭔가 벌어지고 있어요. 오늘 전력이 계속 끊어진 것도 그렇고, 코삭들이 빈민가를 미친 듯이 급습하고 있어요. 바일레의 전력도 끊어 버리려고 했다가 우리가 폭동을 일으킬까 봐 그러지 못한 거라고요."

다른 사람의 목소리가 끼어든다. 일정한 톤의 결연한 목소리. 우마의 가슴이 뛴다. 젤라 이모 목소리다. 이젠 무슨 일이 벌어지고 있는지 확실히 알 수 있다.

"네 말이 맞아. 하지만 지금 당장은 못 가. 코삭한테 총 맞은 남자아이, 우마가 봤다는 그 아이가 올드 켄트 로드 출신의 우리 사람이라는 정보를 입수했어. 장례식에 참석하려면 남아 있어야 해."

우마는 악 소리가 나려는 걸 가까스로 삼킨다. 그 남자애 정말 우리쪽 사람이었어?

구이도의 목소리가 높아진다.

"누구죠?"

"샤피 하크. 기후 때문에 방글라데시에서 온 14세 난민. 이미 겪을 만큼 겪은 사람들이야, 구이도. 달리 어쩔 도리가 없어. 급습을 당하든 말든 우리는 위원회의 일원이고 내일 새벽에 있을 장례식에는 참석해야 해."

구이도가 한숨을 쉰다.

"꼭 그래야 한다면 어쩔 수 없죠. 하지만 장례가 끝나는 즉시 움직여야 해요. 아셨죠?"

"좋아. 정부를 헤집어 놓은 일이 뭔지는 몰라도 완전히 가라앉을 때까지는 런던을 떠나 있자."

방 안을 왔다 갔다 하기 시작하는 구이도의 무거운 부츠 소리가 우마에게 들려온다.

"우마는 어쩌죠?"

"우마는 무조건 널 따라간다. 늘 해 온 대로."

"그 애는 너무 어려요."

잠시 침묵이 흐른다.

"너도 마찬가지야."

우마는 매트리스에서 벌떡 일어나 창가로 걸어간다. 그리고 몸을 떤다. 이곳 빈민가는 너무나 힘이 없다. 전력이 끊어진 캄캄한 도시 가운데 유일하게 빛나는 곳은 태양열로 희미하게 빛나는 클럽 바일레의 댄스 플로어뿐이다. 우마가 아는 거라곤 이것뿐이다. 땅거미가 지기 시작할 무렵 알리 아저씨가 셔터를 올리고 이국적인 음악이 우마의 방에 스며들기 시작하면 그게 바로 그녀의 세상이다. 우마는 그 세상을 사랑한다. 저 도시에서 완벽한 신분증을 지닌 '시민' 아이들, 아웃사이더들이 '슬리퍼(sleeper)'라 부르는 그 '잠든 자들'에 비해 그녀는 훨씬 자유롭다. 우마에게는 친구가 있다. 진짜 친구 말이다. 로즈처럼 목숨을 걸고 믿을 수 있는 친구들이 있고, '드림라인'이 있고, 또 그녀를 늘 지켜보는 사촌이 있다. 그녀의 삶 전부가 이곳 보우 빈민가에 있다.

우마의 예민한 귀가 문가에서 들리는 소리를 잡아낸다. 남자애를 따라갔던 류바가 돌아온 것이기를 바라며, 뛰는 가슴을 안고 돌아선다. 하지만 아니다. 보초가 현관 계단에 자리를 잡고 있다. 우마는 배낭에 손을 넣어 석궁에 새로 화살을 장전해 두고 가방 지퍼를 닫은 후, 짙은 파란색 침실 벽에 기댄다. 벽에는 투박한 별 모양들이 박혀 있다. 우마가 어린 아이였을 때 구이도와 함께 칠해 넣은 것이다. 괴물들이 얼씬거리지 못하도록 만든 천국의 벽. 우마는 그 벽을 더듬으며 위안을 얻고 미소를 짓는다. 그리고 크게 심호흡을 한다. 배운 대로 침착하게, 기운을 아껴 두고, 정신을 바짝 차려야 한다.

어스름이 깔리자 도시의 서편, 배터시(템스 강 남쪽에 위치한 런던 남서부의 자치구, 부촌으로 유명하지만 궁핍한 공영주택단지도 넓게 분포돼 있어 빈부 격차가 심한 지역 – 옮긴이) 파워 복합단지가 반짝거린다. 헌터는 엘리베이터를 타고 7층에서 내린 후 현관 밖에 서서 초조하게 신원증명을 위한 망막스캔 절차를 기다린다. 잠긴 문이 열리자마자 자기 방 안으로 성큼 들어선 헌터는 벽에 설치된 모니터를 켠다. 그 소년이 뉴스에 나왔을까? 그럴 리가 없다는 것을 헌터도 안다. 빈민가 아이 하나쯤 죽은 건 대단한 일이 아니다. 적어도 헌터가 살고 있는 시민들의 세계에서는 그렇다. 어쨌든 헌터는 모니터를 켠다.

발전소들이 화면을 채우는 것을 보고 헌터는 눈살을 찌푸린다. 지겹다. 그곳에 죽은 소년은 없다. 다른 채널의 뉴스를 틀어 보고 다시 채널을 바꾸지만 모두 똑같은 속보를 내보내고 있다. 헌터는 1번에 채널을 고정시킨다. 항공 촬영한 핵발전소가 화면에 나오고 헌터는 대번에 알아본다. 런던 전체가 사랑에 빠진 곳. 그곳은 새로 지은 남동쪽 핵원자로 중에서 제일 처음 가동되기 시작한 '브래드웰 B'다. 5년이나 지연되고, 60억이라는 예산이 초과됐지만 그래도 여전히 모두의 염원에 대한 해답이다! 사람들은 브래드웰 B가 몇 년째 계속되는 정전 사태를 끝낼 것이라고 믿고 있다. 작년 개막식 때는 마치 무지개 끝에서 금맥을 캔 것 같은 분위기였다. 사람들은 길거리에 몰려 나와 눈물을 흘렸다.

이제는 화면이 수갑을 찬 사람들로 바뀌었다. 그들은 경비가 철통같은 경찰차 뒷자리에 떠밀려 들어가며 모자와 겉옷에 얼굴을 파묻고 있다. 화면 하단에 헤드라인 글씨가 지나간다.

아웃사이더 일당 검거. 브래드웰 B에 사보타주 공작. '안전예방정책'으로 16:00부터 핵원자로 가동 중단. 런던 지역에 정전 예상됨.

헌터가 씩 웃는다. 아버지가 열 좀 받으실 거다. 바로 그때, 마치 신호이기라도 했던 것처럼, 화면이 꺼져 버린다. 배터시 아파트의 예비전력이 가동되기를 기다리며 헌터는 잠시 가만히 서 있다. 오래 걸리진 않을 것이다. 최첨단 기술을 자랑하는 이 아파트의 지하실에는 거대한 태양 에너지 저장고가 설치돼 있다.

창문 쪽으로 다가간 헌터는 암흑 도시를 내다본다. 다시 불이 들어와 배터시 주택단지의 유리들이 반짝반짝 살아나길 바라며 기다린다. 그러다 별안간 죽은 소년과 관련된 일을 다 잊어버리고 싶다는 생각이 든다. 그건 헌터가 감당할 수 없는 일이다.

어둠 속에서 돌아선 헌터는 침대 옆 캐비닛으로 손을 뻗는다. 그리고 디스크를 찾는 순간 그의 눈이 반짝인다. '아, 맞다! '베를린 쌈패들' 리오가 칭찬해 주겠지? RET의 배터리를 확인하니 몇 라운드 뛰기엔 충분하다. 헌터는 렌즈를 오른쪽 눈 위에 장착하고 프로그램을 로딩한다. 현실 세계여, 안녕.

잠시 후 은은한 레이저 광선이 헌터의 망막을 비추자 헌터는 몸을 최대한 낮추고 단단히 힘을 준다. 그 사이 헌터의 방은 베를린의 어느 낡은 건물로 변한다.

지저분한 다세대 주택 건물의 끝 쪽, 백발에 가까운 금발의 스트리트 파이터가 쓰레기가 뒹구는 바닥에서 일어나 헌터를 가늠해 본다. 그러고는 경고도 없이 돌진해 헌터의 다리를 잡아채 바닥에 쓰러뜨리고 니킥으로 배를 찍는다.

얼마간 헌터는 맨바닥에 뻗어 있다. 그를 빠르고, 예리하고,

강하게 만들어 줄 해묵은 화학물질, 온갖 감정의 혼합물인 아드레날린이 몸에 솟구친다.

'넙치처럼 그렇게 뻗어 있지 마. 일어나, 헌터. 싸우라고!'

헌터는 이를 악문다.

'지는 사람들은 이래서 지는 거야. 두려움이 뭔지 잊어버렸기 때문에, 아드레날린을 어떻게 다루는지 모르기 때문에 지는 거라고.'

헌터는 스스로를 훈련 모드로 몰아넣는다. 두려움이라는 화학물질을 어떻게 이용해야 하는지 기억하려고 노력한다. 움직여! 그러더니 갑자기 큰 소리로 웃는다. 해보자고! 벌떡 일어나! 헌터는 겨우 몸을 일으켜 두 발로 선다.

"워, 이건 반칙이지, 아직 준비도 안 됐잖아!"

헌터가 소리치고 자세를 낮춘 채 스트리트 파이터의 다음 움직임을 기다린다. 이번에는 그렇게 쉽게 당하진 않을 것이다.

아파트단지의 바깥쪽, 개 한 마리가 이리저리 움직이는 헌터의 그림자를 지켜보고 있다. 저 아이, 다른 놈들처럼 깊이라고는 없는 바보지만 착한 녀석이다. 류바는 사람들의 마음을 꿰뚫어 볼 줄 안다. 류바는 사람들이 하는 말에 귀 기울이지 않는다. 그들의 몸, 그들의 눈 그리고 움직임을 볼 뿐이다.

헌터는 베개를 주먹으로 한 번 더 내리치고 패배를 인정한다. 잠을 잘 수가 없다. 실은 그게 아니다. 잠을 잘 수는 있지만 매번 무의식 속으로 빠져들 때마다 진짜로 떨어지는 느낌이다. 옥상 끝에서 곤두박질치며 미친 듯이 허우적거려 보지만 땅이 그를 향해 올라오는 느낌이다. 그 죽은 소년은 헌터를 놓아 주지 않는다. 헌터는 욕을 내뱉는다. 왜 자기는 리오처럼 그냥 대수롭지 않게 잊어버릴 수 없을까? 하지만 리오는 그 자리에 없었고 직접 목격하지 못했다.

헌터는 똑바로 서서 방의 군더더기 없는 하얀 벽을 둘러본다. 운동을 하러 갈까도 생각해 본다. 그러면 좀 나아질지도 모른다. 헌터는 어깨를 돌려보며 뻣뻣한 부분을 눌러 본다. 어제 한판한 후에 팔과 몸뚱이가 쑤신다. 매일 두 시간씩 가상훈련을 해 왔지만 어찌된 일인지 진짜 현실 속의 위험한 것에는 전혀 도움이 되지 않는다.

그때 불현듯 어떤 생각이 떠오른다. 설마 소년이 아직도 그곳에 있는 건 아니겠지? 자기는 침대에 편안히 누워 있는 지금, 혹시 쥐들이 시체에 덤비고 있는 건 아닐까? 눈, 입술, 물렁한 부분부터 하나씩? 아, 이런. 막아야 돼, 빨리 막아야 돼. 헌터는 창밖을 내다본다. 여전히 캄캄하다. 하지만 동쪽에 도착할 무렵이면 동이 틀 것이다. 다시 가 봐야겠어, 직접 봐야겠어.

운동할 때 입는 청바지와 낡은 아베크롬비 티셔츠를 입고 헌터는 복도로 나가 아버지 방 앞에서 잠깐 멈춘다. 언제나처럼 그 방에는 아무도 없는 것 같다. 이불 밑으로 삐져나온 아버지의 발가락 3개가 보인다. 헌터는 발가락을 꼬집고 싶은 마음을 누르며 웃는다. 2분 후 헌터는 아파트 현관을 걸어 나가며 가죽 모터사이클 재킷의 지퍼를 올린다. 예전에 아버지가 입던 옷인데 이걸 입으면 기분이 좋아진다. 영감이 한때 타이어에 불이 나도록 런던 바닥을 누비는 모습은 상상하기 어렵지만. 지하 차고로 내려간 헌터는 조심조심 오토바이를 끌고 나온다. 행여 아버지가 끔찍이 아끼시는 '메르세데스 일렉트로 클래스 4'를 건드릴세라 조심한다. 벌써 10년도 더 된 차다. 석유 파동 이후로는 완전 잘사는 사람들 아니면 새 차는 꿈도 못 꾸게 됐으니 차에 흠집을 냈다가는 그 자리에서 죽은 목숨이다. 위험한 짓은 안 하는 게 좋다. 전에야 어찌됐건, 헌터의 아버지는 이제 완전 주류에 편승했다. 메이저리그에서 노는 노친네가 된 것이다.

오토바이를 끌고 담장을 벗어난 뒤에야 헌터는 시동을 걸고 세인트 캐서린 도크를 향해 달리기 시작한다. 어느새 밀뱅크를 지나 웨스트엔드 쪽으로 내달리는데 길 위엔 아무도 없다. 오른편으로 나타난 웨스트민스터 브리지는 까만 윤곽을 그리며 희뿌연 새벽빛을 가린다. 헌터는 언제나처럼 그쪽을 향해 가볍게 고개를 숙이고는 방향을 틀며 몸을 오른쪽으로 기울인다. 그리고 국회의사당 앞이 가까워질 때쯤 스쿠터로 비스듬한 커브를 그린다. 다리는 고마운 존재다. 다리 덕에 우리는 무사히 물을 건널 수 있다. 헌터는 물을 싫어하는 만큼 다리를 사랑한다. 아니, 헌터는 물을 싫어하는 게 아니라 정말 몸서리치도록 무서워한다. 하지만 마음 저 밑바닥에서는 누구나 그렇지 않은가. 물은 살아 있는 모든 것의 시작이다. 우리는 모두 물에서 왔고 마지막에는 물로 돌아간다.

템스 강, 장례에 참석한 배들이 타워 브리지 쪽으로 올라가고 있다. 새벽의 찬 공기는 마치 수의를 덮어 주듯 그 배들을 짙은 안개로 감싼다. 우마는 뱃머리에 앉아 몸을 떤다.

"이거 받아."

구이도가 다가와 재킷을 어깨에 걸쳐 주고, 우마는 그 옷을 받아 몸을 감싸며 고개를 끄덕인다. 우마보다 불과 몇 살 많을 뿐인데, 엄마가 떠난 뒤로 구이도는 줄곧 우마 곁을 지켰다. 우마의 왼쪽에는 젤라 이모가 다른 배들을 위해 강을 살피며 정면을 주시하고 있다. 우마는 류바가 뭍에서 잘 따라오나 보기 위해 둑 쪽으로 시선을 돌린다.

우마는 눈을 감는다. 아까 부두에서는 정말 견디기 힘들었다. 죽은 소년 샤피의 아버지와 어머니가 우마에게 매달려 절규하며 울었다. 살아 있는 아들의 모습을 마지막으로 본 우마가 아들을 살려 낼 수 있기라도 한 것처럼. 하지만 우마는 어떤 말도 해 줄 수 없고, 어떤 위로도 해 줄 수 없다. 열네 살짜리 아들이 코삭의 총에 맞아 옥상에서 떨어졌다. 정의는 찾아 볼 수 없다. 지금도, 앞으로도 그럴 것이다. 이런 상황에서 무슨 말을 해 줄 수 있을까?

우마는 눈을 뜨고 시선을 옆으로 돌려 젤라 이모를 본다. 꼿꼿하고, 침착하게 집중하고 있는 모습이다. 가끔 우마는 이모를 보며 엄마와 조금이라도 닮은 구석이 있나 찾아보려고 애쓰지만 별 소득은 없다. 마지막으로 본 엄마의 얼굴은 아름답고, 지쳐 보였지만 선했다. 지금 우마 곁의 저 고독하고 경직된 얼굴과는 거리가 멀었다. 이모도 저렇게 될 수밖에 없었겠지. 어쩌면 이모도 한때는 햇살 속에서 뛰놀고, 웃던 소녀였을지도 몰라. 우마는 한숨을 쉰다. 그래도 쉽게 믿어지진 않는다. 이모랑 사방치기를 한 적이 있었는데 규칙을 일일이 가르쳐 줘야 했다. 어떻게 분필로 네모 칸 몇 개 그리는 것도 모를 수가 있지? 이모는 캠 브리지대학에서 신경과학을 공부했고, 전설적인 암호전문가이며, 강철 같은 심장을 지녔지만 사방치기 따위는 할 줄 모른다. 이해하기 힘들다. 우마는 자기 안의 긴장감을 통제하려고 안간힘을 쓴다. 무슨 수를 내서라도 빨리 끝내야 한다. 이 장례식을 무사히 마치고 해가 뜨고 런던이 깨어나자마자 여기 모두가 싹 사라져야 한다. 구이도와 젤라 이모도 이번 일이 끝나는 대로 지하로 숨어들어야 함을 우마는 알고 있다.

저 앞에 타워 브리지의 모습이 눈에 들어오는 순간 우마의 심장이 뛴다. 샤피라는 소년이 죽은 곳에서 가장 가까운 다리. 50개쯤 되는 빈민가 배들이 강의 위쪽과 아래쪽에서 이 한 점을 향해 모여들고 있다. 아직 다 보이진 않지만 그들이 다가오고 있음을 우마는 알고 있다. 아웃사이더들이 죽은 소년을 애도하고 있다. 이 다리와 강은 특별하다. 강물은 아이를 고향인 방글라데시로, 이제는 바닷속에 완전히 잠겨버린 그의 마을로 데려다 줄 것이다.

빅토리아 제방 위로 강과 평행하게 난 길을 따라 헌터는 달리고 있다. 차가운 공기가 그의 얼굴을 스치고, 왼편으로는 건물들이 번지며 지나간다. 씩 웃는 헌터. 이게 땀에 젖은 침대에 누워 있는 것보다 백 배 낫다. 그건 확실하다.

어제의 공포가 흐릿해지는 것 같아 헌터는 숨을 깊이 들이마신다. 도대체 왜 그런 걸까? 자기가 소년을 떨어지게 한 것도 아니다. 코삭들이 악몽 같은 존재가 된 게 자기 탓도 아니다. 아무 짓도 하지 않았다. 헌터는 항상 그랬듯이 동쪽을 향해 속도를 높이면서 밝아오는 하늘 아래 다리들을 세어 나간다. 블랙프라이어스, 밀레니엄, 서더크, 런던, 그다음은 회색빛의 벨파스트호. 그리고 이제 타워 브리지가 오른편에 서서히 나타난다. 헌터가 웃는다. RET도 없고, 家도 없어. 벌거벗은, 원래 모습 그대로의 런던. 이것이 헌터의 런던이다.

어느 순간, 헌터도 배들을 발견한다. 강을 따라 사방에서 몰려들고 있는 어두운 형체들. 헌터는 미간을 찡그리며 시동을 끈다. 그들은 타워 브리지를 향하고 있다. 세인트 캐서린 부두 아래쪽에서 뭔가 벌어지고 있다. 빈민가로 접어들기 전에 자세히 봐야겠다. 진입로로 접어든 헌터는 왼쪽으로 방향을 틀고 다리 위를 달린다. 그러다가 가장 가까운 기둥 옆 좁은 보도 곁에 오토바이를 세워 둔다. 몸을 낮춘 채 난간 쪽으로 건너가 바깥쪽으로 몸을 내밀고, 저 아래 물결에 흔들리고 있는 배들을 내려다본다. 대체 무슨 일이 벌어지고 있는 거야?

다리 제일 아랫부분 근처에서 우마는 한 손으로 꽃을 들고 다른 한 손으로는 배 가장자리를 붙잡고 있다. 그녀를 둘러싼 사람들은 전부 울고 있다. 하지만 우마는 마른 눈으로 검푸른 물의 소용돌이를 응시하고 있다. 자제력의 극한을 보여 주고 있는 것이다. 우마는 감정을 억누르고 주먹을 꼭 쥐며, 열한 살 때, 엄마가 감옥에 갇히던 날 했던 맹세를 지키려 애쓴다. 그날 코삭 때문에 눈물 흘리는 일은 다시는, 절대로 없을 거라 다짐했다.

마침내 기다리던 순간이 왔다. 동쪽에서부터 커네리워프의 마천루들 위로 태양이 떠오른다. 그리고 첫 번째 햇살이 새벽하늘을 가르는 바로 그 순간, 수백 개의 목소리가 노래로 터져 나온다.

느리고도 낯선 야성의 음악 소리에, 다리 난간으로 몸을 내밀고 있던 헌터의 심장이 타오르기 시작한다. 저 소리에는 염원과 고통이 가득 차 있다. 그의 눈에 눈물이 맺힌다. 여기에는 지어낸 것도, 합성한 것도, 삭제된 것도, 확대한 것도 없다. 그저 날것 그대로의 슬픔일 뿐이다. 이 사람들은 아웃사이더들이 틀림없다. 다른 사람들일 리 없다. 헌터는 그들만의 은밀한 슬픔 속에 무단침입하고 있음을 느끼지만, 그들을 존중한다면 여기서 빠져야 한다는 것도 알지만, 그 힘이 너무나 강력하고 너무나 생생해서 자꾸만 빨려든다. 그리고 자기 의지와 반대로 난간 너머로 자꾸만 자꾸만 몸을 내민다.

그 순간, 마치 독수리 떼처럼 군용 헬기가 그들 위로 나타난다. 그 육중한 검은 몸뚱이가 오늘의 새로운 태양을 가린다. 헌터는 입을 벌린 채 본다. 얼마간은 눈앞의 상황을 이해하지 못한다. 하지만 우마는 알고 있다. 코삭들이 소중한 연료를 헬기 공습으로 써 버리는 경우는 단 한 가지뿐이다. 아웃사이더들을 잡으러 온 것이다. 적당히 겁만 주려는 게 아니다.

5

헌터는 몸을 겨우 움직인다. 여기서 잡힐 수는 없다. 코삭들은 빠르게 이동하며 타워 브리지의 양끝에서 총을 난사하고 있다. 꼼짝없이 갇히고 말았다. 아니! 도망칠 길이 하나 남았다. 위로 올라가는 거야. 헌터는 위로 50미터쯤 솟아 있는 타워를 바라본다. 헌터의 시선이 아치, 난간, 창을 훑고 두 개의 타워를 이어 주는 금속 대들보까지 올라간다. 헬기의 눈에 띄지만 않는다면 저 위는 안전할 것이다. 코삭들 중에 저렇게 높이 올라올 사람은 절대로 없다. 헌터는 침을 삼킨다.

'성공할 수 있을까? 무조건 해야 한다.'

코삭들은 일단 쏘고 나중에 확인할 것이라는 리오의 말이 그의 뇌리를 스친다.

그리고 바로 그 순간 몸이 움직인다. 헌터는 돌아서서 가장 가까운 타워를 향해 달리며 온몸의 에너지를 끌어 모아 도약을 준비한다. 아치 끝을 붙잡아 몸을 위로 끌어올려야 한다. 몸을 앞쪽으로 날리면서 차가운 돌을 꽉 붙잡는다. 안간힘을 쓰며 다리를 힘껏 차올려 턱 위로 올라가는 데 성공한다. 도로보다 3미터나 위에 있는 화려한 석조 장식 위에 납작 엎드린다. 불과 몇 초 후에 군인들이 바로 아래에 도착하지만 그들의 관심은 강물에 떠 있는 배들에만 쏠려 있다.

헌터는 타워 벽에 달린 철심을 붙잡고 몸을 똑바로 편다. 그 위로는 창 3개가 나란히 있다. 그 위로 올라가는 것이 다음 목표다. 헌터는 두 팔을 최대치로 뻗어 가장 낮은 창턱을 손가락으로 붙잡고, 첫 번째 창문과 자기 몸의 높이가 같아질 때까지 몸을 끌어올린다. 내부를 차단하는 커튼이 쳐져 있다. 창을 깨고 안쪽으로 들어갈까도 생각하지만 소리가 나면 위험하다. 그냥, 계속 올라가는 수밖에 없다. 창문 하나는 정복했고, 이제 남은 건 두 개. 헌터는 다음 창턱으로 손을 뻗는다. 그 위로 기어오른 다음에는 또 그다음 창. 하지만 마음이 약해진다. 위를 올려다보니 단단한 돌출부가 보인다. 돌기둥 두 개가 30센티미터 이상 튀어나와 있다. 저건 절대로 못 넘어 갈 것 같다. 하지만 해야 한다.

아래쪽에서 총성과 비명이 터져 나온다. 헌터는 위쪽으로 몸을 뻗어 상단의 가로장을 잡고, 몸을 끌어올리기 시작한다. 온몸의 무게가 떨리는 손가락 끝에 실려 있다. 몇 초 동안은 여기에 오르는 것 말고 다른 데 신경 쓸 여유가 없다. 숨 막히는, 근육이 파열할 것 같은 순간이 지나간다. 아주 조금씩 그의 몸이 올라간다. 머리, 가슴, 허벅지가 돌 받침을 지나고 그의 무릎이 창에 닿을 때까지 멈추지 않는다. 가쁜 숨을 몰아쉬며, 온몸이 떨리는 채로 헌터는 잠시 멈춘다. 짜릿한 희열이 그의 가슴을 관통하지만 그 감정을 억누른다.

'계속 움직여!'

템스 강에 떠 있던 우마는 바로 옆의 강물로 총알이 날아들기 시작하자 배 밑바닥에 엎드린다. 구이도가 맞았어! 재킷을 벗어 셔츠의 어깨 부분을 확 잡아 뜯자 소매 부분이 통째로 떨어진다. 구이도의 팔을 들어 올려 피가 빨갛게 스미고 있는 어깨 부분을 단단히 동여맨다. 총탄 세례가 또 한 번 그들 쪽으로 쏟아진다. 공포에 질려 우마는 다리를 올려다본다. 템스 강 위에 떠 있는 헬기 두 대, 사방에 깔린 코삭들, 거의 사방에서 다가오고 있는 군용 쾌속정.

'여기서 어떻게 도망치지?'

우마는 다시 몸을 일으킨다. 시체 한 구가 엎드린 채 옆으로 둥둥 떠서 지나간다. 그 모습을 바라보던 우마가 강물에 토한다. 왜 이모는 사람들한테 무기를 내려놓으라고 말하지 않는 거지? 그런데 어느새 이모가 옆에 와 있다. 나무 보트에 무릎을 꿇은 채.

"우마, 우마!"

이모가 그녀를 흔든다.

"내 말 잘 들어. 어떻게 알고 온 건지 모르겠어. 누가 스파이 짓을 했나 봐. 항복하라는 명령을 내려야 할 것 같다."

우마가 턱에 묻은 토사물을 닦으며 말한다.

"그건 안 돼요!"

"그럴 수밖에 없어. 안 그럼 여기서 다 죽어. 이건 우리가 이길 수 있는 싸움이 아니야."

우마는 구이도의 창백한 얼굴을 내려다본다.

"하지만 우린 절대로 항복 같은 건 하지 않잖아요."

단호한 표정으로 젤라는 우마를 붙들어 자기 쪽을 보게 한다.

"다른 수는 없어……. 하지만, 우마……. 저들이 절대 가져선 안 될 것을 내가 갖고 있어. 네가 그걸 갖고 코삭들을 피해 도망쳐야 해."

우마가 멍한 얼굴로 이모를 본다.

"어디로 도망가요?"

"저 위로."

젤라가 다리의 타워를 가리킨다.

"저 길밖에 없어. 네가 안전하다고 판단될 때까지 기어 올라가. 잘 알고 있는 대로, 조용히. 네가 물에 있는 동안은 내가 관심을 끌고 있을게."

구이도가 손을 뻗으며 말한다.

"아냐. 내가 갈게요!"

젤라의 눈이 피가 얼룩진 구이도의 팔을 훑는다.

"너는 안 돼."

"깊은 상처는 아니에요. 내가 할 수 있……."

"안 돼!"

"우마를 보낼 순 없잖아……."

젤라가 손을 내젓는다.

"그만! 어쩔 수 없어. 너는 다쳤고 나는 우마만큼 올라가지 못해. 우마밖엔 방법이 없어."

젤라는 주머니 깊숙이 손을 집어넣더니 곧 작은 금속 케이스를 우마의 손에 쥐어 준다.

"그들 손에 들어가면 안 돼. 절대로."

우마는 공포가 가득한 눈길로 구이도를 본다. 그는 타는 듯한 눈빛으로 우마의 눈을 보며 그녀 쪽으로 몸을 내민다.

"들은 대로 해, 우마. 네가 배웠던 모든 것들을 기억해 내야 해."

우마가 고개를 끄덕이자 구이도는 그녀를 자기 가슴 쪽으로 와락 안는다.

"어서 가!"

젤라가 소리친다.

우마는 케이스를 주머니에 깊숙이 집어넣고선 순식간에 물속으로 사라진다. 뒤에서 어린 조카가 목숨을 걸고 헤엄쳐 가는 모습을 보던 젤라의 얼굴이 고통으로 일그러진다. 하지만 곧 몸을 꼿꼿이 세우더니 구이도의 총을 잡고 코삭들 쪽으로 총알을 뿌려 댄다.

우마는 힘껏 발을 차며 더러운 물살을 헤치고 앞으로 속도를 내며 나아간다. 그리고 폐가 터질 것 같을 때까지 물밑에서 버틴다. 심장이 고통스럽지만 앞으로 나아가려고 애쓴다. 그러다 어쩔 수 없이 수면 위로 올라온다. 다리의 돌 받침이 불과 몇 미터 앞에 있다. 우마는 황급히 숨을 들이쉬고 다시 물속으로 뛰어들었다. 몇 초 후 다시 철썩거리는 물결 위로 얼굴을 내민다. 돌기둥에 딱 달라붙어 다음 동작을 준비한다.

숙련된 그녀의 손가락이 기둥의 갈라진 틈을 더듬다가 잡을 만한 부분을 찾아낸다. 돌 사이의 아주 가느다란 틈을 붙잡고 몸을 옆으로, 위로, 마치 벽을 타고 오르는 도마뱀처럼 대각선으로 올라간다. 1분도 채 되지 않아 우마는 어느새 차도 높이까지 올라와 있다. 고함 소리, 비명 소리 그리고 연기와 총성이 사방에서 느껴지지만 멈추지는 않는다. 우마가 해야 할 일은 오직 기어오르는 것뿐이고, 유일한 목표는 50미터 위에 있는 타워의 도금된 지붕에 도착하는 것이다. 난간 사이로 보니 모퉁이에 스쿠터 한 대가 세워져 있다. 그 뒤로 몸을 숨기고 난간을 뛰어넘은 우마는 타워 아랫부분 아치문을 향해 달리고 있다.

그보다 훨씬 높은 곳에서 헌터는 마지막으로 몸을 팔 높이까지 끌어올린 후 두 타워를 이어 주는 철제 대들보로 몸을 던진다. 그리고 숨을 헐떡이며 2분 동안 누워 있다. 아드레날린이 솟구쳐 근육 뭉치가 떨리는 것이 느껴진다. 이럴 수가. 이럴 수가. 이럴 수가. 이제 안전한 걸까? 이 바보야, 가만히 있지만 말고 살펴보라고. 헌터는 간신히 몸을 펴고, 금속 격자 사이로 아래쪽을 살피며 통로 끝으로 기어간다.

총알이 철제 대들보를 맞고 튕겨 나가고 헌터는 깜짝 놀라 뒤쪽으

로 쓰러진다. 이게 무슨 일이지? 바로 그 순간 누군가가 그의 몸을
덮친다. 팔이 보이지 않을 정도로 빨리 코를 주먹으로 치더니 이내
부츠로 걷어찬다. 금속 버팀대로 떨어진 헌터 위로 무게가 실린다.
꼼짝없이 눌린 채 난데없이 불쑥 나타난 몸 아래에서 빠져나오려고
미친 듯이 버둥거린다. 겨우 팔 하나를 빼내서 물렁한 어딘가에 주
먹질을 해 본다. 신음소리가 들려온다. 팔꿈치를 굽혀 주먹을 꽉 쥐
는데 갑자기 차갑고 날카로운 것이 목에 느껴진다. 얼어붙은 헌터,
일격을 기다리며 눈을 꼭 감는다.

날카로운 숨결이 느껴진다.

"너?"

헌터가 숨을 삼킨다. 뭐지?

튀어나온 동맥 바로 위로 칼날이 와서 멈춘다.

"이름! 대지 않으면 벤다."

"헌터…… 내시."

"왜 나를 쫓고 있지?"

헌터가 헉 하고 숨을 내뱉는다.

"무슨 소릴 하는 거야……. 난 그런 적…….."

칼날에 무게가 실리고 헌터가 눈을 번쩍 뜨자 여자아이의 얼굴이
보인다. 이보다 더 커다랗고 짙은 빛깔의 눈동자는 본 적이 없다.

"난 널 평생 처음 보는 거야."

"거짓말하지 마."

"아냐."

헌터는 필사적으로 그녀의 외모를 살핀다. 아니야, 본 적 없어. 창백한 피부, 짙은 색 머리, 꼭 다문 도톰한 입술…….

"넌 어제 와핑의 사우스 퀘이 지역에 있었어, 맞지? 아니라고 해 봐, 당장 죽여 버릴 테니까."

헌터가 얼굴을 찡그린다.

"부인 안 해. 그래, 거기 있었어."

"뭘 하고 있었지?"

"연습하고 있었어……. 점핑."

"거짓말."

면도날이 살갗을 가르며 그의 목에 물린다.

헌터는 비명을 삼킨다.

"거짓말 아니야. 옥상에서 점프를 하려던 중이었어. 거기엔 나를 아는 사람이 아무도 없으니까."

"왜? 너 어디 사는데?"

"배터시 파워 아파트."

"너 '시민'이야? 너희 족속들은 빈민가에서 점프 따위 하지 않아."

헌터의 눈에 불꽃이 인다.

"나는 해."

어느새 그의 목을 누르던 압력이 사라진다. 우마는 헌터의 몸을 타고 올라 앉아 무릎으로 양쪽 골반을 짓누른다. 그녀의 눈빛이 그의 눈을 뚫을 것 같다.

"그렇다고 네가 오늘 여기서 뭘 하고 있었는지가 설명되는 건 아니야. 솔직히 불어."

헌터의 귓가에서 뭔가 미친 듯이 쿵쿵 울려 댄다. 바깥에서 들려오는 소린지 혈관의 피가 울리는 소린지 분간이 안 된다. 무엇이 진짜고 무엇이 가짜인지 모르겠다. 바로 그때, 헬기가 엄청난 상승기류를 가르며 뒤쪽 하늘에 나타나 두 사람을 바람의 소용돌이 속에 가둔다. 우마는 마치 헌터 몸의 길이를 재듯 그의 위로 납작 엎드린다. 그들을 둘러싼 힘이 강력해 둘은 꼼짝도 하지 못하고 완전히 밀착한 채 누워 있다. 헬기 옆문에서 코삭 군인이 자세를 잡고 반자동 소총으로 그들을 겨눈다. 그의 명령이 확성기를 통과해 공기를 가른다.

즉시 엎드려. 다리 벌리고 팔 내밀어. 명령에 불복종하면 즉시 물리력을 행사한다.

헬기에서 줄이 뱀처럼 내려오더니 그 줄을 타고 군인 넷이 내려오기 시작한다. 몇 초 후면 군인들이 통로까지 도착할 것이다. 우마는 눈을 감는다. 어떻게든 해야 한다, 당장. 이 남자애는 신분증이 있는 시민이니까 수색을 당하지 않고 빠져나갈 방법이 있을 것이다. 지금 내가 생각하는 방법이 엄청난 도박이긴 하다. 하지만 다른 방법이 있을까? 아무리 찾아도 없다. 우마는 주머니 깊숙한 곳에서 금속 케이스를 꺼내 헌터의 손에 쥐어 주며 귀에 대고 속삭인다.

"저들에게 뺏기면 안 돼……. 헌터, 부탁이야."

헌터의 눈이 커다래진다. 저 애가 방금 뭘 준 거지? 헌터는 지금 엄청난 위기에 처했지만 그래도 그는 시민이다. 그러니까 살아서 이 위기를 빠져나갈 구멍은 있다. 지금 당장 큰일이 난 건 저 여자애다. 저 애는 아웃사이더니까. 이런 식으로 무작정 불법적인 물건을 건네주면 안 된다. 헌터는 받지 않을 것이다. 하지만 자기가 무슨 짓을 하고 있는지 인식도 하지 못한 채 헌터는 케이스를 손에 쥐고 손가락을 오므린다. 우마는 그 즉시 헌터 위에서 굴러 내려오고, 헌터는 금속 대들보 쪽으로 얼굴을 대고 엎드림과 동시에 금속 케이스를 아버지의 오래된 가죽 재킷 찢어진 안감 속으로 깊숙이 밀어 넣는다. 바로 그 순간 군인들의 군화가 헌터 바로 옆으로 와 멈춘다.

킹스 로드를 걸어가고 있는 리오는 기분이 영 아니다. 평상시에는 끊임없이 이어지는 광고를 감당할 수 없어 중심가나 쇼핑몰 쪽은 피해서 다니지만 오늘은 어쩔 수 없다. 그의 RET스캔이 서브리미널 광고(인식하지 못한 상태에서 사람의 잠재의식에 남도록 반복하는 광고 – 옮긴이)로 폭발할 지경이다. 머리가 아프다. 그리고 더 열 받게 하는 건 그 바보 헌터 녀석이다. 걘 자기 아빠 덕에 광고가 안 나오는 수입품이 있으면서도 거의 쓰지 않는다. 하지만 가상현실 애호가이자 암호해독가이고, 교활하기로 따지자면 지존 여우급에, 무모하리만치 맹렬한 배터시의 맹수이자, 다방면에 걸쳐 천재성을 번뜩이는 리오 웰링턴 자신은 쓰레기 같은 싸구려 RET를 쓴다. 그래서 이 돌아버릴 것만 같은 광고의 홍수를 매일매일 견뎌야 하는 것이다.

이른 시간이다. 리오는 보통 이 시간에 움직이지 않지만 지금 당장 슈퍼마켓에 가서 줄을 서지 않으면 물건이 금방 동이 나 아무것도 살 수 없다. 오늘은 형 파올로가 어렵사리 며칠 휴가를 얻어 집에 오는 날인데 빈 냉장고로 그를 맞을 수는 없다. 조력 에너지 굴착지에서 일주일에 70시간을 일하고 집에 오기 때문에 한 번 집에 왔을 때 형이 좋아하는 음식으로 냉장고를 꽉 채워 놓아야 한다. 피자, 양념치킨 그리고 맥주. 이것들을 사려면 줄을 서야 한다. 브래드웰 B 정전 사태 때문에 사람들이 또 다시 잔뜩 겁을 먹었다.

모퉁이에 있는 맥도널드를 지나자 금색 아치 모양이 그의 렌즈 바로 앞에서 회전하며 안구 표면을 뜯어내는 느낌이다. 이제 노란색은 절대 예전의 노란색으로 보이지 않을 것 같다. 하지만 리오는 갑자기 구렁이 같은 미소를 짓는다. 기분이 나아질 방법이 방금 생각났기 때문이다. 바보 녀석을 깨워야지. 그럼 다시는 수지 같은 여자아이를 차서 리오의 부활절 휴가 계획을 망쳐 놓는 일 따윈 하지 말아야겠다는 깨달음을 얻게 될 것이다. 리오는 티 하우스에서 막 나오는 나이든 아줌마에게 윙크를 한다. 아줌마는 얼굴을 찌푸리지만 리오는 관심 없다. 그는 씩 웃더니 RET를 켜고 길을 건너면서 헌터에게 연결을 시도한다.

템스 강 저 위편, 다리의 좁은 대들보 위에서 헌터와 우마는 얼굴을 바닥에 대고 엎드려 있다. 헌터의 눈에는 군화 두 짝만 보일 뿐이다. 발가락 부분을 금속으로 댄, 견고해 보이는 군화. 군인이 헌터 위로 고개를 숙인다.

"이름과 신분증."

헌터는 애써 목소리를 차분히 한다.

"내시, 헌터. 신분증 번호: 5044F/VV09."

"신분증 꺼내. 천천히."

헌터가 천천히 손을 주머니로 가져가 신분증을 꺼낸 뒤 군인에게 건네기 위해 손을 내밀려는 찰나, 귀를 찢을 듯한 고함 소리가 창공을 가른다.

"아아아아이이이이이오오오오우우우우이이이이아아아아아아!"

코삭의 반자동 소총의 차고 뭉툭한 총구가 헌터의 어깨뼈 사이를 쿡 찌르고 헌터는 팔을 허공에 올린 채 얼어붙는다.

"이게 뭐냐? 당장 대답해."

"아아아아이이이이이오오오오우우우우이이이이아아아아아아!"

총구가 더 세게 압박한다.

"마지막 경고다."

"그게……. 제 친구 리오예요. 그 친구 벨소리예요."

군인이 미간을 찌푸린다.

"넌 지금 상당히 심각한 상황에 처해 있으니까……. 말썽 부리지 않는 게 좋아. 당장 끊어 버리고 신분증 꺼내."

런던 경찰 아무나 하나 붙잡고 빈민가의 무장한 아이와 싸우는 것이 어떤 것이냐 물어 본다면, 런던에서 신참이 베테랑 경찰까지 올라갈 만큼 오래 버티려면 다른 건 다 필요 없고 그저 살아남는 것이라고 말해 줄 것이다. 이곳 런던 빈민가 또는 한때 세계 일류 도시였던 도시의 빈민가에서 살아남은 베테랑과 이미 죽은 신참의 차이는 딱 하나다. 아이의 무장 여부를 알 수 없어 아이를 죽일지 말지 망설이는 1초도 안 되는 시간에 생사가 판가름 나기 때문이다.

헌터는 RET를 끄기 위해 손을 뻗는데 그의 떨리는 손가락이 실수로 연결 버튼을 누르고 만다.

"구우우우우웃 모오오오오오오오닝, 친구!"

헌터가 찔끔한다.

"리오? 저기 나 지금은…….."

"통화 못한다고? 그래서? 왜 안 되지, 친구? 아직 침대에서 프리러닝하는 꿈을 꾸고 계신가, 나의 사랑스런 아웃사이더 친구?"

낄낄거리는 소리에 통화음이 일그러진다.

"리오!"

"왜 이래 코삭 혐오자 씨, 눈 떠, 일어나."

헌터가 군인 쪽을 보기 위해 몸을 비튼다.

"앤 지금 그냥 농담…….."

바로 그때 총의 개머리판이 헌터의 머리를 때리고 헌터는 정신을 잃는다.

20분 후 헌터는 천천히 눈을 뜬다. 여기가 어디지? 구급차? 신음 소리를 내며 몸을 일으킨 헌터는 창밖을 내다본다. 다리의 진입로에 있는 것 같다. 아마도 군인들이 자기를 나르는 중일 것이다. 앞쪽에는 수갑을 찬 사람들이 줄지어 무장 지프차 뒷자리에 타고 있다. 그 여자애는 보이지 않는다. 콘크리트 기둥 건너편에는 헌터 또래의 아이들이 줄을 지어 있고, 각자 소지품은 자기 앞 보도 위에 다 꺼내 놓았다. 성난 얼굴들을 하나하나 확인해 보지만 여자애는 없다.

죄책감이 밀려든다. 자기가 저 아이들 틈에 끼어 있지 않은 이유는 단 하나다. 바로 거지 같은 신분증 쪼가리 덕분일 것이다. 자신의 힘으로 번 것도 아니지만 당연하게 생각하는 그것. 헌터를 기절시킨 뒤에 찾아냈겠지. 하긴, 아버지는 정당하게 그걸 얻었다. 평생 시청에서 노예처럼 일한 끝에 헌터의 가족을 최고의 기술 계급으로 끌어올렸다. 보안과 모든 면에서 혜택을 받을 수 있는 계급. 하지만 그렇다 해도 그건 자기 아버지에게 해당되는 일이지 헌터에게는 아니다. 그러다 불현듯 헌터는 재킷을 입고 있지 않음을 깨닫고 공포에 휩싸인다. 그리고 벌떡 일어나 앉는다. 윽, 악, 일어나는 게 아니었어. 구급차의 하얀색 내부가 빙빙 돈다.

앞좌석에 앉아 있던 위생병이 백미러로 힐끗 본다.

"가만히 있는 게 상책이야."

"제가…… 체포된 건가요?"

"아니, 네 신분이 확인됐어. 왜 진작 네가 기술 1계급이라고 말 안 했지?"

"말할 기회를 안 주신 걸로 아는데요."

위생병이 눈을 치켜뜬다.

"하, 지금 나랑 놀자는 거야? 저 차를 타고 드라이브 좀 하고 싶으

신가?"

그는 무장 지프 쪽을 향해 고갯짓을 한다.

헌터가 고개를 젓는다.

"멍이 심하게 들어서 몸이 안정되도록 기다리는 중이야. 네 아버지가 오고 계셔. 네가 새벽에 빈민가 끝자락에서 쏘다니고 다닌 것에 대해 네 아버지께서 하실 말씀이 있지 싶은데. 내 자식이었으면 반쯤 죽여 놨을 거야."

헌터는 한쪽 팔꿈치로 지탱을 하고 움직임을 최소한으로 하면서 다시 재킷을 찾기 시작한다. 그때 담요 아래에 붉은 가죽이 언뜻 눈에 들어온다. 저건가? 헌터는 운동화로 담요를 슬쩍 들춘다. 찾았어. 헌터는 가만히 한숨을 쉰다.

"좀 추운데…… 재킷을 좀 입어도 될까요, 선생님?"

군인이 어깨를 으쓱해 보인다.

"선생님? 태도가 좀 좋아졌군. 하지만 그 정도는 네가 혼자 할 수 있잖아, 이 멍청아."

머릿속이 빙빙 돌지만 헌터는 손을 뻗어 차가운 가죽을 잡아 당겨 어깨에 걸친다. 그러고는 손을 주머니 안에 쓰윽 넣어 눈에 안 띄게 안감 속을 더듬는다. 손가락을 좀 더 앞으로…… 직사각형 물체가 잡힌다. 안도감이 밀려들지만 아직 백미러로 그를 지켜보고 있는 위생병을 의식해서 무표정한 채 있다.

헌터는 한 번 더 창밖을 내다본다.

'그 여자애 어디 있지?'

아직 남아 있는 범죄자들을 훑어보지만 소용이 없다. 어떻게 아웃사이더 여자애랑 연락을 한단 말인가. 무작정 빈민가로 들어갈 수는 없는 노릇이다. 할 수 있는 일이라고는 사우스 퀘이 지역으로 돌아가 그 아이와 우연히 마주치길 기다리는 것뿐이다.

'아, 도대체 뭘 바라는 거야, 불가능한 일이잖아.'

헌터는 한숨을 내뱉는다. 이제 모든 게 끝났다. 그의 몸이 떨리기 시작한다. 그리고 피로가 몰려온다. 몸이 천근만근 무거워진다. 그래도 어떻게든 피로감과 맞서 싸워 본다. 잠들고 싶은 건지 아닌지 잘 모르겠다.

에반 내시는 메르세데스 앞좌석에 올라타 시동을 걸고 밟기 시작한다. 너무 화가 나 운전대에서 핸들을 뽑아 버려도 시원찮을 것 같지만, 거칠게 급커브를 틀고 끼익 소리를 내며 아파트단지를 빠져나오는 것에서 멈춘다.

'바보 같은 헌터 녀석, 무슨 짓을 하고 돌아다니는 거야! 대체 무슨 생각을 하는 거지? 아니, 생각을 하지 않는다는 거, 그게 바로 문제야.'

헌터는 생각을 하기 위해 잠시 중단하는 일이 없다. 아주 지 엄마를 똑 닮았다. 늘 무언가를 향해 돌진한다. 하지만 그 과정에서 주위 사람들을 생각하며 속도를 늦추는 법이 없다. 특히 아버지 생각은 더 안 한다. 에반의 가슴 속에서 심장이 뜨겁게 쿵쾅거리더니 갑자기 꽉 조여 온다. 그 아이. 이제 에반에겐 헌터밖에 없다.

강둑길에 들어선 후 에반은 손가락으로 까칠하게 자란 턱수염을 만진다. 억지로라도 차분해지려고 노력하며 숨을 들이마시고 내쉰다. 차분하게 행동하기. 이건 그의 장기 아닌가. 에반은 도시의 전력이 나갔을 때 꼭 필요한 인물이다. 석유 가격이 미쳐 날뛰기 시작한 뒤로는 위기가 꼬리에 꼬리를 물었다. 병원 발전기가 나가고, 전철이 멈추고, 창고의 냉장고 전기가 나가서 음식이 안에서 썩어 가고 있을 때 사람들은 에반의 팀을 가장 먼저 찾았다. 장장 10년 동안 에반은 전기가 나갈 때마다 최전방에 서서 다시 연결해 내곤 했다. 그들은 이 상황을 에너지 갭(공백)이라고 불렀다. 맙소사, 이런 걸 갭이라고 하다니. 이건 뭐 그랜드캐니언만한 갭 아닌가. 조력이나 풍력을 이용하는 다른 나라에 비해 이 나라는 너무나 뒤떨어져 있다. 터무니없이 비싼 수입 가스와 약간의 원자력과 석탄으로 겨우겨우 연명하고 있는 중이다. 그리고 지금……. 런던 남동쪽에 위치한 원자력발전소가 막 가동되고 에반이 드디어 마침내, 쉴 틈이 생기려는 찰나 아웃사이더들이 원자로를 파괴해 버렸다. 브래드웰 B가 언제 다시 가동될지는 하느님만 아시겠지. 다른 원자력발전소들이 가동되려면 빨라도 1년에서 2년은 기다려야 한다. 분노가 치민다. 에반은 사실 평소에 에너지를 자급하는 아웃사이더들에게 존경심을 갖고 있었지만, 이번 발전소 공격은 정말 정신 나간, 바보 같은 짓이라고 생각한다.

앞에서 갑자기 불빛이 깜빡거린다. 검문소가 가까워지고 있다. 에반이 앞을 보다가 휘파람 소리를 낸다.

'엄청난 작전이었나 보네.'

타워 브리지 전체가 번쩍이는 불빛과 군용 차량으로 꽉 차 있다. 몇 분 후, 차를 세우고 그는 자신감 넘치는 에반 내시표 미소를 띠며 차에서 내린다. 10년이 넘는 시간 동안 연마한 완벽한 미소. 자신감에 찬 남자의 미소다. 하지만 차 문을 쾅 닫으며 불현듯 스스로 이 멍청이 같은 미소와 완벽주의자 에반 내시라는 사람에 대한 뿌리 깊은 혐오감이 몰려온다. 대체 무엇이 그를 이렇게 만든 것인가.

7

한 시간 후, 메르세데스는 서쪽을 향해, 다시 아파트로 돌아가고 있다. 차 안 분위기는 썩 좋지 않다. 헌터는 굳은 얼굴로 창밖만 쳐다보며 아버지가 하는 말을 그냥 흘려보내고 있다. 이런 잔소리는 소리를 지를 만큼 지르셔야 끝이 난다. 하늘에 더 늘어난 경찰 헬기들은 빈민가가 빽빽하게 자리 잡은 아일 오브 독스(런던 이스트엔드에 위치한 3면이 템스 강의 지류로 둘러싸인 지역 – 옮긴이)를 향해 강을 따라 동쪽으로 가고 있다. 헌터는 이마를 찌푸리고 고개를 흔든다.

한참 고함을 질러 대던 에반은 헌터의 고갯짓을 놓치지 않는다.

"그 고갯짓은 대체 무슨 뜻이지? 나도 그 코삭들의 방법에 늘 찬성하지는 않아. 하지만 그들도 좀 세게 몰아칠 수밖에 없어. 아웃사이더들이 법을 지키지 않으면 그때는……."

"장례식이었다고요, 아빠. 제가 다리 위에서 봤어요. 노래를 부르고 있는데 발포하기 시작했다고요."

"헌터, 그들은 원자로를 파괴했어. 우리 사회 기반 시설이 전부 석유에 의존하고 있는 이 상황을 극복하려면 다른 방법을 찾아야 해. 석유 없이 되는 게 있으면 아무거나 하나만 대 봐. 보철, 건전지, 면도 크림, 진통제, 카메라, 플라스틱 포장재, 양초, 심장 판막, 화장품, 세제, 낚싯줄, 방부제, 카펫, 풀, 머리 염색약, 잉크, 매니큐어, 샴푸, 살충제, 구두, 치약……."

헌터는 눈을 질끈 감는다. 또 석유 타령이군.

신호등 앞에 멈춰 서면서 에반이 돌아앉는다.

"내 얼굴 똑바로 봐! 애초에 거기서 뭘 하고 있었는지 도무지 모르겠다. 불면증 때문에 새벽에 오토바이를 탔다고 둘러대진 마라. 난 그런 얘기에 넘어가지 않아. 하지만 한 가지는 확실하게 말해 줄 수 있어. 한 번만 더 빈민가 근처에서, 아니면 아웃사이더들 근처 어디에서라도 걸렸다가는 스쿠터는 무조건 압수야. 알아들었어?"

잠시 두 사람의 눈이 마주친다. 그리고 결국 헌터가 고개를 끄덕이며 시선을 떨군다. 교전의 제1원칙. 이길 수 없는 상황에서는 물러날 것. 미소 짓고, 고개 끄덕이고, 아닌 척하기. 다음 싸움을 위해 일단 살아남아야 한다. 신호등이 초록불로 바뀌자 에반은 한숨을 쉬고, 배터시 브리지가 가까워오자 속도를 올린다. 에반 옆에 앉은 헌터는 자리에 깊이 파묻히듯 앉는다. 머리가 쿵쿵 울린다. 이제 위험이 지나갔다고 생각하니 머릿속이 웅웅 울리기 시작한다. 오늘 그 사건은 가상의 '家 베어 너클즈 시합'(글러브를 끼지 않고 맨주먹으로 하는 싸움 - 옮긴이)이 아니다. 여태까지 겪은 일 중 그보다 더 생생한 진짜는 없었다. 그 여자애가 건네준 케이스 안이 궁금해 집에 갈 때까지 도저히 못 참겠다. 그걸 지키려고 그 고생을 했는데……. 솔직히 볼 권리 정도는 있는 거 아닌가? 그리고 툭 까놓고 말해서 그 여자애를 다시 만나는 건 절대 불가능하다.

집에 도착한 후에도 오랫동안 일장 연설을 듣고 나서야 헌터는 겨우 자기 방으로 도망칠 수 있었다. 일단 문을 잠그고 창문에 색조 장치를 작동시키고 케이스를 꺼낸다. 단단하고 차가운 금속 상자. 손을 대기만 해도 쉽게 열리며 나타난 것은……. 뭐야? 아주 작고 얇디얇은, 둥근 조각……. 유리인가? 사기? 조개껍질? 헌터는 그것을 집어 올려 불빛에 대고 여러 각도에서 살펴본다. 희미하게 진주 광택이 나기도 하고, 넓은 면에는 아주 미세한 크기의 소용돌이무늬 문양이 보인다. RET 검색 기능을 작동시키고 그 물건을 렌즈 앞으로 갖다 대자 분자 이미지가 스크린에 나타나며 음성 해설이 시작된다.

이중 나선 구조. DNA는 거의 모든 생물의 성장과 기능의 유전적 지시를 내포하고 있는 핵산이다. DNA 분자의 주요 기능은 정보의 장기간 저장이다. DNA는 종종 레시피나 암호 같은 설계도에 비교된다. 단백질이나 RNA 같은 세포의 요소들을 구성하는데 필요한 지시가 내포돼 있기 때문이고…….

헌터는 미간을 찌푸리며 검색 음성을 꺼 버린다. 나중에 들어도 되지 뭐. DNA의 상징이 뭐지? 왜 그게 그려져 있지? 어플리케이션, 프로그램, 데이터 홀드? 만약 그렇다고 해도 그런 건 한 번도 본 적이 없고, 그걸 읽어 낼 리더기도 여태껏 본 적이 없다. 헌터는 콧방귀를 뀐다. 이렇게 실망스러운 결말이라니. 어쩌면 자기를 골탕 먹이려는 여자애에게 그냥 놀아난 건지도 모른다.

갑자기 누가 문을 두드린다. 아버지겠지. 또 뭐지? 헌터는 그것을 얼른 금속 케이스에 집어넣고 베개 밑에 쑤셔 넣는다. 그리고 잠긴 문을 연다.

문이 활짝 열리자 신경이 잔뜩 곤두 선 에반이 손을 허리에 올린 채 서 있다.

"왜 문을 잠근 거지?"

"별 이유는 없어요."

"이유가 없다면 왜 잠그는 거냐?"

헌터는 열이 오를 대로 올라 반박을 하려고 입을 연다.

'아버지로부터 거리 좀 두려고요!'

그런데 갑자기 구름 사이로 밝은 햇살이 뚫고 들어와 복도를 환하게 채우며 아버지 얼굴을 정통으로 비춘다. 주름과 희끗희끗한 머리, 처진 피부가 극명하게 두드러진다. 헌터는 입을 닫아 버린다. 아버지가 늙어 보인다.

"몰라요. 그냥 잠갔어요. 그냥 좀 넘어가세요, 네?"

에반은 한숨을 내쉰다.

"알았다, 그래. 지금 네 스쿠터 찾으러 경찰서에 다녀올 테니까 집 밖에 나가는 건 아예 꿈도 꾸지 마. 지금 공습을 안 하는 데가 없어."

헌터는 가장 그럴듯한 미소를 짓는다.

"그럴게요, 아버지."

복스홀(런던 템스 강 남쪽 지역의 지명 – 옮긴이)의 중앙 군사 본부 24층. 제5헌병대의 클라크 지휘관이 자기 옆에 서 있는 군인 둘에게 취조실에서 나가라는 손짓을 한다. 그는 문이 닫히기를 기다렸다가 철제 의자에 묶인 채 앞으로 꼬꾸라져 있는 남자 쪽으로 상체를 숙인다. 두들겨 맞아 보라색으로 얼룩덜룩해진 남자의 볼에 클라크 지휘관의 얼굴이 거의 닿을락 말락한다.

"구이도, 이러지 말자고. 네가 알고 있다는 걸 우리는 알아. 그러니 고통을 자초하지 마. 왜냐하면 우린 너를 아주 심하게 고문할 거고 넌 결국 말하게 될 거거든. 시간문제일 뿐이지. 그러니까 원자로를 멈추게 한 자가 누구야?"

구이도가 부어터진 눈을 겨우 뜨는데 햇살이 방 안으로 쏟아져 들어온다.

"바로 너희들이지."

클라크가 웃는다.

"우리? 아, 흥미롭군. 그러니까 다 우리 잘못이다?"

구이도가 고개를 끄덕인다.

"브래드웰 B에 기술적인 문제가 있다는 데 내 모든 걸 걸겠어. 하지만 너희는 스스로 망쳐 버렸다는 걸 인정할 수 없겠지. 그래서 뒤집어씌울 누군가가 필요했고……. 결국 원전을 파괴한 것이 바로 우리, 아웃사이더라는 이야기를 만들어 낸 거겠지."

클라크가 철제 의자를 밀친다.

"아웃사이더의 강의 따윈 필요 없어. 우린 이 나라가 앞으로 나아갈 수 있도록 애쓰고 있다고."

구이도가 눈살을 찌푸린다.

"너희의 발전이 곧 우리의 발전은 아니야. 그저 너희들처럼 생겨 먹고 너희들과 같은 목소리를 내는 사람들을 위한 것일 뿐이지. 너희들은 조금이라도 다르면 미워하잖아."

"적어도 우리의 방식은 현실적이야."

구이도는 부러진 콧속에서 엉긴 코피를 풀어낸다.

"아니, 그렇지 않아. 너희는 그저 가엾은 노동자들과 이민자들에 대한 미움 때문에 전력을 끊은 거야. 너희가 베푸는 정의는 그저 시키면 시키는 대로 하는 '시민'에게만 해당되지. 우리는 너희 체제가 영원히 끝장나기만을 바랄 뿐이다."

구이도는 고통스러워하며 눈을 감는다.

"너희들이 말하는 발전은 오직 권력 있는 자들에게만 해당되지. 보통 사람들, 그리고 자연에게는 치명적인 타격일 뿐이야."

클라크는 생각에 잠긴 채 구이도의 어두운 얼굴을 한참 본다. 허풍이다. 그의 경험상 가장 크게 떠벌리는 자일수록 겁이 많다. 강하게 압박했을 때 이자가 어떻게 반응할지 한번 시도해 볼만 하다. 클라크는 미소를 띤다.

"너, 눈 한 짝이 없으면 어떨 것 같으냐?"

자기도 모르게 구이도가 움찔한다.

"지금보다 반만 잘생겨 보일라나? 4분의 1정도만? 어떨 것 같아? 좀 똑똑해 보일 것 같지 않아?"

클라크는 구이도가 벽거울을 볼 수 있게끔 의자를 돌린다.

"잘 봐 두라고, 친구. 왜냐하면 네 얼굴이 네 얼굴같이 보이는 게 지금이 마지막일 테니까. 물론 우릴 도와주기만 하면 얘기는 달라져. 네 머리통 속에 아주 흥미로운 정보들이 많이 들어 있다는 걸 우린 알고 있어. 네가 첫 번째라고 생각하지는 마. 빈민가에 우리 정보원이 수십 명쯤 된다고. 너도 좋은 친구들 무리에 끼게 되는 거야."

클라크가 일어선다.

"아니면 이제 보초들한테 들어오라고 할까? 경고하는데 이번에는 진짜로 많이 다치게 될 거야."

구이도가 침을 삼킨다.

거기서 12층 아래, 우마가 사람들로 꽉 찬 감방 구석에 앉아 있다. 그녀 주위의 여자들은 다 미친 것 같다. 노래 부르고, 소리 지르고, 감방 문을 두들겨 댄다. 하지만 우마는 꼼짝도 안 하고 있다. 방금 젤라 이모가 맞은편 방에 있다가 군인들한테 끌려 나가는 걸 봤다. 우마는 엄지손가락 끝을 물어뜯는다. 왜 이모만 데려간 걸까? 그리고 자기가 물건을 다른 사람에게 넘겼다는 걸 알면 이모는 과연 뭐라고 할까? 우마는 얼굴을 찡그린다. 머릿속의 수많은 질문들, 이미지들을 더 이상 참을 수 없다. 지금 당장 싹 지우고 싶다. 두 발로 겨우 일어선 우마는 사람들 틈으로 몸을 던져 주먹으로 쇠창살을 미친 듯이 쾅쾅 내리친다. 그리고 감방 안에 울리는 구호를 함께 소리친다.

"석방! 석방!"

보우 빈민가는 거의 전시 상황이다. 제때 피하지 못한 사람들은 코삭이 집과 가게를 박살내는 걸 지켜보며 서 있어야 했다. 하지만 로즈와 레이레이는 이미 한참 전에 피했다. 공격이 시작되자마자 둘은 지붕으로 올라갔고 현재 무사하다. 헌병대가 집을 엉망으로 만드는 동안 십 대 고아 둘이 다른 지역에 있는 반쯤 부서진 집에 숨어 있다면 그 정도는 무사한 범주로 분류될 수 있다.

해리의 낡은 집에서 로즈는 어린 동생을 내려다본다. 동생은 구질구질한 분홍색 소파에 몸을 쭉 뻗고 잠들어 있다. 그런 동생이 부럽다. 로즈는 더 이상 갈 곳도 없다. 이제 어찌할 바를 모르겠다. 밖의 템스 강은 너무나 가까이 흐르고 있어 손에 잡힐 것만 같다. 이 집이 강둑에서 몇 발짝 떨어지지 않아서이기도 하겠지만 집 외벽이 꽤 크게 떨어져나간 게 더 큰 이유일 것이다. 그나마 남아 있는 집이 무너지지 않게 하려고 철제 케이블 몇 가닥을 지붕으로 연결해서 겨우 지탱하고 있다.

로즈는 몸을 떨며 불안한 마음으로 장식장을 바라본다. 망가지고 녹슨 연장, 무기, 유모차 바퀴, 주사기, 장신구, 뼛조각 그리고 대체 무엇에 쓰는지 모르겠는 물건들이 가득 널려 있다. 모두 해리 아저씨가 강에서 건져 온 것들이다. 아저씨 말로는 인간이 처음 물과 연을 맺은 이래, 강물에 버려진 무기와 물건을 거두어들이는 것은 1만 년도 넘게 이어져 내려온 일이라고 했다. 어떤 것들은 냄새가 정말 역하다. 로즈는 대체 왜 여기로 온 걸까? 치료를 위해? 로즈는 점점 더 심해지는 메스꺼움을 애써 누른다.

낡아빠진 막스앤스펜서 잠옷을 입은 깡마른 늙은 남자가 장난기 어린 표정으로 계단을 내려오다가 문간에 잠시 멈춘다. 이 사람이 해리다. 그는 어린 여자아이의 불안을 감지하고 서둘러 방을 가로질러 와 그녀의 팔에 손을 올린다. 그 즉시 온기가 그녀의 어깨를 타고 오른다. 그녀 쪽으로 몸을 숙이고 해리는 자기의 모든 선의와 용기가 그녀에게 가 닿도록 노래를 시작한다.

'이 아이는 지금 정말 힘들어하고 있구나.'

해리의 노래는 차라리 향기에 가깝다. 과거와 현재와 미래를 치유하는 형체들이 공기 중으로 둥실 떠올라 돌돌 말린다. 템스 강에서 건져 올린 물건들처럼, 해리는 시간을 뛰어넘어 모든 것을 볼 수 있는 능력이 있고 잊힌 것들을 기리는 사람이다. 그는 빈민가의 끄트머리에 살고 있다. 빈민가와 도시와 강의 경계에서, 즉 각 세계의 경계에서 사는 것이다.

로즈는 결국 메스꺼움을 도저히 참을 수 없어 비틀거리며 현관 쪽으로 가 몸을 숙이고 배 속에 있던 모든 것을 쏟아 낸다. 숨을 헐떡이며 계속 올라오는 메스꺼움과 공포를 애써 내리누른다. 이제 영원히 집을 잃었다는 공포를.

'家 런던 베어 너클 시합' 결승이 마지막 카운트다운에 들어갈 무렵 도시에 밤이 찾아든다. 셀 수 없이 많은 링이 있는 가상 경기장이 조명 아래 빛나고 있다. 긴장감이 고조되고 분위기도 무르익었다. 5만 명의 아이들이 접속해 출격 준비를 마쳤다. '추 하이(出海, 선박이 바다로 나가는 것을 뜻하는 중국어.—옮긴이), 고조되는 분위기. 이 시합에는 아주 많은 게 걸려 있다.

  지난 10년간 런던은 제대로 당했다. 런던은 예전 영광에 매달려 세계 5강에 맞서고 있다. 베이징, 델리, 상파울루, 뭄바이, 상하이. 모두 지구 남쪽 신흥 강대국의 대도시들로, 남아 있는 석유를 차지하기 위해 연합했다. 오늘 밤은 상황을 바로 잡을 수 있는 기회다. 이 도시를 대표해서 뭐라도 이길 수 있는 기회.

헌터는 몸의 긴장을 풀고 마음을 가볍게 하려고 방에서 조깅을 한다. 그 옆에서 리오는 뒷다리 근육을 스트레칭하고 있다. 그는 벌써 '안'으로 들어가 있다. 헌터는 심호흡을 한다. 혼처치 출신의 괴물한테 곧 박살날 일도 보통 일이 아니지만, 어제 그런 일을 겪고도 이 바보 브라질 녀석과 이러고 있다는 게 믿기지 않는다.

　　링 안에서 리오는 몸을 펴고 상대방을 훑어본다.
　　'이길 수 있어.'
　　리오는 반쯤 웃다 만다. 괜히 빈민가에서 1년이나 지낸 게 아니란 말이다. 이 家 녀석들은 케케묵은 장비로 수백 시간을 보내며 자기들이 대단한 파이터라고 생각하겠지. 한 주먹 거리도 안 되는 것들. 현실에서 검증을 하지 않으면 자기 실력이 어느 정도 되는지 알 수 없다는 걸 리오는 알고 있다. 진짜 싸움. 리오는 빈민가에 사는 동안 꽤 많이 싸워 봤다. 그게 바로 리오가 유리한 이유다. 여기 들어오는 인간들은 규칙이 존재한다고 믿고 있다. 따라서 자기 같은 진정한 거리의 싸움꾼을 만나면 얼어붙는다. 어찌할 바를 모르는 거다. 이게 바로 오늘 밤 리오의 작전이다. 분명하고 심플하게. 리오는 거리의 스타일로 야비하게 경기할 것이다. 늑대 같은 미소를 띤 리오는 막 링 안으로 들어온 헌터를 향해 고개를 끄덕해 보인다.
　　"넌 그냥 내 뒤를 지켜. 내가 리드할 테니까, 오케이?"
　　헌터가 끙 소리를 낸다. 헌터는 리오의 저 눈빛을 잘 안다. 사실

싸움으로는 세계 꼴찌면서 자기가 브루스 리라도 되는 줄 안다.

"너 새로운 기법을 쓰려는 건 아니지?"

"날 믿어, 친구."

"아, 리오⋯⋯."

하지만 바로 그때 소라 고동 소리가 메아리치며 ㅣ라운드 시작을 알린다. 말리기엔 너무 늦었다. 헌터는 머리를 흔들며 몸을 숙이고 정신 나간 친구의 등을 주시한다. 지난번에 리오가 새로운 기술을 선보였을 때는 둘 다 서른여섯 시간 동안 병원 응급실에 누워 있어야 했다.

중앙군사본부 12층. 우마가 갇혀 있는 방에 불쑥 군인들이 들이닥친다. 그리고 사람들을 헤치고 우마를 붙잡는다. 빈민가 여자 하나가 우마의 몸을 붙들고 길을 막으며 보호하지만 상대가 안 된다. 군인 하나가 우마의 머리 위에 가리개를 씌운 후 문을 통과해서 미로 같은 복도로 끌고 간다. 버저가 울리고 잠금장치가 열리는 소리가 들리더니 어느새 밖에 나와 있다. 차가운 공기가 느껴지고 저 위에서는 엔진 소리가 난다. 갑자기 누군가가 앞쪽으로 세게 민다. 우마가 반사적으로 팔을 내밀자 손이 차가운 금속에 닿는다. 다시 지프에 태워진 걸까? 누군가가 그녀를 차 안으로 밀어 넣은 후 머리에 씌운 것을 벗겨 내고 문을 쾅 닫는다. 우마는 잠시 가만히 누워 있다. 누군가의 손이 그녀의 팔을 잡는다.

"우마!"

눈을 깜빡이며 올려다본다. 젤라 이모! 우마는 이모의 품에 몸을 던진다. 바로 그때 차가 앞으로 움직이기 시작한다. 우마가 안을 둘러본다.

"왜 우리뿐이에요?"

젤라는 우마의 귀에 입술을 갖다 댄다.

"쉿, 내 귀에 대고 말해. 나도 몰라……. 원자로 사건만이 아닌 것 같아……. 내부 정보원이 있는 것 같아. 장례식 날짜를 안 것도 이상하다 싶었는데, 이제 우리만 솎아 냈잖아."

"왜요?"

"모르지. 물건은 잘 갖고 있지?"

우마의 혀가 입천장을 더듬는다.

"우마, 대답해. 갖고 있는 거지, 그렇지?"

"아뇨. 아뇨, 그게……. 누군가에게 줄 수밖에 없었어요."

젤라는 경악하며 뒤로 물러난다.

"너……. 뭐가 어째?"

"그럴 수밖에 없었어요. 코삭들이 덮쳤다고요."

젤라가 최대한 목소리를 낮춰 다시 속삭이기 시작한다.

"숨겼어야지!"

"그럴 수 없었어요. 헬기가 어디선가 불쑥 나타났어요. 움직일 새도 없이 총이 제 얼굴을 겨누고 있었다고요."

"누구한테 줬어? 우리 쪽 누구?"

우마는 눈을 질끈 감는다.

"아뇨. 그게……. 시민에게 줬어요."

성난 낮은 목소리.

"뭐라고?"

"방법이 없었어요. 하지만 제가 다시 찾아올 거예요. 류바가 그가 사는 데로 데려다 줄 거예요."

젤라의 손가락이 우마의 팔을 파고든다.

"네가 무슨 짓을 한 건지 알기나 하는 거야?"

분노가 차오르기 시작한다.

"아뇨. 이모가 아무 말 안 해 줬잖아요. 그냥 던져 주곤 다리 위로 기어 올라가라고 했잖아요."

"그리고 절대로 코삭들의 손에 들어가지 않게 하라고 명령했지. 그런데 그걸 그냥 내버려……."

젤라는 입을 우마의 귀에 더 갖다 붙인다.

"그건 암호화 코드야. 우리의 모든 정보를 드림라인에 감추는 시스템이지. 복사본은 딱 3개밖에 없는데 내가 바로 그중 하나를 지키는 파수꾼이라고. 코삭들이 단 하나만 손에 넣어도 우리의 모든 메시지를 해독할 수 있게 되고, 위치를 추적하고, 글로벌 연결망을 파괴할 수 있어. 우리는 완전히 노출되는 거야. 수백, 수천 명의 이름, 생명이……."

우마의 심장이 뚝 떨어진다.

"그걸 제가 알 리가 없잖아요! 아무도 얘기 안 해 줬는데."

갑자기 분노가 끓어오른다.

"그리고 그게 그토록 중요한 거라면 왜 나한테 줬어요?"

감정을 조절하려고 안간힘을 쓰는 젤라의 눈이 활활 타오른다. 그리고 한참 조카를 뚫어지듯 보더니 말한다.

"달리 방법이 없었어."

"저도 마찬가지예요. 그 남자애밖에는 방법이 없었어요."

우마의 목소리가 갈라진다.

"믿어 주세요."

우마는 두 팔로 자기 몸을 감싸고 이모를 노려본다. 머리가 빙빙 돈다. 이모가 고위급인 줄은 진작 알고 있었다. 하지만 이 정도의 위험을 감수하며 일하고 있었다니, 미치지 않고서야…….

젤라는 손으로 머리를 싸쥔다.

"내가 코드를 갖고 있었던 건 원자로 사태 때문이었어. 보통은 안전하게 숨겨 둔다고. 하지만 코삭들의 공격이 너무 심해져서 그걸 옮길 수밖에 없었어."

우마는 그저 이모의 팔에 안겨 이 모든 게 이모의 잘못만은 아니라고 말하고 싶은 마음뿐이다. 하지만 젤라는 냉정하게 생각을 정리하고 있다. 얼마 후 젤라가 고개를 든다.

"내 생각엔 우릴 다른 감옥으로 이송 중인 것 같아. 아마도 벨마시로 갈 거야. 내가 누군지 아는 게 분명해. 그리고 네 배경도 알고 있을 테고……. 그냥 예방 조치를 취하는 걸 수도 있어. 코드와는 아무 상관없을지도 몰라. 냉정해져야 해. 아무것도 누설하면 안 돼. 특히 너. 너는 미성년이니까 대강 심문하다가 보내 줄 수도 있어."

"아니면요? 구이도에게 얘기를 전할 방법은 없을까요?"

"아니! 구이도도 코드나 내가 파수꾼이라는 사실에 대해선 전혀 몰라. 아무에게도 말하지 마. 무슨 일이 벌어지고 있는지 파악되기 전까진 말이야. 우리 둘이 알고 있다는 사실만으로도 상황이 안 좋아. 나조차 다른 파수꾼이 누군지 몰라. 일급 기밀 사항이야. 우린 엄격한 점조직으로 운영되고 있거든."

"왜요?"

"아는 사람이 적을수록 고문을 받을 때 입을 여는 사람이 적기 때문이야. 끔찍한 일이지만 결국 그렇게 돼. 그래서 파수꾼이 위태로운 상황에 빠지면, 그러니까 내가 무너질 상황이 발생하면 드림라인으로 들어가서 코드 프로그램 자체를 폐쇄해야 해. 그렇게 되면 무슨 일이 일어나도, 아무것도 모르니 자백할 수는 없게 되는 거지. 나에게 무슨 짓을 한다고 해도."

"하지만 만약 제가 코드를 다시 손에 넣으면 괜찮아지는 거 아니에요?"

젤라가 시선을 떨어뜨린다.

"아까도 얘기했지만 이제 나에게 무슨 일이 일어나느냐에 달렸어. 만약 저들이 내가 파수꾼이라는 것을 알고 취조를 하고, 날 압박하고……. 내가 결국 입을 열 것 같다고 생각하면 그때는 시스템을 폐쇄하는 수밖에 없어. 그건 곧 코드가 즉시 새로운 파수꾼에게 인계됨을 의미해."

우마가 얼굴을 찌푸린다.

"하지만 그들이 절 풀어 주고 제가 그 아이에게서 물건을 찾아오고 난 뒤에는 그런 상황이 벌어진 걸 어떻게 알죠? 그러니까, 이모가 위험한 상황이라는 걸……. 그리고 제가 다음 사람을 찾아내야 한다는 걸요?"

젤라의 목소리가 떨린다.

"몰라. 지금까지는 한 번도 이런 일이 없었어. 하지만 해답은 코드 안에서 찾을 수 있을 거야. 프로그램이 폐쇄된다고 해도, 새로운 파수꾼을 찾는 길은 제시해 줄 거야. 네가 읽는 법을 알아내기만 하면."

젤라는 조카의 손을 꽉 잡아 얼굴로 가져온다.

"만약에 그런 상황이 벌어진다면 아무에게도 말하지 않고 길을 찾아 나가겠다고 약속해 줄 수 있어?"

우마의 손에 이모의 눈물이 느껴진다. 우마는 손을 빼고 이모를 바라본다. 이모의 이런 모습은 처음이다.

우마는 천천히 고개를 끄덕인다.

"약속할게요."

두려움이 파도처럼 그녀를 덮친다. 어떻게 이 맹세를 지켜낼 수 있을까? 하지만 그 감정은 곧 밀어낸다. 헌터라는 아이에게서 케이스를 되찾아 올 것이다. 젤라 이모는 무너질 리가 없다. 이모는 강하니까. 아마도 늘 그랬듯이 심문을 좀 받고 나면 풀려날 것이고 곧 모든 게 다시 원래 자리를 찾을 것이다.

지프가 급작스럽게 멈추더니 뒷문이 활짝 열린다. 군인 둘이 올라탄다. 먼저 올라온 사람이 젤라를 잡아 짐짝 다루듯 출구 쪽으로 데려간다. 우마가 두 팔로 이모를 붙들고 늘어지자 군인이 비틀거린다. 그러자 모두가 한데 엉켜 차 바닥에 구른다. 다른 군인이 나서서 우마의 팔꿈치를 무자비하게 발로 차 이모에게 매달린 팔을 풀어 버린다. 우마는 아파서 비명을 지르고 이모는 끌려 나간다. 차 문이 닫히기 직전 마지막으로 본 이모의 얼굴, 그 뒤로 깎아지른 듯한 벽 돌담이 버티고 있다. 우마는 검은색 금속 벽으로 몸을 던져 보지만 소용없다. 그녀는 그 안에 갇혀 있고 밖은 사방이 벽이다. 여기는 벨마시가 틀림없다.

베어너클 링 안에 서서 헌터는 갈비뼈가 아플 정도로 웃어 대고 있다. 그러면 안 되지만, 리오의 상대인 에섹스 슬럼독이 리오를 들어 올린 후 헤드락을 걸어 슬슬 돌리고 있는 걸 보고 있자니 언젠가 그리스 해변에서 어떤 남자가 문어를 죽이는 모습을 본 게 떠오른다. 그 남자는 문어의 머리 안쪽을 밖으로 뒤집어 버렸었다. 그런데 지금 똑같은 상황이 벌어지고 있다. 이 여자가 어찌나 강하게 단련했는지 완전히 새사람이 되었다. 짐승이 따로 없다. 리오의 눈이 두개골에서 뚝 떨어져 나올 것만 같다.

헌터도 도와주려 노력했지만 이건 리오의 시합이니 무작정 뛰어들 수도 없다. 그건 규칙 위반이니까. 하나로 묶은 여자의 금발 머리가 경기장 조명 아래에서 앞뒤로 흔들린다. 부두 노동자 같은 그녀의 팔이 마치 코코넛이 담긴 주머니처럼 탄탄하다. 그리고 家

에 접속한 1,000만 명의 관중들이 큰 소리로 그녀를 응원하고 있다. 슬럼독이 리오를 점점 더 높이 들어 올리더니…… 승리의 함성과 함께 리오를 번쩍거리는 링 저편 관중들 속으로 집어던진다. 헌터가 나뒹굴고 있는 리오의 몸을 바라보는데 렌즈가 깜빡거리더니 흐릿해진다.

리오가 침대 위에 잔뜩 쌓여 있는 옷더미로 내려앉는 순간 헌터는 몸을 거의 반으로 접은 채 웃고 있다. 헌터는 깔개 위에 앉은 채 정신을 수습하려고 노력 중이다. 그리고 한참 지나 간신히 친구를 바라본다. 그런데 리오가 이상하리만치 조용하다. 순간 헌터는 웃음을 멈춘다. 뭔가 이상해. 리오는 절대로 조용한 법이 없다. 그런데 지금은 너무 조용하다. 헌터는 무릎으로 기어간다.

"너 뭐 하는 거야?"

그 순간 심장이 내려앉는 것 같다.

"안 돼!"

하지만 리오는 전혀 반응이 없다. 그는 침대에 누운 채 꼼짝도 않는다. 시합에서 박살이 난 뒤에 으레 그러듯 욕을 하거나 신음소리를 내지도 않는다. 대신 손바닥 안의 아주 작은 둥근 조가비 모양의 물건을 넋을 잃고 들여다보고 있다. 손가락으로 밑면의 문양을 더듬으면서. 그러더니 고개를 들고 여태껏 헌터가 한 번도 보지 못한 강렬한 눈빛으로 묻는다.

"친구, 대체 이런 게 어떻게 네 손에 들어온 거야?"

무장 지프 안에서 우마는 귀를 쫑긋 세우고 군인들이 다시 돌아오기를 간절히 기다린다. 하지만 그들이 돌아와도 할 수 있는 게 있을까? 없다. 자갈 위로 군화 소리가 들려오더니 차 문이 활짝 열린다. 군인이 우마의 팔을 잡아 끌어낸다. 우마는 대항할 힘이 없다. 지프에 매달려 보지만 어느새 차와 완전히 분리되었다. 그런데 그때 갑자기 뭔가가 거칠게 뛰어오르고 으르렁거리고, 발톱과 번쩍이는 이빨이 보이더니……. 류바가 으르렁거리며 군인들을 물고 늘어져 땅바닥으로 쓰러뜨린다.

코삭들이 넘어져 고통에 겨운 비명을 질러 대고, 눈 깜짝할 사이에 우마가 도망친다. 돌로 된 감옥 안뜰을 맹렬한 기세로 달려 스포트라이트 몇 개를 뛰어 넘어 캄캄한 잔디밭으로 곤두박질친다. 그리고 곧 바깥 담장에 도달한다. 날아오르는 고양이처럼 뛰어올라 부옇게 번지는 벽돌과 모르타르를 지나간다. 우마는 담장 맨 꼭대기로 몸을 끌어올린다. 그리고 잠깐 멈춘다. 여기가 어디지?

템스 강이 가까이에서 흐르고 있는 게 보인다, 아니 느껴진다. 보초병들이 저 아래에서 소리를 질러 댄다. 엄청난 도약 끝에 류바도 우마를 따라 담장으로 뛰어올라 뭔가를 잡기 위해 미친 듯이 담을 할퀸다. 우마는 류바의 목덜미를 움켜쥐고 담장 바깥으로 던진 후 자기도 따라서 뛰어내린다.

강은 어디에 있지? 정면이야. 사이렌 소리가 밤공기를 가르고 우마는 강을 향해 달린다. 어두운 뒷길을 더듬어 내려가니 어느새 강둑이 나타난다. 돌아가는 길은 없다. 우마가 뛰어들자 강물이 그녀를 삼키고……. 몇 초 후 개도 첨벙 물로 뛰어든다.

맹렬히 발을 차며 검은 강물 속으로 우마가 들어간다. 강가에서 가능한 한 멀리 도망가려고 필사적이다. 물결이 사납게 그녀의 몸을 잡아당기지만 포기하지 않을 것이다. 밑으로 가라앉지 않을 것이다. 류바를 부르며 팔을 돌리고, 발차기를 반복하고 또 반복한다.

10분이 지난 후에야 우마는 강둑을 돌아본다. 불빛이 있긴 하지만 강에 수색 보트는 보이지 않는다. 적어도 아직까지는. 아마도 강물에 뛰어들 만큼 정신 나간 사람은 없을 거라 생각하는 모양이다. 런던에서 도망자들이 살아서 강을 건넌 경우는 단 한 번도 없었다는 얘기를 읽은 적이 있다. 우마는 다시 몸을 돌린다. 모험을 할 수는 없다. 벨마시에서 최대한 멀찍이 떨어져야 하지만 얼음장 같은 물속에서 더 견딜 수는 없을 것 같다.

그리고 그때 언뜻 돛대가 반짝이는 게 눈에 띈다. 배가 물결 위에서 흔들리며 우마의 왼쪽으로 다가오고 있다. 힘껏 팔을 돌려 배 옆으로 붙어 흠뻑 젖은 몸으로 배 위로 올라타고 류바까지 끌어올린다. 계류용 밧줄을 풀고 방수포 밑으로 들어가 죽은 사람처럼 눕는다. 물결이 상류까지 데려다주겠지. 지금 당장은 더 이상 못 가겠다.

한 30분쯤 지났을 무렵, 우마가 탄 배가 강둑으로부터 뻗어 나와 템스 강 깊숙이까지 닿아 있는 부교에 부딪힌다. 우마는 몸을 덜덜 떨며 방수포 밑에서 제방 쪽에 경찰의 그림자가 있나 살핀다.

'여기가 어디지?'

미간을 찌푸리는 우마, 물결에 실려 상류 쪽으로 아주 멀리 떠밀려 온 것 같다. 줄지어 선 콘크리트 빌딩들……. 낡은 런던 아이(순수 관람용 건축물인 영국의 대표적인 상징물로 런던의 템스 강변에 위치하며, 런던 시내의 모습을 다양한 방향에서 관람할 수 있다 – 옮긴이)도 보이고……. 아직도 몇 개의 관람차에선 불빛이 반짝인다. 여기는 사우스뱅크가 틀림없다. 선량한 시민들이 술을 마시고 가라오케에 가려고 모여드는 곳이다. 확실한 신분증을 가진 사람들이 있는 곳. 코삭들이 어린 여자아이를 구타할 만한 곳은 아니다.

마지막으로 한 번 더 확인한 후, 우마는 배에서 내려 류바에게 따라 나오라고 손짓한다. 그리고 부교 위로 기어오른다. 앞으로 뛰어오른 류바는 발바닥이 단단한 땅에 닿는 순간 신이 나서 짖는다.

우마가 손을 내젓는다.

"쉿. 지금 숨어 다니는데 짖으면 어떡해?"

우마가 내려다보자 개는 고개를 위로 빼고 그녀를 올려다본다.

"아니, 뭐 하고 있는 거야? 그 남자애가 있는 곳으로 앞장 서."

류바가 종종걸음으로 진흙투성이 판자 위를 건너고 우마는 질벅거리는 운동화로 뒤를 따른다. 오늘 밤 얼마나 멀리까지 가야 할지 알 길이 없고……. 너무나 지친 나머지 당장 이 썩어 가는 판자 위에 쓰러져 잠들 수도 있을 것 같지만, 뼛속까지 스며드는 추위에 항복할 수는 없다. 코드를 되찾아야만 한다.

헌터는 침대 끝에 걸터앉아 엄지손가락 가장자리를 씹으며 리오가 언제쯤 폭발하나 싶어 표정을 살피고 있다. 그 여자애와 물건, 그리고 코삭들에 대한 얘기를 다 했다. 리오가 조용히 생각에 잠겨 있다. 흠. 리오의 침묵은 좋지 않다는 뜻이다. 헌터는 자기 친구의 손바닥에 놓여 있는 물건을 응시한다.

"이게 아웃사이더들의 물건이라는 걸 어떻게 확신하는데?"

"왜냐하면 네가 다리 근처의 장례식에 있던 여자아이한테서 받은 거라고 말했으니까. 그렇게 강에 재를 뿌리는 사람들은 아웃사이더들밖에 없어."

"하지만 내가 말해 주기 전부터 넌 이게 아웃사이더들의 물건인 걸 알았잖아."

리오가 어깨를 으쓱한다.

"그건 이 상징 때문이야. 보여?"

리오는 물건의 밑면을 엄지손톱으로 가리킨다.

"여기 이중 나선 구조잖아, 그러니까……. DNA. 생명의 기원이자 순환을 나타내지."

헌터가 고개를 끄덕인다.

"그래, 알아. 찾아봤어. 그런데 그게 뭘 의미하는 거지?"

"우리 모두가 같은 것으로 만들어져 있다는 것과 관련 있어. 평등, 뭐 그런 동화 같은 얘기지. 아웃사이더들은 자기들의 모든 서류에 이 문양을 표시해."

리오는 고개를 젓는다.

"하지만 이 안에 뭐가 들어 있는지는 나도 몰라. 틀림없이 어떤 데이터를 저장해 뒀을 거야. 그리고 바로 그 점이 이상하다는 거지. 왜냐하면 아웃사이더들은 그 어떤 것도 하드웨어에 저장하는 법이 없거든. 모든 커뮤니케이션을 드림라인에 암호화해. 그래서 코삭들이 절대 단속을 못하는 거야."

"드림라인이 뭔데?"

"아웃사이더들의 글로벌 커뮤니케이션 시스템이야. 우리는 家를 이용하고 그들은 드림라인을 이용하는 거지. 그렇게 들었어. 그 누구도 확실히 알진 못해."

"난 들어본 적도 없어."

"그건 네가 아웃사이더가 아니라서 그래. 넷상에 철저하게 숨겨져 있거든."

"넌 이 모든 걸 빈민가에 살 때 알게 된 거야?"

리오가 고개를 젓는다.

"아니. 거기에 산다고 해도 이런 걸 아는 사람은 거의 없어. 근데 내가 거기 살 때 도둑고양이라는 ID를 쓰는 라마 녀석과 주로 어울려 다녔거든. 걔가 다른 사람들 家 계정 신용정보 사기꾼이었어. 암호나 세컨드 라이프 정보, 돈이 되는 건 뭐든지 캐냈고……. 난 걜 좀 도왔지."

헌터가 미간을 찌푸린다.

"그런데 그 드림라인이란 걸 왜 그리 찾기가 어려운 건데? 넷상의 경로를 알기만 하면 되는 거잖아, 안 그래?"

"아니지. 아웃사이더들은 드림라인을 다크넷에 숨겨."

"잠깐, 잠깐. 다크넷은 또 뭔데?"

"바로 너 같은 시민들은 넷상에서 절대로 가지 않는 곳이야. 니들은 家의 수면에서 물장구나 치지만 사실상 넷은 그보다 훨씬 깊어. 아마 그곳의 90퍼센트는 접근이 안 되는 어둠의 구역이라고나 할까. 오래된 데이터와 유령회사, 위조 이력서, 테러 조직, 소아 성애자 매매소, 비밀경찰 작전. 거기 다 있다니까."

"하지만 아웃사이더 커뮤니케이션 시스템이랑 그게 무슨 상관인데?"

"드림라인이랑? 상관없어. 다크넷은 그저 그것을 숨겨 두는 장소일 뿐이야. 우리가 내다 버린 디지털 쓰레기들 아래에. 아웃사이더들은 암호 쪽으로는 천재들이야. 그리고 경로를 모르면 드림라인은 존재하지 않는 거나 마찬가지야. 보이지도 않고, 찾을 수도, 추적할 수도 없어. 물론 전 세계의 첩보 기관들이 드림라인을 해킹하고 해독하려고 혈안이 돼 있지만 아주 약간의 낌새를 챘다고 생각하는 순간, 펑 하고 사려져 버려. 주위에 보이는 건 2000년도쯤의 호놀룰루 납세 신고서 같은 다크넷 데이터일 뿐이야. 흔적도 없어. 라마는 그걸 찾으려고 아주 미쳐 날뛰었어. 그건 마치 해커들의 성배와 같아."

헌터가 손을 든다.

"잠깐, 그 라마라는 애, 아웃사이더 아니었어?"

"절대 아냐. 걘 그냥 빈민가에서 살았던 것뿐이야. 거기도 여기랑 똑같아. 여기엔 너희 아버지처럼 잘사는 시민들도 있고…… 우리 같은 사람들도 있어, 일주일에 70시간씩 일하고 중고품만 사 쓰면서 하루하루를 간신히 버텨 나가는. 안 그래?"

헌터가 고개를 끄덕인다.

"빈민가도 마찬가지야. 거기 사람들도 다 달라. 베사라비아 사람들처럼 마약 갱들도 있고, 그 왜 마약에 중독된 사람들……. 그런가 하면 어쩌다가 빈민가로 떨어진 사람도 있지. 라마처럼 말이야. 걔 아빠가 도박으로 신분증까지 날려 먹고 엄마는 신경쇠약에 걸려 일

할 수 없게 돼서 거기까지 가게 된 거지……. 그리고 마지막으로 아웃사이더들이 있어. 그 사람들이 미친 혁명가들이란 얘긴 다 잊어버려. 대개는 평범한 사람들이야. 그중에 꽤 많은 사람들은 마음만 먹으면 신분증을 만들 수도 있지만, 남의 규칙대로 살고 싶지 않아서 만들지 않을 뿐이야. 그 사람들이 바로 파업을 하고, 시위를 하고, 스스로 전력을 만들고, 주차장을 농장으로 만드는 사람들이야. 코삭들은 그들을 잡기 위해 빈민가를 습격하는 거고."

헌터가 얼굴로 흘러내린 머리를 뒤로 쓸어 넘긴다.

"빈민가를 급습하는 건 마약이랑 갱들의 전쟁 때문에 그런 건 줄 알았어."

리오가 씩 웃는다.

"뭔 소리야. 가난한 사람들이 지들끼리 죽이고 난리를 쳐도 빈민가 안을 벗어나지만 않으면 코삭들은 상관 안 해. 자기들이 해야 할 일을 대신해 주는 셈인데, 안 그래?"

헌터는 리오의 손에 있던 반투명한 조가비 모양의 물건을 가져와 불빛 아래 들어 올린다.

"하지만 이 안에 뭐가 있는지는 아직도 전혀 감을 못 잡고 있는 거네. 내가 이해가 안 가는 건 만약 아웃사이더들이 코드 만들어내는 귀신들이라면 왜 이런 저장 장치를 만들었냐는 거야. 너무 위험하잖아. 왜 그냥 다크넷 안에 다 숨겨 놓질 않는 거지?"

리오가 무릎을 탁 친다.

"친구, 이제 네가 좀 감을 잡는구나. 내 말이 그 말이야. 내 평생 이렇게 실체가 있는 건 처음 봐. 아웃사이더들은 자기들의 자취를 숨기는 문제에는 편집증 사이코 같은 인간들이라니까. 내 생각에는 이걸 드림라인에 둘 수 없는, 절대 비밀로 해야 하는 무슨 이유가 있는 것 같아. 그 여자애가 이걸로 뭘 하라고 했어?"

"안전하게 지켜달라고."

"그래서 넌 어쩔 건데?"

리오가 머리를 가로젓는다.

"헌터, 그 여자애를 절대 다시 만날 수 없다는 것 정도는 알지? 코삭들이 지프에 태우고 간 이상 못 만나."

헌터는 한숨을 크게 내쉰다. 리오는 워낙에 헛소리를 많이 지껄이는 애라 어디까지 믿어야 할지 모르겠다. 그때 갑자기 리오의 눈빛이 반짝인다.

"그래, 이게 뭔지 알아내는 유일한 방법은 이걸 테스트하는 거야."

"이걸 읽을 수 있는 RET스캔이 있어?"

리오가 스트레칭을 한다.

"네가 아는 어떤 상표로도 안 돼, 친구. 아웃사이더들은 말야, RET스캔은 안 써. 걔들은 몸속에 심은 장치를 통해 넷으로 들어가지."

"우리들이 쓰는 헤드셋을 안 쓴다고?"

"안 써. 프리러닝하는 데 방해되거든. 수술해 넣는 임플란트 장치를 써. 바로 눈동자 위에 삽입해서 시신경으로 직접 연결하지."

헌터의 눈이 커진다.

"나는 진짜 잘사는 애들만 그런 거 하는 줄 알았는데. 우리 아빠도 대기 명단에 이름 올려놓은 지 2년이 됐는데도 아직 감감무소식이야."

"그래, 뭐. 아웃사이더들은 수입품을 기다릴 필요가 없어. 자기들이 직접 만드니까. 전설적인 기술자들과 프로그래머들이 있지. 그리고 절대 가난한 빈민가의 삶에 속지 마라. 이 도시에서 제일 잘사는 사람들도 아웃사이더들이라는 게 내 생각이니까. 제일 좋은 음식에, 전력도 100퍼센트 갖추고, 뒤를 받쳐 줄 든든한 집단이 있고, 파티도 정말 최고일 거야."

잠시 말없이 앉아 있던 헌터가 말한다.

"하지만 그 여자애가 찾으러 오면 어떡해?"

"헌터, 만약 그 아웃사이더 여자애가 널 찾으려고 감옥에서 탈출할 정도로 네가 카리스마 넘친다고 생각한다면 넌 정말 멍청이 왕재수야."

"나 때문이 아니라. 이 물건을 정말 엄청 중요하게 생각하는 것 같았다고."

리오는 어깨를 으쓱한다.

"그건 그래. 좋아, 그럼 이게 진짜라고 밝혀지면 그때 그 여자애에게 돌려줄 방법을 찾아보자고. 하지만 시험을 해 보지 않으면 이게 뭔지 어떻게 알겠냐? 나한테 시간을 조금만 줘. 그들의 임플란트 장치를 흉내 낼 만한 외부 패치를 만들어서 내 오른쪽 눈에 붙여야 돼. 이 물건을 패치 위에 대고 읽혀서, 이게 아웃사이더 임플란트라고 이 프로그램을 속이면 되는 거야. 내가 제대로 하기만 하면 이 안에 있는 모든 게 로딩될 거야. 라마도 그렇게 한 적이 있거든. 나도 할 수 있을 것 같아."

리오는 코를 문지른다.

"이봐 친구, 그 계집애가 널 갖고 노는 걸지도 몰라. 이게 아무것도 아닐 수도 있다고. 하지만 아웃사이더 여자애 하날 찾으려고 빈민가로 들어가는 건 너무 위험해. 그 안에 코삭들이 심어 둔 스파이들이 우글거리는데 이 물건이 진짜라는 확신도 없이 그 안에 얽혀 들고 싶진 않잖아."

리오가 말을 잠시 멈춘다.

"그리고 툭 까놓고 말해서……. 생각해 봐, 헌터. 너 이거 얼마에 팔 수 있을 것 같냐? 이게 진짜라면 코삭들이 엄청 많이 내놓을걸."

헌터가 리오를 보는 눈빛이 날카롭다.

"그럼 애초에 이걸 갖고 있던 난, 그냥 놔둘 것 같아? 그냥 다리 위에 있었다는 것만으로 머리를 두들겨 맞고 공식 경고까지 받았다고. 그다음엔 신분증에 빨간 줄이 남거나 기소될 게 뻔해. 그리고 그게 아녀도……."

소년의 가슴에 빨간 꽃망울처럼 터지던 총알구멍들이 헌터 눈앞에 다시 나타난다.

"코삭 놈들한테 그 여자애를 넘길 수는 없어. 그건…… 옳지 않아."

"예뻐, 그 여자애?"

우마의 이미지가 헌터의 머리에 떠오른다. 예뻤나? 아니, 글쎄. 그랬어, 어쩌면……. 하지만 그보단 그저 완전……. 달랐어. 헌터는 초

승달 모양의 조가비를 손으로 감싸더니 금속 케이스 안에 도로 집어넣는다.

"아니, 리오. 여기 그대로 둘래. 약속했단 말이야."

리오가 입술을 삐죽 내민다.

"아, 뭐라고?"

"얼마간이라도. 그 정도는 해 주고 싶어. 나중엔 너한테 넘길지도 모르겠다."

"나중에 언제? 일주일, 한 달? 그게 무슨 의미가 있냐, 인간아. 그 때쯤이면 아웃사이더들이 시스템을 싹 바꿔 버릴 테고, 이건 전혀 쓸모없어질 텐데. 아, 그 거지 같은 물건, 테스트 좀 해 보자!"

헌터는 침대 옆 서랍을 열고 나무 상자를 꺼내어 뚜껑을 연다.

"아웃사이더들이 대체 네게 무슨 짓을 했다고 그렇게 못 팔아넘겨 안달이냐?"

리오는 친구가 케이스를 상자에 넣고 서랍을 닫는 모습을 지켜본다. 그는 헌터를 사랑하지만, 이 애는 늘 벼랑 끝에 몰려 사는 게 어떤 건지 모른다, 아니 알 수가 없다. 리오에게는 형밖에 없다. 그들은 딱 한 달치 월급이라도 떨어지면 바로 빈민가행이고, 경범죄 딱 한 건이면 바로 흑인 노동자 계급으로 떨어지게 돼 있다.

벨마시 감옥 지하실 아래로 한 층이 더 있다. 여기는 사람들이 모르는 감방들이 있는 곳으로, 차가운 바닥에 젤라가 쪼그리고 앉아 있다. 젤라의 맨발에서 몇 센티미터 떨어져 있지 않은 수도꼭지에

서 물이 똑똑 떨어질 때마다, 속이 드러난 전선이 파란색과 흰색 불
꽃을 뿜고 있다. 그들은 젤라를 어둠 속에 이 전선들과 함께 남겨
두었다. 그리고 한 시간을 줄 테니 쉬운 길과 어려운 길 중 어떤 것
을 선택할 것인지 결정하라고 했다. 젤라는 코삭들의 계획이 무엇인
지 알지 못한다. 그들이 코드에 대해서 알 수도 있고, 모를 수도 있
다. 어느 쪽이든 간에 그들은 젤라를 무너뜨릴 것이다. 젤라는 자신
을 잘 알고, 자신의 한계도 잘 안다. 이런 시련……. 이겨 낼 수 없을
지도 모른다. 시간은 거의 다 되어 가고 이제는 결정을 내려야 한다.
달리 방법이 없다. 젤라는 눈을 꼭 감고 망막의 임플란트 장치를 작
동시켜 곧장 다크넷으로 들어간다.

불이 훤히 켜진 로비를 성큼성큼 지나 젤라는 첫 번째 복도에서
왼쪽으로 꺾은 뒤, 화장실이 나올 때까지 두툼한 카펫을 따라 걷
는다. 첫 번째 칸에 들어간 젤라는 문을 닫고 허리를 숙여 문에 붙
어 있는 거울의 나사를 재빨리 돌리기 시작한다. 단 몇 초 만에 거
울을 떼어 내자 그 자리에 나타난 것은 어둑한 통로다. 그 속에서
눅눅한 공기가 훅 퍼져 나온다. 바로 다크넷이다.

안에 들어서자 차가운 타일에 발바닥이 얼어붙을 것 같지만 젤
라는 계속 걷는다. 얼마 지나지 않아 10여 개의 복도가 엇갈리는
교차로가 나타난다. 젤라는 노련한 눈으로 훑어본 뒤 경사가 급한
내리막길을 택한다. 곰팡이 핀 데이터들이 양쪽에 탑처럼 쌓아올
려진 터널을 지나는데 머리 위의 등불이 간간이 깜빡거린다.

젤라는 계속 이쪽저쪽으로 꺾어 들어가며, 자기가 심어 놓은 표식을 따라간다. 그녀는 파수꾼이니까. 그리고 마침내 발견한다. 온갖 쓰레기들 사이로 구불구불한 길을 만들며 은은하게 빛나고 있는 섬세한 경로, 드림라인. 그것을 발견하는 순간, 젤라는 앞으로 달려 나가 손을 쭉 뻗는다. 빛과 온기가 그녀의 몸 안에서 폭발한다. '접속', 하지만 시간이 없다.

빠른 속도로 데이터 연결망을 하나하나 살피던 젤라는 그녀가 찾던 것을 발견한다. 코드 프로그램의 잠금장치. 젤라는 잠시 멈추고 금빛으로 물들은 자신의 몸을 내려다본다. 드림라인 안은 너무나도 아름답다. 그들이 지어올린 자립 시스템이며, 수집해 모은 제4세계 지식들, 부패와 잔인함이 없는, 자유세계의 청사진. 그리고 잔인한 정부와 그들의 도구인 코삭이, 아웃사이더들을 미래가 아닌 적으로만 보기 때문에 숨겨 두어야 하는 모든 것들이 이 안에 있다.

젤라는 이곳에 안전하게 머무르고 싶다. 하지만 그럴 수 없다. 감행해야만 한다. 젤라는 코드의 선 하나를 제거한다. 그러자 그 순간 주위의 금빛 온기가 증발해 버리고 차갑고 눅눅한 공기가 그 자리를 메운다. 젤라는 자기도 모르게 헉 숨을 내쉰다. 무언가를 파괴하는 것이 얼마나 쉬운 일인지. 드림라인이 잠겨 버렸고, 코드 프로그램도 그녀에게는 영원히 닫혀 버렸다.

이제 그녀는 배신을 하려 해도 할 수 없게 됐다. 드림라인은 사라져 가고, 다시 코드를 작동시킬 수 있는 새 파수꾼의 위치에 대한 실마리 또한 너무나 희미하다. 아니, 헌터 침대 옆 서랍에 들어 있는 반투명 조가비 안에 숨겨진 그 길은 아예 보이지 않는다고 하는 편이 더 맞다.

차가운 감방 바닥에 공처럼 몸을 말고 덜덜 떨며 누운 채, 젤라는 조용히 마음 깊은 곳으로부터 간절한 기도를 올린다. 우마가 새 파수꾼을 찾아내기를. 비밀을 안전하게 지켜 내기를. 끝내 살아남아 주기를.

10

　새벽 4시, 맑은 밤하늘에 달은 높이 떠 길에 기다란 그림자를 만들고 있다. 코삭의 검문소를 피해 험한 길을 한참 걷고 난 뒤, 우마는 지금 소형 트럭의 바퀴 뒤에 쭈그리고 앉아 덜덜 떨리는 몸을 억누르고 있다. 그리고 배터시 파워 아파트의 외관을 조심스럽게 살핀다. 이제 어쩌지?

　우마는 개를 내려다본다.

　"여기가 확실한 거야?"

　류바는 기분 상한 듯 털썩 앉아 버린다.

　"알았어, 알았어. 걔가 몇 호에 사는지는 못 알아냈지?"

　류바는 하품만 한다. 우마는 미간을 찌푸리고 그 애의 성을 기억해 내려 애쓴다. 군인한테 성을 댔는데……. 타워 브리지 꼭대기에서……. 뭐였더라? N으로 시작했는데……. 그러니까 N 뭐였지? 그네가 달린 마일 엔드 파크의 오래된 나무 모습이 떠오른다. 그게 뭐더라? 애시 트리(물푸레나무 – 옮긴이). 내시. 그래 그거야. 우마는 경비가 철통같은 번쩍번쩍한 아파트단지를 보며 기도 안 찬다는 표정을 짓는다. 빈민굴에 행차 나온, 쥐새끼 같은 부잣집 도련님 같으니라고. 다리 위에서 장례식이나 엿보고. 진짜 이상한 애 아냐? 코드를 잘 보관하고 있는 게 좋을 거야.

계속 움직이지 않으면 곧 기절해 버릴 것만 같다. 일단 눈앞에 닥친 일부터 해결하자. 먼저 경비원 앞을 통과해야 한다. 이건 혼자 해야 할 일이야. 우마는 몸을 숙이고 류바의 부드러운 머리를 쓰다듬는다.

"이제 집에 가."

개는 우마를 한참 쳐다본다.

"그냥 하는 말 아니야."

류바는 몇 발짝 걸어가다가 멈춰 서서 돌아본다. 우마는 팔을 흔든다.

"류바, 얼른 가. 해리 아저씨 집에서 만나."

류바는 우마의 결정이 못마땅하다. 하지만 순종하듯 그림자 속으로 바삐 들어간다. 우마는 자기도 모르게 미소를 짓는다. 기분이 아무리 엉망이어도 류바만 생각하면 웃음이 난다. 류바는 마치 마법처럼 우리에게 왔다. 어느 날 빈민가에 총격전이 벌어지고 난 뒤, 구이도가 버려진 류바를 발견했고, 그 순간부터 우마와 뗄 수 없는 사이가 됐다.

우마는 출입구 앞으로 다가가며 네 발로 기어 방어벽 밑을 통과한다. 물에 쫄딱 젖은 데다 신분증도 없는 여자애를 이 시간에 들여보내 줄 리 없다. 우마는 잘 손질된 맞은편 잔디 위로 조심스럽게 꿈틀꿈틀 기어 나온 다음 벌떡 일어나 건물의 출입구로 달음박질친다. 그때 저 앞에서 입구가 열리더니 어떤 여자가 나온다. 이런 행운이! 우마는 속도를 더 올려 그 여자와 지나칠 때 미소까지 띤다.

역주 끝에 우마는 건물 안으로 미끄러지듯 들어가고 문이 닫힌다. 유리문에 기대어 잠깐 동안이나마 따뜻함이라는 사치를 누린다. 그러고는 태연하게 로비를 가로질러 벽에 있는 주소 목록 앞으로 가서 내시라는 이름을 입력한다. 디지털 화면에 불이 깜빡인다. 7층 759호. 우마는 차가운 미소를 짓는다.

잠시 후 우마는 헌터네 집 현관문 앞에 서 있다. 그러나 행운은 다시 저만치 가버렸다. 망막 스캔 출입문이라니. 이 피해망상증 환자들은 대체 왜 이러는 걸까? 도대체 누가 그렇게 무서워서? 그러다 갑자기 씩 웃는다. 바로 나 같은 사람들이지 누구겠어. 우마는 한숨을 내쉰다. 그래, 앞문으로 들어갈 수 없다면 뒤로 들어가야겠지. 우마의 눈길이 건물벽의 발코니에 머문다.

에반이 깜짝 놀라 잠에서 깬다. 방금 그 소리는 뭐지? 또 RET스캔을 켜 놓은 채 잠이 들었는지 눈을 떠 보니 정글 한가운데에 기자가 서 있고 렌즈 위로 이런 자막이 흐른다.

중국과 베네수엘라 원유 협정에서 미국 제외하기로.

에반은 몸을 일으키며 생각한다. 이 사건으로 중국과 미국 간의 첫 번째 원유 전쟁이 터지는 건 아닐까.

에반은 RET스캔을 끄고 잠시 어둠 속에 앉아 가만히 귀를 기울인다. 그런데 또……. 금속 부딪히는 소리가 발코니 쪽에서 들려온다. 가운을 걸치고 발코니 문을 열고 밖으로 나가다가 헌터와 부딪힌다.

에반이 놀라 뒤로 물러난다.

"너 여기서 대체 뭐 하는 거야?"

헌터가 돌아선다.

"아무것도 아니에요. 그냥 무슨 소리가 들리기에……."

"그래, 나도 들었어."

"어쨌든, 아무것도 아니에요. 새였는데 날아갔어요."

헌터는 발코니 끝으로 조금씩 움직여 몸으로 뒤를 가린다. 방금 베란다 끝에서 뛰어내린 여자아이를 아버지가 볼 수 없도록 하기 위해서다.

"확실해?"

"네, 나오니까 바로 날아갔어요……. 진짜로."

발코니의 난간에 대롱대롱 매달린 우마는 팔이 몸통에서 빠져 버릴 것만 같다.

"흠. 우리 둘 다 잠에서 깰 정도면 정말 큰 새였나 보다. 혹시 다친

건 아니니?"

"아뇨. 하지만 크긴 진짜 컸어요. 매나 뭐 그런 거였던 것 같아요. 어쨌든 이젠 날아갔으니까……."

우마가 이를 악문다.

'제발 좀 쫓아 보내라고.'

"매?"

헌터가 자세를 바꾼다. 아, 지금 당장 어떻게든 해야 한다. 이 바보 아버지와 매에 대한 대화를 나누는 동안 저 여자애는 떨어져 죽고 말 것이다. 헌터의 목소리가 굳어진다.

"아버지, 오늘 이미 한바탕했잖아요. 이제 그만 좀 들볶으세요."

에반의 눈이 이글거리는 것도 잠시 이내 시선을 떨군다. 아들과 매일 싸우는 데 넌더리가 난다. 요즘은 마주쳤다 하면 싸우는 것 같다. 에반이 한숨을 쉰다.

"알았다, 아들. 너도 얼른 들어와. 춥다."

에반은 자기 방으로 들어가며 문을 닫는다.

헌터는 아버지 방의 불이 꺼질 때까지 기다렸다가 얼른 발코니 난간 쪽으로 간다. 아래쪽을 내려다보니 창살을 꽉 붙들고 있는 여자아이의 손가락만 보인다.

"가셨어."

우마는 몸을 차올리려고 해 보지만 이렇게 매달려 있는 자세에서는 모멘텀을 쓰기가 힘들다. 몇 초 정도 그러고 있다가 화난 목소리로 속삭인다.

"그렇게 멍하니 보고 있지만 말고, 좀 도와."

헌터가 팔을 뻗는다.

우마는 도움을 청했다는 사실이 분해서 머리를 흔든다.

"좀 더, 이 바보 천치야. 더 밑으로 내려와야 할 것 아냐."

헌터가 멈춘다.

"바보 천치? 방금 바보 천치라고 그랬어?"

우마는 손가락이 곧 미끄러져 버릴 것 같다.

"그냥 하라는 대로 좀 해."

"거기까지 닿을 수 있을지 모르겠어. 바보 천치가 그걸 어떻게……."

"그냥 좀 하라고!"

이제 헌터는 난간 바깥쪽까지 몸을 내밀고 오른팔로 우마의 허리를 잡는다.

"셋에 올라오는 거야, 알았지?"

우마가 고개를 끄덕인다. 그리고 헌터가 힘을 보태 주자 우마는 몸을 위로 차올려 난간을 붙잡은 후 테라스 바닥으로 올라온다.

헌터도 소리 없이 올라와 속삭인다.

"내 방으로 가자. 아버질 다시 깨우고 싶진 않아."

우마는 천천히 두 발로 일어선다. 다리가 납덩이처럼 느껴진다. 헌터는 우마를 따라 안으로 들어간 후 문을 잠근다. 그리고 잠시 두 사람은 서로 쳐다보고만 있다.

우마가 애써 미소를 짓는다.

"또 만났네……. 헌터 내시."

헌터의 눈이 커다래진다. 이 아이가 이렇게 와 있다는 게 너무나 신기하다.

"어떻게 날 찾아낸 거야?"

"내가 한 거 아니야. 내 개가 찾았지."

"개? 무슨 개?"

"류바, 내 개야."

"하지만 네 개가 어떻게?"

우마가 헌터를 쏘아본다. 뭐야 이거, 지금 유치원생 책 읽기 하자는 거야?

"그래, 헌터. 내 개가 찾았다고, 됐니? 어떻게 찾았는지 신경 끄셔."

헌터가 머뭇거린다. 이 여자애는 자신을 안절부절 못하게 만든다.

"넌 내 이름을 아니까……. 나도 네 이름 알아도 될까?"

우마가 어깨를 으쓱한다.

"안 될 것 없지. 나는 우마야."

"뭐? 우마?"

"그래. 말로우마를 줄여서. 유명한 아랍 가수 이름을 딴 거야."

헌터가 고개를 흔든다.

"한 번도 못 들어봤어."

"그렇겠지. 그 여자는……."

"아웃사이더?"

"그래."

헌터의 목소리에 힘이 빠진다.

"너도 아웃사이더더지, 그렇지?"

우마가 어이없다는 표정을 짓는다.

"왜? 확 끌리기라도 하니?"

헌터의 얼굴이 벌게진다.

"그냥 물어본 거야."

우마는 그런 헌터를 차갑게 뜯어본다.

"묻는 것도 역겹긴 마찬가지야."

"야! 내가 뭐랬다고 이래. 타워 브리지에서 어떤 계집애가 내 위로 뚝 떨어지더니 주머니 속에 무슨 비밀 꾸러미를 쑤셔 넣고, 그래서 난 총으로 머리통까지 얻어맞았어. 그런데 이젠 한밤중에 난데없이 우리 집 발코니에 떡하니 나타났어. 아버지가 알면 그 즉시 경찰을 부를 게 100퍼센트 확실한데, 난 찌르는 대신 어떻게든 널 예의 있게 대하려고 노력하고 있다고. 그러니까 그만 좀 할래?"

잠시 정적. 우마가 팔을 문지른다. 자기가 생각이 모자랐던 것 같다.

"알았어, 알았어. 미안해. 어쨌든 이제는 널 귀찮게 하거나 곤란하게 만드는 일 더 이상 없을 거야. 도와줘서 고마워. 이제 물건만 넘겨줘. 그럼 당장 나가 줄 테니까."

갑자기 우마의 젖은 옷이 눈에 띈다.

"흠뻑 젖었네. 수건 줄까?"

"아니. 물건만 줘. 부탁해."

우마가 손을 내민다.

헌터가 이마를 찌푸린다.

"그런데 이유는 얘기 안 해 줄 거야? 그걸 지키느라 정말 힘들었다고."

우마는 몸을 꼿꼿이 지탱하기 위해 손톱으로 손바닥을 파내듯 찌르고 있다.

"말 못해."

"어떤 소년이 죽었어, 아는 애였니?"

잠시 침묵이 흐른 뒤.

"아니."

"왜 그 애를 그렇게 죽인 거야?"

"빈민가에선 늘 있는 일이야."

헌터는 우마의 얼굴을 빤히 본다. 너무나 창백해 보이는 얼굴. 측은한 마음과 잔인함에 대한 분노가 그를 덮쳐 오지만 할 수 있는 건 아무것도 없다. 이 아이는 도움을 원하지 않는다. 그저 물건을 돌려주고 떠나보내야 한다. 오늘 큰일 날 뻔해 놓고 왜 자꾸만 더 알고 싶은 건지 도대체 모르겠다. 헌터는 침대 옆으로 가 서랍을 열고 나무 상자를 꺼낸다. 그리고 상자를 연다.

비었다. 헌터는 손을 홱 뺀다. 금속 케이스가 떨어져 나왔나? 헌터는 다시 서랍 안을 뒤진다. 아무것도 없다. 이럴 리가 없어. 헌터는 서랍을 통째로 빼들고 거꾸로 쏟는다. 아무것도 없다. 이건 정말이지 말도 안 돼. 헌터 방에는 아무도 안 들어오는데.

우마가 얼굴을 찡그린다.

"어떻게 된 거야?"

"바로 여기다 뒀는데 없어졌어."

우마의 심장이 툭 떨어진다.

"거짓말하지 마."

헌터가 홱 돌아선다.

"거짓말 아냐, 맹세해. 두 시간 전에 케이스를 여기에 넣고 그리고 리오가……. 아, 이런. 리오."

헌터가 이마를 퍽 친다.

"리오가 누구야?"

"내 친구……. 아까 왔었어. 그걸 시험해 보고 싶어 했어."

"그래서 열었단 말이야?"

"난, 아니 우린 네가 다시 돌아올 줄 몰랐지."

우마가 헌터를 매섭게 쏘아본다.

"너에겐 그럴 권리가 없어!"

헌터도 피하지 않고 맞받아 노려본다.

"권리로 말할 것 같으면 너도 나한테 그 물건을 무작정 맡길 권리는 없거든."

"그래야만 했어. 그들 손에 뺏기지 않으려면 방법이 없었다고. 시민들은 대우 자체 다르잖아. 그리고 나도 그때는 그 안에 뭐가 들어 있는지 몰랐단 말이야."

"그럼 지금은 안다는 거야?"

잠시 정적.

"이러고 있을 순 없어."

"왜?"

순간 모든 게 너무나 벅차다. 더 이상은 감당해 낼 수가 없다. 우마는 헌터가 다가와 붙들기도 전에 바닥에 무릎을 꿇더니 완전히 의식을 잃고 쓰러진다.

11

헌터는 어찌할 바를 모르고 있다. 자기 방안에 기절한 여자아이가 있다는 게 늘 있는 일은 아니다. 다른 때 같으면 황홀한 판타지였을 수도 있겠지만 지금은 완전히 질겁하고 말았다. 어떻게 하지? 손을 만져 보니 꽁꽁 얼어 있다. 침대 담요를 잡아채서 몸을 숙이는데 그녀가 눈을 깜빡인다. 깜짝 놀란 헌터는 담요를 들어 보이며 말한다.

"덮어 주려고."

우마는 다시 눈을 감는다. 헌터는 잠시 그녀의 얼굴을 들여다보다가 담요를 덮어 준다. 세상에, 이렇게 창백한 얼굴은 처음 본다. 그리고 그때 그녀가 눈을 다시 뜨고 그를 올려다본다. 보랏빛이 섞인 그녀의 까맣고 커다란 눈동자가 빛을 받아 수축된다.

헌터가 급히 몸을 젖힌다.

"물 한 잔 줄까?"

우마가 고개를 끄덕인다. 복도로 살그머니 빠져나와 부엌으로 가는 헌터의 가슴이 정신없이 뛴다. 너무 이상한 기분이다.

방에 남은 우마는 똑바로 앉으려고 애쓰고 있다. 너무나 약해진 느낌이다. 하지만 약해지면 안 된다. 공포에 가까운 무언가가 그녀의 눈에 잠깐 실리지만, 헌터가 다시 돌아왔을 때, 우마는 침대에 몸을 기대어 가까스로 세우며 두려움을 몰아낸다.

"그래서, 그 리오라는 애는 어디 있지?"

헌터가 물을 건넨다.

"걘 람베스에 살아. 라크홀 파크 근처."

"얼마나 멀지?"

"30분쯤 걸리나? 스쿠터로 가면 10분."

"걔가 가져간 게 확실해?"

헌터는 리오의 이미지를 떠올려 본다. 친구를 배신할 만한 녀석. 헌터는 고개를 끄덕인다.

"걔밖에 없어."

"주소 알려 줘."

헌터가 잠시 멈칫한다.

"난 걔가 빈민가 일에는 어떤 식으로도 안 엮였으면 좋겠어. 걘 이제 막 겨우 신분증을 땄거든. 내가 전화해서 가져오게 할게."

"아니. 家를 통해서 이런 얘기하면 안 돼."

"알았어, 그럼. 내가 가서 가져올게. 한 시간 안에. 넌, 넌 여기 있어."

우마가 턱을 삐죽 내민다.

"하, 그래, 내 눈 앞에서 사라진 널 믿으라고? 그리고 하나 덧붙이자면, 리오는 이미 엮여 들었거든? 그것도 아주 깊숙이."

갑자기 헌터는 그녀를 보내고 싶지 않고 그녀와 계속 얘기하고 싶다. 여기 묶어 두고 싶다는 욕구가 솟구친다. 헌터의 눈에 우마는 이불 속에 파묻힌 가엾은 아이로만 느껴진다.

헌터는 손을 뒷주머니에 찌른다.

"걔가 어디 사는지 그냥 말해 줄 순 없어."

"말하는 게 좋을걸."

"아니, 안 해."

우마의 눈이 번쩍인다.

"말해."

헌터가 손을 들어 보인다.

"좋아, 그럼, 내가 스쿠터로 데려다 줄게."

우마가 고개를 젓는다.

"아니, 네 도움은 필요 없어."

"아니, 필요할걸. 난 걔가 어디에, 몇 호에 사는지 안다고. 그리고 하나 덧붙이자면, 남의 집에 들어갈 때는, 벨을 누르는 거야. 그럼 '누구세요?' 하겠지, 그럼 '응, 나야.' 하면 안에서 문을 열어 주지. 그렇게 들어가는 게 훨씬 쉽거든. 뭐 네 취미가 건물 벽을 기어오르는 게 아니라면 말이야."

우마가 헌터를 올려다본다. 얘는 도대체 왜 이러는 걸까? 원하는 게 뭘까? 우마는 침대에 얹은 손으로 머리를 받친 채 잠시 조용히 앉아 있다.

사실 지금은 스쿠터를 타면 좋을 것 같긴 하다.

방에 깔아 둔 더러운 미키마우스 카펫 위에 쭈그리고 앉아, 리오는 꼼짝도 하지 않고 있다. RET스캔 레이저 불빛이 그의 오른쪽 눈 위편의 반투명 디지털 패치로 꺾여 들어간 후, 다시 곧장 그의 오른쪽 망막을 향해 들어간다. 카펫 위에는 리오가 패치를 긁고 '안'으로 들어가며 떨어뜨린 코드 껍데기가 놓여 있다.

　　엘리베이터 안, 리오는 문 옆에 쭉 박혀 있는 번호들을 심각하게 쳐다본다. 지금 겪고 있는 이 일이 정말로 싫어지기 시작했다. 그 어떤 층에서도 내릴 수가 없고 다시 로비로 내려갈 수도 없다. 애초에 왜 이 건물 안에 들어왔을까! 들어온 길을 더듬어 보며 리오는 얼굴을 찌푸린다. 이 코드 프로그램에 입장하자마자 시내의 한 금융 건물 앞에 있었다. 강철과 유리로 만들어진 마천루 건물. 당연히 한 번 살펴봐야 할 것 같은 느낌이 들어 회전문 사이로 들어갔다. 들어서자마자 엘리베이터 문이 스르륵 열렸다. 그 상황에서 엘리베이터 안으로 걸어 들어가는 것보다 더 자연스러운 일이 뭐가 있겠는가.

벌써 적어도 30개의 다른 층에서 엘리베이터를 세워 봤지만 번번이 종이, 디스크, 주소록, 파일, 전화번호, 이메일, 서류 들로 터져나갈 듯한 거대한 창고가 나올 뿐이었다. 다크넷에 제대로 들어온 게 틀림없다. 쓰레기장이 따로 없다. 아무도 이곳에 들어오지 않는다. 하다못해 어린애들도 家에서만 논다. 그는 지금 전혀 다른 세상에 와 있다. 이곳은 수년간의 자료들이 쌓이는 곳이다. 모든 비밀 경로들, 쓰고 남은 코일 자투리들, 그리고 잃어버린 파일들. 매 층마다 온갖 정보들이 너무나 빼곡하게, 높다랗게 들어차서 엘리베이터에서 내릴 수도 없다. 엘리베이터의 속도가 느려지더니 이번에는 문이 열리자 바로 벽이 막아서고 있다. 리오는 벽돌을 쳐다보다가 침을 꿀꺽 삼킨다. 도로 나갈 수 없으면 어쩌지? 리오는 자기 팔을 꼬집는다. 정신 차려, 이 녀석아.

엘리베이터 벽에 기대서서 버튼을 노려보며 리오는 정신을 한데 모으려 애쓴다. 리오, 이건 아웃사이더들의 코드야. 이 난리 속에서 방향이나 실마리를 찾으려면 아웃사이더들처럼 생각해야 해. 리오는 아웃사이더들에 대해 아는 것을 총동원한다. 지하조직, 국제적인 네트워크, 자연 세계, 반란, 신경제(첨단기술 정보통신 산업이 주도하는 경제―옮긴이), 전 지구적 정의, 프리러닝…… 이 정도로는 안 된다. 그들 곁에서 그렇게 오래 살아 놓고도 라마의 음모 이론 몇 가지 빼고 생각해 낼 수 있는 게 겨우 이거야? 빈민가에서 벗어나려고 버둥대느라 그들에게 가까이 다가갈 틈이 없었다. 그들은 너무나도 위험했으니까.

하지만 지금은 집중해야 해. 아웃사이더처럼 생각하자. 여긴 은행 본점 건물이야, 그렇지? 잠깐 섰던 층에서 본 건, 사무실 직원들, 각종 회의들, 이런저런 숫자들이 나타났다 흘러가던 화면들. 아웃사이더들이 대체 이런 곳에서 뭘 하겠어? 그들에게 이곳은 지옥일 거야. 국제적으로 인정받는 통화는 쓰지도 않잖아. 그들에겐 자신들만의 화폐가 있다고. 즉, 그들은 여기서 나가고 싶은 마음뿐일 거야. 그렇다면, 어떻게? 리오가 씩 웃는다. 그래. 길은 하나야. 중앙 현관으로 나갈 리는 없어. 아웃사이더들은 높이, 좀 더 스타일리시하게 움직이지. 그러니까 프리러너 스타일처럼.

'옥상이야.'

리오의 손이 꼭대기 층 버튼 위에서 맴돈다. 눌러 버려. 어쨌든 여기보단 나을 거야. 문이 미끄러지듯 닫히고 리오가 씩 웃는다. 잘 있어라, 벽돌들아.

터보 엔진으로 밀어 올리는 것처럼 가속도가 붙으며 엘리베이터의 속도가 갑자기 빨라지더니 미친 관성력에 의해 리오의 몸이 바닥으로 내동댕이쳐진다. 머리가 목에서 뽑혀 나가는 것 같은 느낌이다. 이리저리 내던져지지 않기 위해 리오는 팔다리를 쭉 뻗어 바닥에 착 달라붙는다. 뭔 일이 벌어지고 있는 거야? 그리고 내장을 통째로 다 게워내려던 찰나, 웅웅 소리를 내며 엘리베이터 속도가 떨어지더니 문이 열리고 어둠 속 도시의 스카이라인이 펼쳐진다. 살을 에는 듯한 바람에 모래가 날아와 누워 헐떡거리고 있는 리오의 얼굴을 때린다. 하지만 이러고 있을 수만은 없다. 절대로 다신 저 죽음의 상자를 타고 돌아다니고 싶지 않다. 리오는 허둥지둥 일어나 엘리베이터에서 내린다. 그리고 그의 발이 옥상의 콘크리트 바닥을 밟자마자 문이 덜커덩 닫히더니 다시 곧장 급강하한다.

리오는 주위를 둘러본다. 뭐, 그래도 옥상에는 제대로 올라왔군. 난간이 둘러져 꽤 널찍하게 펼쳐져 있고, 저 쪽 끝에는 헬리콥터 이착륙장이 흰색과 노란색 선으로 표시돼 있다. 바람이 너무 매서워 리오는 후드 티 지퍼를 올리고 건물 끝에 세워진 난간을 향해 걸어간다. 그 순간 갑자기 돌풍이 그를 잡아 채 금속 난간 바로 앞까지 밀어붙인다. 와우! 220층 높이에서 앞을 보니 심장이 멎을 것 같다. 이거 정말 장난이 아니다. 리오는 두 발로 단단히 버티고 서서 눈을 가늘게 뜬다. 이제 어쩐다? 그리고 그때 눈에 들어오는 게 있다. 라임 빛깔의 서류 캐비닛. 옥상 저 끝에 혼자 덩그러니, 태연하게 서 있다. 마치 고층 빌딩 옥상에 캐비닛이 서 있는 게 자연스러운 일이기라도 한 것처럼. 리오가 가만히 다가간다. 괜찮을 것 같다. 좀 더 가까이 다가간다.

주위를 돌아보지만 어떤 실마리도, 표시도, 경고도 없다. 진짜 완전 평범한 캐비닛일 뿐이다. 리오는 휙 돌아서서 옥상을 다시 한 번 둘러본다. 여기에는 아주 조금이라도 눈길이 가는 게 아무것도 없다. 리오는 첫 번째 서랍을 잡아당겨 본다. 꼼짝도 않는다. 다시 한 번 당겨보지만 제대로 박혀 버렸거나 잠겨 있거나 둘 중 하

나다. 두 번째 서랍 손잡이를 단단히 잡고 확 잡아당기지만 역시
나 잠겨 있다. 그 아래 서랍도 마찬가지. 그다음도 마찬가지. 이
제 마지막 서랍뿐이다. 그 서랍으로 손을 뻗는데 이번에는……
아, 움직인다.

천천히, 아주 천천히 리오는 서랍을 당긴다. 별 문제 없다. 괜
찮다. 리오는 한숨을 내쉬고 서랍 안쪽을 가만히 본다. 빨간색 종
이봉투만 하나 덜렁 들어 있다. 옛날 사람들이 사무실에서 쓰던
그런 종류. 리오는 그것을 꺼내어 위쪽의 고무 밴드를 빼내고 봉
투를 연다. 안에는 한가운데에 두 줄로 깔끔하게 타이핑 된 종이
한 장이 들어 있다.

죽은 개떼를 템스 강으로 흘려보내는
플리트 강의 배수로로

리오는 얼굴을 찌푸린다. 뭐야 이거, 길 안내 같은 건가? 이 프
로그램은 리오가 생각했던 것보다 갈수록 훨씬 풀기가 어렵다. 안
으로 들어가거나 못 들어가거나 둘 중 하난데, 리오는 후자다. 리
오는 텅 빈 옥상을 둘러본다. 이걸 해킹하는 데 성공하려면 시간
이 좀 더 필요하다. 아니 어쩌면 그냥 출구를 찾아 나가는 게 상책
일 수도 있다. 일단 나가서 방에서 해결책을 강구하고 나중에 다
시 돌아오는 거다. 이 옥상이 어디로 도망가는 것도 아니잖아.

리오는 RET스캔 카메라를 종이 위로 오게 해서 캡처 기능을 작

동시킨다. 그리고 봉투를 닫아서 서랍 속에 밀어 넣는다. 그런데 봉투가 서랍 바닥에 닿는 순간 갑자기 서랍이 쾅 닫힌다. 마치 안에서 보이지 않는 장치가 잡아당기기라도 한 것처럼. 리오의 손이 캐비닛 본체와 날카로운 서랍 가장자리에 딱 끼어 버렸다. 리오는 손을 살짝 잡아당겨 본다. 그 순간, 건물 저 아래편에서 땅 전체가 흔들리기 시작한다. 좀 더 세게 당겨도 서랍은 꼼짝도 않는다. 아, 진짜 아프다. 갑자기 건물이 진동한다. 이번에는 우르르 소리까지 나더니 건물의 골조 전체가 움직인다. 그리고 기울기 시작한다. 마치 건물 아래의 땅이 붕괴되는 것처럼.

옥상은 더 이상 수평이 아니다. 리오는 손목뼈가 두 동강이 날 정도로 서랍을 걷어찬다. 젠장! 죽을 것 같다. 코드는 바로 옆에 자기 방 카펫 위에 있지만 이 안에 갇혀 있는 리오는 손을 뻗을 수 없다. 여기는 RET의 플러그를 뽑아 버리면 빠져나올 수 있는 家베어 너클 경기장이 아니다. 고통이 불꽃처럼 팔을 따라 올라온다. 폭발 뒤에 따라오는 여진처럼 또 한 번 우레 같은 소리가 들린다. 그리고 한참 잠잠하다 싶더니 그 순간, 공포에 질린 리오의 눈앞에서 옥상 바닥이 찢어지듯 쩍 갈라진다. 옆 건물에서도 같은 일이 벌어지고 있다. 그리고 쿵 소리와 함께 서류 캐비닛이 옆으로 넘어지며 리오도 함께 넘어뜨린다. 정말 당황스럽다. 사무실 가구에 얻어터지고 있는 꼴이라니.

버저 소리가 옥상 전체에 울린다. 땅이 다시 흔들리더니 옥상이 또 한 번 크게 기울며 내려앉고, 이제는 캐비닛이 미끄러지기 시작한다. 리오는 몸에 힘을 주고 아스팔트에 단단히 버티며 미끄러지는 것을 막아보려 하지만 평평한 옥상 바닥에는 붙잡을 만한 게 아무것도 없다. 캐비닛은 이제 옥상 가장자리를 향해 미끄러지고 있다. 손모가지 때문에 거기 들러붙은 채. 아, 어떻게 이런 일이. 이쪽 세계에서 이런 식으로 떨어진다면 정말로 현실에서 떨어진 것만큼 다칠 것이다.

옥상 바닥의 틈이 더 크게 벌어지고, 몇 번 땅이 크게 흔들리며 건물에 경련이 일자 압박을 못 이겨 철근 지주에서 괴성이 난다. 이 도시 전체가 내려앉고 있다. 고층 건물들이 전부 보이지 않는 엄청난 힘에 의해 휘어지고, 무너지고 있다. 이 프로그램 자체가 영원히 닫혀 버리는 것이다.

버저 소리가 또 다시 들려오더니 리오가 있는 건물이 한 번 더 기울고, 옥상의 각도가 더 가팔라지면서 캐비닛에 속도가 붙기 시작하더니 끝을 향해 사정없이 치닫는다. 리오는 꽉 잠긴 서랍에 미친 듯이 주먹질, 발길질 세례를 퍼붓지만 마치 리오의 손목을 쬠쇠로 고정시켜 놓은 것처럼 옴짝달싹하지 않는다. 자유로운 손 하나로 속도를 늦춰 줄 무언가를 잡아 보려고 미친 듯이 콘크리트를 할퀴어 대지만 바닥은 매끈하다. 속도를 늦춰 줄 게 아무것도 없다.

벨소리! 리오가 얼굴을 찡그린다. 이건 뭐지? 현관 벨? 대체 누가 온 거야? 하지만 리오는 무력하다. 지금 다른 세상에 갇혀 있으니까. 또 한 번 휙 미끄러진다. 아, 진짜. 저 아래를 힐끗 내려다본다. 220층 아래로 차도가 이리저리 얽혀 있는 도시가 내려다보인다.

현관 계단에서 우마는 몇 걸음 물러나 헌터 쪽을 돌아본다.

"이제 어쩔 거야? 벌써 세 번째잖아."

헌터는 2층의 창문을 올려다보며 어찌할지 궁리하고 있다. 방에 불이 켜져 있는데 대체 왜 대답이 없는 거지? 헌터는 리오의 비밀번호도 알고 있다. 하지만 이런 식으로 쳐들어가고 싶지는 않다.

이제 캐비닛은 거의 건물 끝에 다다랐다. 리오는 두 팔을 활짝 펴고 균형을 잡기 위해 필사적이지만 이미 각도는 너무 많이 기울었고 리오의 몸무게로는 역부족이다. 이제 떨어질 일만 남았다. 리오는 비명을 지른다.

헌터의 눈이 위쪽을 올려다본다. 이제 더 이상 지체할 수 없다. 비밀번호를 입력하자 문이 열리고 헌터는 위층으로 달려 올라가 엉성한 현관문을 어깨로 민다. 리오의 방에 들이닥친 헌터, 그 뒤에 바짝 따라붙은 우마. 전선, 판독기, 케이블, 속을 다 끄집어 낸 기계들, 냄비 그리고 지저분한 속옷들이 꽉 들어찬 구덩이 같은 방에 하이코어 테크노 음악이 쾅쾅 울리고 있다. 그리고 그 난장판 한 가운데에 공포로 얼굴이 일그러진 리오가 카펫에 몸을 쭉 뻗고 누워 비명을 질러대며 카펫을 쥐어뜯고 있다. 우마가 헌터를 옆으로 밀어내고 리오의 어깨를 붙들고 얼굴을 자세히 살핀다. 그리고 말릴 새도 없이 오른쪽 눈을 눌러 망막의 장치를 작동시키고는 리오를 따라 다크넷으로 깊숙이 뛰어든다.

리오의 몸이 건물 끝에서 떨어진다. 점점 아래로. 거리와 차들, 딱딱한 땅이 리오 쪽으로 솟아오른다. 리오는 마음속으로 충돌을 준비한다. 뾰족한 돌과 철근이 그의 내장을 관통할 순간을. 그리고 충격! 그의 몸이 고통으로 비틀리긴 하지만 어쩐 일인지 아직도 떨어지고 있다. 물밑이다. 리오는 아직 살아 있다.

리오가 곤두박질치는 모습을 본 우마는 곧장 그를 따라 물에 뛰어든다. 어두운 강물 속 깊이 점점 아래로. 그리고 바로 그때 빛의 폭발과 함께 드림라인이 그들 아래 나타난다.

리오는 드림라인을 향해 나선형으로 내려가며 코드와 상징들의 반짝이는 라인을 잡으려고 난리다. 그리고 그의 손이 황금빛 물결 속으로 들어가는 순간, 엄청난 충격이 그의 몸을 뒤흔들고 시작과 끝이 느껴지지 않는 마치 영원과도 같은 순간이 찾아온다. 원자보다도 작은 입자가 되어 빙글빙글 돌아치다가, 춤추듯 돌아가는 거대한 패턴의 중심이 된다. 그리고 어느새 다시 그의 몸이 드림라인 어둠속으로 떨어지더니 잠시 후, 강바닥을 친다. 부드럽고, 미끄덩미끄덩한 바닥에 엄청나게 세게 떨어지자, 진흙이 구름처럼 뭉게뭉게 피어오른다. 그리고 리오는 죽은 사람처럼 누워 있다.

우마는 금방 그의 옆에 와 있다. 이 애를 여기서 끌고 나가야 한다. 더 가까이 붙어서 얼굴을 세게 찰싹 때린다.

리오의 몸이 꿈틀한다.

다시 한 번 때리며 말한다.

"리오! 어서 일어나!"

우마는 강바닥 위에 서 필사적으로 버티며 리오 위로 몸을 숙인다. 이 애를 혼자 들어야 한다. 소용돌이치는 물살에 저항하며 우마는 리오를 잡아 자기 가슴 쪽으로 당기고 미친 듯이 발을 차 위쪽으로 올라가려 애쓴다. 올라가야 한다. 하지만 할 수 없을 것만 같다. 너무 무겁다. 하지만 해야 한다. 마지막 의지를 발휘하며 악을 쓰는데 심장이 터질 것 같다. 그리고 마침내 수면 위로 튀어오르는 순간 우마는 공기를 온몸으로 느낀다.

해냈다! 하지만 수면을 뚫고 나오는 순간, 우마의 망막 위로 타는 듯한 빛이 불의 흔적을 그리며 지나가고 다이아몬드 모양이 잠깐 번쩍이더니 싹 사라져 버린다. 그리고 우마는 리오의 방바닥에 무너져 내린다.

갑자기 벌떡 일어나 앉은 리오. 여자아이처럼 높은 소리로 웃더니 이내 바닥에 다시 널브러진다. 하지만 괜찮다. 숨을 쉬고 있으니까. 폐 속에 다시 산소가 들어갔다. 우마는 겨우겨우 무릎으로 앉아 헌터를 본다. 무언가가 그의 입가에 잔주름을 그린다. 우마도 얼굴을 살짝 실룩인다. 도저히 통제가 안 된다. 헌터가 웃기 시작하고 우마도 웃는다. 순수한 안도감이 두 사람을 감싼다.

리오가 믿을 수 없다는 듯 눈을 깜빡인다.

"친구들……. 방금 대체 뭔 일이 있었던 거야?"

우마가 씩 웃는다.

"내가 너를 따라 '안'으로 들어갔어. 바보 같은 비명 소리를 딱 들으니까 드림라인 근처에서 위험에 빠졌다는 걸 알 수 있었지. 우린

그걸 아주 제대로 지키고 있기 때문에 멋도 모르면서 그쪽에 접근
하면 죽는 수가 있어."

리오가 얼굴을 문지른다.

"바보 아니야. 나 완전 똑똑하다고."

"너무 똑똑하신 나머지 스스로를 돌아가시게 할 뻔했지. 네 센서
가 과부하 걸리기 직전에 겨우 탈출한 거야. 아웃사이더 임플란트
도 없이 대체 어떻게 그렇게 가까이 접근한 거야?"

"라마가 쓰는 방법으로. 이 패치로 가짜 장치를 만든 거야."

리오는 부풀어 오른 손목을 살살 문지른다.

"헌터, 얘가 걔야?"

우마가 어이없다는 표정을 짓는다.

"그래, 내가 걔다. 그리고 넌 아마도 도둑, 리오 녀석이겠지?"

리오가 한쪽 팔꿈치로 턱을 괴고 미소를 짓는다.

"그래, 자기야, 내가 걔야."

우마는 손을 내민다.

"돌려줘, 지금 당장."

리오가 이번에는 헌터를 향해 애써 미소를 짓는다.

"미안해, 친구."

헌터가 코웃음을 친다.

"등신. 쟤 말대로 해."

"알았어, 진정들 해. 난 방금 죽다 살아났다고."

리오는 똑바로 앉아 방바닥을 훑는다. 그러다가 멈추고 잠시 생각

에 잠긴다.

"근데, 우마 네가 알아야 할 게 있어. 내 생각엔 거기 다시 들어가긴 힘들 것 같아. 완전히 무너져 내렸어……. 꼭 누군가가 프로그램 전체 플러그를 뽑아 버린 것처럼."

우마가 한쪽 눈썹을 치켜뜬다.

"왜? 너한테 닫혀 버렸으니까? 침입자들한테는 원래 그렇게 되게 돼 있단다."

리오는 다시 물건을 찾기 시작하고, 미키마우스 카펫 한 귀퉁이를 들어 올린다.

"아니라니까. 농담 아니라고. 난 해킹을 많이 해 봐서 프로그램이 폐쇄된 것 정도는 알아볼 수 있는 몸이라고. 누가, 뭐가 그랬는지 모르겠지만 그 프로그램 자체에 접속 못하게 완전히 닫혔다니까."

우마가 날카로운 눈빛으로 리오를 본다. 진지하다. 그럴 순 없는 거잖아……. 하지만 또 한편으로 생각해 보면, 임플란트를 모방할 수 있는 정도면 말도 안 되는 소리를 하고 있는 건 아닐 것 같다. 우마가 다시 손을 내민다.

"이리 줘 봐."

리오가 카펫을 털자 코드 껍데기가 바닥에 떨어진다.

"아, 찾았다!"

우마가 그걸 낚아챈다. 그리고 오른쪽 눈을 살짝 누르며 망막 임플란트를 작동시킨다. 지금 당장 확인해 봐야겠다. 우마는 바짝 긴장한 자세로 안으로 들어갈 준비를 한다. 1초, 2초, 3초. 하지만 작동하지 않는다. 텅 빈 공간. 손을 위로 뻗어 좀 더 세게 눌러본다. 아무것도 나타나지 않는다. 헌터와 리오가 못 보게 돌아서서 비밀번호를 하나하나 속삭여 본다. 여전히 아무것도 없다. 차디찬 공포가 우마를 덮친다.

우마는 입술을 깨문다. 이게 왜 안 되는 거지? 리오와 수면 위로 올라오는 순간 불빛이 반짝 했지……. 그게 뭐였을까? 계속 부팅을 다시 해 보지만 우마의 동공 위에 고정된 반투명 렌즈는 계속 그대로다.

우마가 리오를 보고 말한다.

"내 임플란트가 부팅이 안 돼. 네 걸로 날 좀 들여보내 줄 수 있어?"

리오가 고개를 젓는다.

"미안하지만 그거 완전 박살났어."

"새로 만들 순 없을까?"

"며칠 시간 주면 가능해. 근데, 왜? 네 임플란트에 뭐 문제 있어?"

우마가 얼굴을 찡그린다.

"모르겠어. 아까 우리 둘 다 물 위로 끌어올리느라고 너무 무리를 했는지. 널 데리고 수면 위로 나왔을 때 렌즈 위로 불빛이 번쩍 하더니……."

"무슨 색?"

"뭐가 무슨 색이야?"

"불빛 말이야. 황금빛에 가까웠어, 아니면 금속 빛깔에 더 가까웠어?"

"금속, 엄청 예리한 느낌의."

"그리고 그다음에 다이아몬드 모양이 화면 중앙에 나타났고?"

우마가 고개를 끄덕인다.

"날렸네."

"어떻게 확신해?"

"라마랑 이런 거 100번쯤은 해 봤어, 난 딱 알아."

우마는 당황한 얼굴로 리오를 쳐다본다.

리오는 어깨를 으쓱하며 말한다.

"그래도 네 주위 사람들한테 복구시켜 달라고 하는 게 별로 어려운 일은 아닐 거 아냐, 그렇지?"

우마는 멍해져서 고개를 젓는다. 아무에게도 얘기하지 말라고 경고하던 이모의 말이 머릿속을 빙빙 돈다. 이제 어떡하지? 혼자 프로그램을 확인할 수도 없고, 다른 아웃사이더들에게 도움을 청할 수도 없다. 완전히 사면초가의 상태다. 만약 젤라 이모가 프로그램을 잠그고 나와 버렸다면, 그건 우마가 지금 즉시 새 파수꾼을 찾아나서야 함을 의미한다. 하지만 대체 어떻게 한단 말인가. 우마는 팔짱을 끼고 몸을 앞으로 숙인다. 정말 감당이 안 된다.

리오가 마른 침을 삼킨다. 내가 무슨 짓을 한 거지? 리오는 인상을 쓰고 안에서 겪은 일들을 되뇌어 본다. 붕괴가 시작된 시점은 바로 서류 캐비닛에서 그 종이를 꺼낸 순간이었다. 바로 그때 기반이 흔들리기 시작했으니까. 혹시 프로그램이 닫힌 게 자기 때문이었나? 그 종이에 뭐라고 쓰여 있었지? 리오는 자기 RET를 바닥에서 집어

들어 찍어 둔 것을 불러온다. 렌즈에 두 줄짜리 글귀가 나타난다.

"저기, 뭔진 모르겠지만, 내가 이걸 안에서 찾았어. 건물이 무너지기 직전에.

'죽은 개떼를 템스 강으로 흘려보내는

플리트 강의 배수로로'

이게 무슨 의미가 있는 거니?"

하지만 우마는 멀찍이 앉아 꽉 웅크리고 있다. 리오는 헌터를 바라본다.

"도와주려는 거야……."

헌터는 고개를 젓는다.

"리오, 됐어."

"잠깐."

리오가 검색 기능을 작동시키자 금방 렌즈가 번쩍 한다.

"알렉산더 포프의 1728년 작, '던시어드'라는 시에 나오는 건가 봐."

"그래서 뭐?"

헌터가 우마를 쳐다본다.

"강에 대한 거래, 어……. 런던의 플리트 강(지하를 흐르는 강중에 런던에서 가장 크며 예전에는 땅 위로 흘렀다. 블랙 프라이어스 다리 바로 아래에서 템스 강과 만난다 – 옮긴이)."

"그런데 그게 뭐?"

헌터는 우마 곁으로 다가가 우마의 팔을 잡으려고 머뭇머뭇 손을 뻗는다.

"여기 나와 있기론, 1870년에 벽돌을 넣어 막아 버렸대. 비밀의 강이래."

"야, 리오, 이 자식아……. 그냥 입 좀 다물고 있을래? 아까 한 짓으로도 이미 충분하거든?"

"알았어. 저기, 미안해. 어떻게든 해결해 보려는 거야……. 그리고 '안'에서 가져 온 거라고는 그것밖에 없어."

우마가 갑자기 고개를 치켜든다.

"그거 '안'에서 가져온 거라고?"

"그래, 말했잖아, 서류 캐비닛에서……. 옥상에 있던."

"강이라고? 어느 강?"

리오가 얼른 렌즈를 스캔한다.

"플리트 강. 햄스테드, 그러니까 연못 근처에서 발원해서 도시로 흘러든대. 웰스의 강이라고 불렸대. 그리고, 어……. 켄티시 타운, 킹스 크로스, 클러큰웰을 통과한 다음에 블랙 프라이어스 다리 바로 밑에서 템스 강과 만난대."

우마는 꼼짝도 않고 앉아 있다. 이거였어? 젤라 이모는 프로그램이 닫혀 버려도 어떤 방식으로든 파수꾼을 찾아갈 수 있는 단서가 있을 거라고 했다. 하지만 냄새만 지독한 지하 강 하나로 대체 뭘 어쩌라고!

"이게 다야? 좀 더 구체적인 얘기는 없어? 장소나 시간이나 뭐 그런 거 말이야."

리오가 고개를 흔든다.

"없어."

우마는 젤라 이모의 말을 똑똑히 기억해 내려 애쓴다. 최악의 상황이 되면 우마는 코드를 들고 무조건 새 파수꾼을 찾아가야 한다. 그게 누구인지, 어디에 있는지 모른다고 해도 무조건. 뭐 이런 거지 같은 시스템이 다 있어? 배신을 차단하는 시스템이군. 모르는 것을 불 수는 없는 노릇이니.

"다시 말해 봐, 천천히."

리오가 다시 렌즈를 스캔한다.

"템스 강으로 흘려보내는 플리트 강의 배수로⋯⋯."

"잠깐!"

헌터가 중얼거린다.

"흘려보내? 흘려보낸다고? 그럼 그건 결국 물줄기가 나오는 곳을 말하는 거잖아. 입구. 템스 강으로 흘러 들어가는 시작점. 리오, 플리트 강이 어디에서 템스 강으로 나오는지 검색해 봐. 우리가 찾는 곳이 바로 거기일지도 몰라."

우마가 미간을 찌푸린다.

"하지만 이해가 안 돼. 그 강은 지하로 흐른다고 했잖아, 아냐?"

리오가 새로운 검색어를 쳐 넣고 RET에 새로운 정보가 흘러나올 때까지 초조하게 기다린다.

"여기에는⋯⋯. 지하로 ⋯긴 하지만 블랙 프라이어스 역의 템스 워크 출구 근처의 터널을 통해서 곧장 템스 강으로 흘러들어간대. 블랙 프라이어스 다리 바로 아래에서. 딩, 딩, 딩, 대박!"

우마가 입술을 잘근잘근 씹는다.

"그럴 수도 있을 것 같네."

리오가 손을 허리에 올린다.

"그럴 수도 있겠다고? 이 천재적인 코드 해킹에 대해 할 말이 겨우 그거야? 난 널 위해 이걸 빼내 오다가 거의 죽을 뻔 했다고."

"날 위해? 코삭에게 바치려고 했겠지."

리오 얼굴이 빨개진다.

"그래, 맞아. 미안해. 그건 뭐, 널 알기 전이었잖아."

우마는 리오를 한참 빤히 쳐다본다.

"그렇다고 달라질 건 아무것도 없어. 보우 빈민가에는 스파이들이 널렸어."

동네 이름을 입에 올리는 순간, 그곳으로 돌아가고 싶은 마음이 간절하다. 마지막으로 잠을 잔 게 언제였지? 우마는 숨을 크게 들이마시고 시간을 확인한다. 새벽 6시. 그래, 뭐……. 이 길 말고는 별달리 뾰족한 수가 없다.

"헌터, 리오……. 내 생에 가장 길고 긴 밤을 만들어줘서 무지 고맙다. 근데, 이제는 안녕 해야겠어."

헌터가 우마를 빤히 본다.

"어디로 갈 건데?"

우마가 헌터의 시선을 되받는다.

"그건 너 알 바 아니고."

"나도 너랑 같이 갈래. 그러니까, 블랙프라이어스 다리로 가는 거지?"

"넌 안 돼."

우마는 뻐근한 어깨를 돌린다. 이제는 떠날 시간이다. 이 애는……. 그래, 얜 결국 방해만 될 거야.

"하지만……."

"하지만 뭐? 헌터, 이제 너랑 나랑은 끝이야. 그때 다리 위에서 코드를 받아 줘서 고마워. 너한테 빚졌어. 그리고 여기까지 데려다 준 것도. 하지만 이건 내가 할 일이야."

헌터는 고집스럽게 팔짱을 낀다.

"거기까진 어떻게 갈 건데? 코삭들이 쫙 깔렸어. 사방에서 신분증 검사를 한다고. 원자로가 멈췄잖아. 기억 안 나?"

우마가 입을 삐죽인다.

"그래, 그리고 넌 그게 우리 짓이라고 생각하는 거지?"

"글쎄, 정말 그런 거야?"

"아니! 우리는 테러리스트가 아니야. 이것 봐……."

우마는 애써 진정한다.

"어젯밤에도 나는 혼자 잘 왔거든?"

"깜깜할 때는, 그래, 그렇겠지. 하지만 이제 조금 있으면 훤해질 텐데……. 그리고 여기서부터 다리까지는 카메라와 검문소가 100개쯤 될걸?"

"걱정 마."

우마는 손으로 머리카락을 쓸어 넘긴다. 저 애는 또 저 표정으로 우마를 보고 있다. 대체 뭐야? 친절? 동정? 저 밑에서부터 분노가 치밀어 오른다. 저딴 슬리퍼 애송이한테 동정이나 받자고 여기 온 게 아니다. 한 번 도와줬다고 이제 무슨 권리라도 있는 것처럼 나오는 꼴이라니. 우마의 눈에 불꽃이 튄다. 그래, 이 사람들은 다 똑같아. 너무나 거만하고, 너무나 잘나셨지!

"이제 그만 좀 귀찮게 할래? 이게 무슨 스릴러 영환 줄 알아?"

헌터가 우마의 눈을 뚫을 기세로 쏘아보며 손목을 잡아챈다.

"그런 거 아냐! 나도 그 소년이 죽는 걸 봤어. 내 눈앞에서 살해되는 걸 봤다고. 나도……. 나도 뭔가 하고 싶어, 옳은 일을."

그러고는 시선을 떨어뜨린다.

"이게 대체 다 무슨 일인지, 사실 난 잘 몰라, 알 필요도 없고. 하지만 내가 말이 안 되는 소릴 하는 건 아니잖아. 내 스쿠터를 타고, 내 신분증이 있으면 도시를 통과하기가 훨씬 쉽다고. 적어도 그 정도는 내가 하게 해 줘."

우마가 헌터를 한참 쳐다본다.

"하지만, 그 뒤에 넌 떠나는 거야, 알았어?"

헌터의 입 꼬리가 올라간다.

"그래. 너를 다리까지 무사히 데려다 주고 난 돌아올게."

우마는 한숨을 폭 내쉰다. 이 아이를 믿어도 되는 걸까? 아니, 절대 안 돼. 시민을 어떻게 믿어. 하지만 지금 저 애가 돕겠다고 나섰고 가진 게 아무것도 없는 상황에서는 그 도움이 너무나 절실하다.

"좋아. 다리까지만."

우마가 무뚝뚝하게 말한다.

헌터는 이마까지 피가 몰리는 느낌이다.

우마가 헌터의 얼굴에 대고 손가락을 흔들어 보인다.

"하지만 그다음에 너는 떠나는 거야. 혹시라도 마음을 바꿔 먹으면 두 다리를 몽땅 분질러 버릴 거야."

리오가 웃음을 터뜨린다.

"우마, 너 엄청 화끈하구나!"

이번에 우마는 리오 쪽으로 돌아선다.

"그리고 넌, 이 얘기 아무한테도 안 한다고 약속해."

리오가 침을 꿀꺽 삼킨다.

"알았어."

리오 앞으로 불쑥 다가서는 헌터.

"진짜로. 네가 한 짓을 생각해서라도 꼭이야. 아주 제대로 망쳐 놨잖아, 너."

리오가 두 손을 번쩍 들어 보인다.

"알았다고. 내가 나쁜 놈이야. 내가 우리 형 목숨을 걸고 다신 실망시키지 않는다고 맹세할게. 출근 시간에 물리지 않으려면 지금 당장 움직이는 게 좋을걸."

리오가 창문 밖을 힐긋 내다보며 말한다.

"그래. 그 전에 너한테 딱 하나 더 부탁할 게 있어. 우리 아버지는 모르시게 해야 돼."

그리고 마음속으로 몇 가지 거짓말을 떠올려 본다. 진짜 홀딱 속아 넘어갈 핑계를 대지 않으면 헌터 아버지는 절대로 헌터를 내버려 두지 않으실 거다.

코삭 군사본부 깊은 곳에서 경보음이 울리고 모니터 감지기가 작동하며 리오의 연결 회로망으로 옮겨간다. 이 시민은 방금 다크넷의 일급 보안 지역, 드림라인으로 통하는 핫스팟에 접속했다. 보안 침입 사실이 인지됐다. 이 시민은 이제 감시선상에 올라왔다.

13

보우 빈민가엔 재활용품으로 만든 태양열 주택이 남쪽을 향해 쭉 늘어서 있다. 창문에 아침햇살이 부딪히는 순간 무장 지프 한 대가 로만 가로 미끄러져 들어온다. 차가 끼익 소리를 내며 멈추더니 지프차 뒷문이 열리며 바퀴 자국이 깊이 팬 길 위로 어떤 몸뚱이 하나가 내던져진다. 코삭들은 런던 빈민가 전역에서 이 짓거리를 하고 있다. 마치 아웃사이더들에게 본보기라도 보이듯, 남자 여자 가릴 것 없이 여기저기 얻어터져 멍이 든 사람들을 던져 놓고 간다.

'니들이 우리한테 덤비면 어떤 꼴을 당하게 될지 똑똑히 봐 둬라.' 라고 하는 것처럼.

그러고 나서 하이브리드 연료의 톡 쏘는 고약한 냄새만 남긴 채, 죽음의 마차는 속도를 내며 달려간다. 그리고 얼마간의 시간이 흐른 뒤, 길바닥의 몸뚱이가 움직인다. 남자다. 그의 손가락이 거친 자갈 위를 더듬고, 다리가 구부러진다. 이내 신음소리와 함께 그가 남은 힘을 전부 끌어 모아 무릎을 꿇고 앉는다.

구이도는 통증을 참느라 잠시 멈췄다가 멍든 이마의 땀을 닦아 내고 간신히 두 발로 일어선다. 겨우 힐끗힐끗 위를 올려다보며 인적 없는 길을 가로질러 알리의 시샤 술집으로 향한다. 하지만 그곳에 도착해 보니 술집은 간 데 없고, 허물만 겨우 남아 있다. 구이도는 문에서 잠시 휘청한다. 뭐지? 고개를 들고 길거리를 살핀다. 쑥대밭이 따로 없다. 야채밭은 다 뭉개졌고, 우물은 돌무더기로 채워졌으며, 돼지와 닭들은 다 풀려나와 길거리를 돌아다니고 있다. 코삭, 이 죽일 놈들. 하지만 지금 당장은 힘이 없다. 일단 터진 몸뚱이를 꿰매야 하고, 쉬어야 하고, 그리고 무엇보다도 어린 사촌 동생, 우마에게 무슨 일이 있는지 알아봐야 한다. 밀어 버린 머리를 손으로 문지르며 구이도는 생각하려고 애쓴다.

저 위에서 언뜻 어떤 움직임이 그의 시선에 잡힌다. 어쩌면 여기 애들일지도 몰라……. 아니면 적어도 소식을 전해 줄 수 있는 사람이거나. 구이도는 숨을 한 번 들이마신다.

"어이!"

황량하기 짝이 없는 거리에 정적뿐. 마치 한 차례 총격전이 끝나고 난 옛날 서부의 어느 마을 같다. 그때 어떤 남자애가 홈통에 비스듬히 매달려 있는 게 눈에 들어온다.

구이도가 멍든 손을 입에 대고 소리친다.

"너 혹시 레이냐?"

남자아이가 파이프에서 마저 미끄러져 내려와 보도 위에 선다. 헬쑥한 얼굴의 아이, 구이도의 얼굴을 제대로 보자 두 눈이 휘둥그레진다.

"레이, 다들 어디 갔어?"

그 아이는 팔을 활짝 펴고 여기저기 다 다른 방향을 가리킨다.

구이도가 고개를 끄덕인다.

"도와줄 사람이 필요해. 로즈 근처에 있어?"

아이는 얼른 고개를 끄덕인다.

"지금 와 달라고 해 줄래?"

레이레이는 바지의 먼지를 털어내며 일어선다. 그리고 손가락을 내밀어 시간을 알려 준다.

구이도가 한숨을 쉰다.

"30분? 알았어. 최대한 빨리 부탁해."

다 부서진 문에 털썩 주저앉는 구이도. 내 인생도 참. 병원의 운반 직원이었던 그의 아버지는 시장이 보우 가의 남쪽 전체를 철거지역으로 지정하자마자 이사해야 했다. 런던 전 지역이, 아니 유럽과 미국 전 지역이 같은 계획이었다. 고층 건물들, 주택단지들을 깡그리 허물어 버리고 맨땅에 탄소 제로 단지를 다시 세우겠다는 계획. 그렇게 해서 시의회는 런던 전역의 수십만 명이나 되는 사람들을 삶의 터전에서 강압적으로 몰아내고 오래된 건물들을 밀어 버리기 시작했다. 하지만 석유 파동이 몰아닥쳤을 때는 제대로 시작도 못한 상태였다. 정말 난데없었다. 그냥 생산량이 조금 줄어들었을 뿐인데, 갑자기 가격이 미친 듯이 치솟으며 전 세계가 패닉모드로 빠져들었다. 곧 주유소에도 긴 줄이 늘어졌다. 하룻밤 사이 사람들이 일터에서 쫓겨났고 한 달 새 온 나라가 무릎을 꿇고 말았다.

구이도는 완전히 박살 난 지붕의 태양열 판들을 보며 얼굴을 찌푸렸다. 저걸 사느라고 모두 함께 그 오랜 시간 애를 썼는데. 이곳 사람들은 이란에서 석유 전쟁이 터지자 모여들기 시작했다. 더 이상 생계를 이어 나가기 어렵게 된, 구이도의 부모와 비슷한 평범한 남자와 여자들. 즉, 경제를 다시 안정시키기 위해 도입된 정부의 혹독한 새로운 법에 떠밀린 사람들이었다.

삭감과 감축이 시작되면서 못 가진 사람들과 약한 사람들이 제일 먼저 희생됐고, 그게 몇 년간 계속되면서 상황이 악화되었다. 파업은 꿈도 못 꿨다. 정부는 부자들을 가난한 자들과 적대관계에 놓으며 이 사회를 둘로 갈라놓았다. 소위 시민이란 사람들이 가난한 사람들에 대해 분노를 느끼도록 조장했다. 그 즈음에 신분증 체제가 도입됐다. 만약 자신의 권리를 위해 싸우거나 삭감에 항의하면 신분증을 잃게 됐다. 그리고 신분증이 없으면 일을 할 수 없었다. 일을 하지 않으면 안전망이 사라졌다. 굶게 됐다. 그럼 시민들은 그 사람들을 더더욱 혐오했다.

그래서 식탁에 음식을 올리기 위해 고군분투해야 하는 사람들이 여기로 흘러들었고 새로운 삶을 개척했다. 그들은 탄소 제로 주택을 다시 세워 나갔다. 그들은 한때 쓰레기장 같던 공원과 주차장에 태양열 판과 풍력발전용 터빈을 만들어 올리고 갈대밭을 만들어, 버려진 땅을 다시 삶 속으로 불러들였다. 그들은 시장과 음악과 삶을 다시 불러왔다. 바로 아웃사이더들이 한 것이다. 구이도는 고개를 흔든다. 시민들은 도대체 왜 아웃사이더들을 무시할 권리가 있다고 생각하는 걸까? 모든 도시들이, 심지어 런던도 진창에서 시작하지 않았던가.

"구이도, 내 말 들려?"

구이도가 눈을 깜빡이며 뜬다. 로즈가 잔뜩 걱정스러운 얼굴로 그를 내려다보고 있다.

"세상에, 코삭 자식들이랑 심하게 한판 뜨셨구먼."

구이도는 자기도 모르게 미소를 짓는다.

"그러지 마, 아파."

로즈가 얻어터진 그의 머리를 쳐다본다.

"안전한 곳으로 일단 옮겨야겠어. 걸을 수 있겠어?"

"그게⋯⋯. 그런데, 로즈, 부탁 하나만 들어줘야겠어."

그녀를 보는 구이도의 얼굴에 조심스러운 기색이 언뜻 비친다. 로즈에게 이런 부탁을 하고 싶지 않지만 지금은 당장은 다른 방법이 없다.

"우마를 찾아 봐 주면 좋겠어."

로즈가 헉 소리를 낸다.

"함께 체포된 거 아니었어?"

"맞아, 그랬다가 엄마랑 같이 벨마시로 이송됐는데……. 감옥을 망보던 사람들 얘기로는, 우마는 그쪽에서 내리지 않았대."

로즈가 침을 꿀꺽 삼킨다.

"어디를 찾아봐야 할까?"

"코삭의 보안 루트를 따라가 봐. 그 지프차들은 항상 강을 따라 가더라고."

구이도가 숨을 몰아쉬며 손을 뻗는다.

"몇 명 같이 갈 수 있겠지? 강과 다리들을 전부 살펴봐. 그게, 혹시 모르니까……."

구이도는 안 좋은 생각을 애써 몰아낸다.

로즈는 그의 손을 잡는다. 구이도가 일어서려고 애쓰는 사이 그녀의 하얀 손바닥이 그의 커다란 갈색 손을 잡는다.

"알았어. 하지만 먼저 아일 오브 독스에 있는 해리 아저씨네 집으로 데려다 줄게. 사람들이 거기 숨어 있어."

구이도가 고개를 끄덕이고 일어서며 악문 이 사이로 아주 들릴 듯 말듯 '휴' 소리를 낸다. 그 이상의 고통스러운 내색은 하지 않는다. 그들은 강하게 자랐다.

배터시 아파트 부엌. 에반 내시는 자로 잰 듯 토스트 조각을 삼각형으로 자른다. 그리고 손목시계를 본다. 6시 5분. 어제의 말썽을 생각하면 아침 일찍 깨워도 싸다고 생각하며 에반은 미소 짓는다.

그는 입에 두 손을 대고 소리친다.

그 이듬해누ㄴ,

지만 해도 사람들은 여유 있ㅆ,

다. 그날은 정말 더웠고 맨발이 모래 위에ㅅ,

기억난다. 하지만 지금 그 뜨거운 열기는 느낄 수가 없다. ㄴ,,,

문인지 그의 몸에 내리쬐던 따뜻한 햇볕의 느낌이 살아나지 않는다.

그러다가 에반은 침대 옆 거울 속에서 자기의 모습을 발견하고 얼굴

을 찡그린다. 양복을 입은 남자가 아들 침대에 앉아 햇볕의 느낌을

기억해 내려 애쓰고 있는 꼴이라니. 진짜 웃긴다.

안도감이 밀려온다.

리오네 집인데, 얘가 또 발작을

또 무슨 거짓말을 하려는 걸까? 애가 한
게 대체 언제부턴지 모르겠다. 에반은 한
오를 어떻게 생각하고 있는지도 사실 잘 모르
를 사귄 지는 몇 년 밖에 되지 않았지만 둘은 떼
었는 사이가 됐다. 빈민가에 살았던 정신 나간 녀석은
좋은 영향을 끼치고 있지는 않지만, 다른 한편으로 뭔가
게 있다. 헌터를 살아 있게 하는 전기 스파크 같은 그 무엇.
동안 잃어버렸던 그것.

에반은 그의 손목시계를 들여다본다.

"헌터, 심각하니? 만약 그렇다고 해도, 저번처럼 병원에 데려다 줄
수는 없어. 이번 원자로 사건 이후로 전화통에 불이 났다고."

"아니에요, 아버지. 그냥 제가 옆에 좀 있어 주면 괜찮아질 것 같
아요."

에반이 입가를 두드리며 말한다.

"리오 좀 바꿔 봐. 내가 직접 통화해 봐야겠어."

리오의 방에 앉아 있는 헌터의 눈이 커다래진다.

"아, 그렇게까지 하실 필요가……."

"얼른 바꿔. 얼마나 안 좋은지 직접 듣고 싶은 거니까."

144

"알았어요."

헌터가 RET를 스피커로 전환하고 렌즈 뒤쪽에서 리오를 향해 눈을 부라리며 손으로 목을 홱 긋는 시늉을 한다.

리오는 터지는 웃음을 참고, 헌터는 리오의 귀를 툭 치며 입 모양으로 '나 지금 심각해.' 한다.

리오의 목소리에 힘이 하나도 없다.

"네, 아저씨? 네, 많이 안 좋았는데 지금 잘 쉬고 있어요."

잠시 침묵.

"아뇨, 병원까지 갈 일은 아니에요."

침묵.

"네, 심각한 일이라는 거 알아요."

침묵.

"네, 약도 먹고 있어요. 그리고 종일 침대에 있으려고요."

리오는 매트리스를 툭툭 치며 우마에게 윙크를 날린다. 우마는 어이가 없다는 표정이다.

"넵! 쫌이라도 안 좋아짐 무조건 전화할게요. 형은 하루 이틀은 더 있어야 오거든요. 헌터가 여기 있게 해 주셔서 감사해요."

침묵.

"아니에요, 아저씨. 절대 제 눈에서 못 벗어나게 할게요. 코삭들이 불시 단속하고 있어서 걱정하시는 거 알아요. 네, 안녕히 계세요."

전화를 끊고 리오는 허리를 90도로 굽혀 인사한다.

"그리고 오스카상 수상자는, 영화 '쓸쓸한 진실, 간질병'에서 숨

막히는 연기를 보여 준 리오 산티아고입니다."

헌터가 두 볼을 빵빵하게 만든다.

"고맙다. 처음엔 안 속으실 줄 알았어."

헌터의 침실에서는 에반이 아들의 방을 둘러본다. 이른 아침 햇살이 창으로 쏟아져 들어온다. 집이 갑자기 너무나 조용하고, 너무나 텅 빈 것처럼 느껴진다.

아침의 희뿌연 빛이 아일 오브 독스의 지하도로 기어들지만 그 아래의 터널은 별로 밝아지지 않는다. 로즈는 벽에 기대서서 코삭 순찰차가 지나갈 때까지 기다린다. 지프차의 미등이 모퉁이에서 사라지자마자 로즈는 벌떡 일어나 일당들에게 그늘에서 나오라고 손짓한다. 사실 그들에게 어떻게 처신해야 하는지 일일이 설명해 줘야 하는 것은 아니다. 뼛속부터 아웃사이더들인 아이들, 그중에서도 가장 힘세고 가장 빠른, 최정예 부대를 짧은 시간 안에 모을 수 있는 한 모았다. 나이가 가장 많은 애가 열여덟, 가장 어린 애는 열 살도 채 되지 않았다.

로즈는 아이들을 쭉 둘러본다.

"자, 네 그룹으로 흩어지는 거야, 오케이? 우, 넌 보우 크루에서 사우스 뱅크까지 맡아. 패츠랑 조는 그보다 더 남쪽으로 내려가서 섀드 템스 쪽까지 찾아보고, 알았지?"

로즈는 챙이 위로 젖혀진 파나마 모자를 쓰고 있는 남자애를 엄지손가락으로 가리킨다.

"페페, 네 구역은 아일 오브 독스 전체야. 그리고 나랑 크레이 형제들은 웨스트민스터의 북쪽, 그러니까 타워랑 와핑까지 맡을게."

페페는 모자 끝을 살짝 올려 보이고 패츠는 운동화 끈을 다시 묶으려고 허리를 굽히는데 몸을 깊이 숙일수록 근육이 불룩불룩 튀어나온다.

"근데, 로즈. 만약에 우마가 이미 코삭들 손에 있으면? 그땐 어떡해야 하는지 구이도가 얘기했어? 싸우래?"

"쪽수에서 밀리면 그냥 따라가면서 지원을 요청해. 하지만 이길 수 있다는 자신이 있으면, 그럼 당연히 싸워서 우마를 데려와."

패츠는 입을 실룩이며 씩 웃더니 금색 체인에 달린 옥 덩어리를 손가락으로 만진다.

"그게 관음보살의 뜻이라면, 싹 다 해치워 버리지 뭐."

로즈가 손을 들어 보인다.

"아, 그리고 한 가지 더. 오늘 우린 어둠 속에서 은밀히 움직인다. 임플란트도, 드림라인도, 아무것도 쓰지 마. 구이도가 지금 상황에선 너무 위험하댔어."

페페가 폭발하고 만다.

"뭐라고? 말도 안 돼. 코삭들이 뭣 땜에 그리 열 받은 건데?"

로즈가 어깨를 으쓱해 보인다.

"원자로가 맛이 갔잖아. 그 더러운 연료를 쓸 날을 10년이나 기다려 왔는데 그게 망가졌으니 런던은 다시 혼란에 빠졌고, 누군가한텐 뒤집어씌워야 했겠지, 안 그래?"

"하지만 우리가 그랬다고 생각 안 해."

"나도 마찬가지야. 하지만 오늘 우리가 생각해야 할 건 그게 아냐. 오늘은 우마만 생각해. 찾아내서 데려오는 거야, 알았지?"

그 말이 떨어짐과 동시에 모두들 다른 방향으로 흩어진다. 텅 빈 고가도로 아래엔 파란색 비닐봉지만 하나 남아 빙빙 돌며 낙서가 뒤덮인 담 쪽으로 날아오르고 있다. 멀리 떨어진 어느 건물 옥상에서 저격수가 그 움직임을 감지한다. 하지만 그가 총의 조준기를 눈높이로 들어 올렸을 때는 이미 그 비닐봉지도 사라지고 없다. 차가운 동풍에 실려 빈민가 하늘 저 높은 곳 어디로.

14

헌터가 웨스트민스터 브리지 쪽으로 오토바이를 낮게 기울여 커브를 틀자 우마는 뒷부분을 꽉 잡는다. 그들은 강의 남쪽 둑을 지키고 있는 시바의 황금 조각상과 거의 일직선상에 있다. 바로 정면으로는 코삭들이 길을 폐쇄해 놓고 조금이라도 수상해 보이는 차량들을 비상 저지선 쪽으로 불러 세우고 있다. 우마의 심장이 오그라든다. 그래도 단 한 번뿐이지만 기술 1계급 남자친구와 오토바이를 타고 달리는 공주처럼 세상을 바라본다. 그녀는 완벽한 시민인 것이다. 우마는 꿈도 꿀 수 없는 신분. 경찰들은 그들 쪽은 아예 쳐다보지도 않는다.

'이런 삶이 다 있다니!'

헬멧의 RET 기능을 켜자 웨스트민스터의 풍경이 사라지고 家의

고화질 시스템이 눈앞에 펼쳐진다. 풍속, 기온, 주소록, 친구, 회의, 상점, 사람들의 신분증, CCTV화면, 술집, 신용도, 세컨드 라이프 정보……. 뭐든지 말만 하면 그녀 앞에 펼쳐진다.

우마는 웃을 수밖에 없다. 혜택을 받으며 산다는 건 정말 아름다워. 이와 비교하면 드림라인은 훨씬 단출하지만 그래도 깊이가 있다. 우마는 국회의사당을 올려다본다. 어마어마하게 커다란 홀로그램 해바라기가 빅벤 앞에서 점점 자라나 봉오리를 펼치며 활짝 피어났다가 다시 사라지고 그 밑으로 정부의 최신 슬로건이 빛나고 있다.

우리 모두 함께 겪고 있는 일입니다.

웃고 있던 우마의 입이 더 벌어진다. 정말 웃기고들 있네.

헌터는 유연한 우마의 몸이 흔들리는 것을 느낀다. 왜 내 허리에 팔을 두르지 않는 거지? 헌터는 시바 성지를 지나치며 속도를 높일 때 스쿠터 핸들을 더 낮게 기울인다. 이 정도면 바짝 붙겠지. 하지만 뒤에 앉은 우마는 허벅지를 더 힘껏 조일 뿐이다. 젠장. 커브를 푸는데 시바 조각상의 금빛 눈이 언뜻 보인다. 미동도 않는 눈동자. 하지만 입은……. 미소인가? 저 앞쪽에서 서로 자리를 차지하려고 다투는 오토바이들을 뚫고 나가기 위해 헌터는 핸들을 틀고 속도를 올린다.

강둑으로 내려가자 오른 편으로 탁한 은빛 강물이 흘러가고 있다. 앞쪽에 또 다른 바리케이드가 우마 눈에 들어온다. 그런데 이번에는 블랙 프라이어스 다리 쪽 출구로 빠지는 차량들을 일일이 세우고 있는 것 같다. 우마가 헌터의 어깨를 툭툭 치자 헌터가 고개를 끄덕이고 바깥 차선으로 빠져나가 옆길로 들어선 뒤, 어느 좁아터진 골목길에서 스쿠터를 세운다. 우마는 잠시 RET를 자세히 본 뒤 말한다.

"좋아, 여기서 공공도로를 건너서 템스 강변 산책길을 따라 블랙 프라이어스 다리 쪽으로 접어들면 되겠다.

우마는 헬멧을 벗으며 고개를 흔든다.

"이걸 가져갈 수 없다니 정말 안타깝군."

헌터가 눈을 동그랗게 뜬다.

"안 돼! 이건 슬리퍼들 기술이야. 사악한 물건이라고!"

우마는 헬멧을 헌터의 가슴에 퍽 갖다 댄다.

"바보 같거든! 어쨌든 태워 줘서 고마워. 이제부턴 혼자 갈 수 있어."

가슴이 뜨거워진 채 헌터는 우마가 우아하고 당당하게 걸어가는 모습을 바라본다. 쫓아서 뛰어가야 하나? 안 돼, 그건 너무……. 저 앞에서 씽씽 달리고 있는 오토바이들을 쳐다보고 있던 헌터는 갑자기 달리기 시작한다. 이리저리 달려오는 차들을 피해 가며 우마를 잡으려고 미친 사람처럼 달린다.

"다리까지라고 했잖아!"

우마는 반쯤 웃다 말고 계속 걷는다. 길의 굽은 부분에 다다를 때까지 둘은 말이 없다. 그리고 눈앞에 다리의 붉은 기둥이 불쑥 나타난다.

헌터는 손으로 햇빛을 가리며 잠시 멈춘다.

"리오 말대로라면, 다리 바로 앞 강둑 벽에 사다리가 있어야 해."

우마가 손가락으로 뭔가를 가리킨다.

"저기 있네. 첫 번째 아치 옆에."

둘이 달리기 시작한다. 몇 초 차이로 먼저 도착한 헌터가 강둑 가장자리에서 몸을 숙이고 아래쪽을 내려다본다. 강 아래쪽으로 드리워진 사다리는 3미터 깊이의 물속으로 사라진다.

"저 밑에 뭔가가 있을 거야, 구멍 같은 거 말이야."

우마가 사다리를 딛고 빠른 걸음으로 내려간다. 그 뒤에서 잔뜩 불어난 흙빛 물을 멍하니 보며 머뭇거리던 헌터는 결국 사다리에 발을 얹고 우마의 뒤를 따라 물결이 찰랑거리는 부분까지 내려간다. 아래쪽으로 보이는 거라곤 철창살로 막힌 둥그런 구멍뿐이다. 우마는 철썩이는 물결에 거의 닿을 때까지 몸을 숙인다.

"이게 플리트 강의 하구가 확실하지?"

헌터는 강둑의 벽을 훑어본다.

"그럴걸. RET 정보에는 플리트 강의 물줄기가 템스 노선 쪽 출구 바로 옆 굴을 통해서 곧장 흘러간다고 돼 있어. 그리고 거기가 바로 여기거든. 문제는 수위가 너무 높아졌다는 거야."

우마가 얼굴을 찡그린다.

"여기에 뭐라도 있어야만 해. 안 그럼 난 끝장이야."

뭐 달리 뾰족한 수가 없다. 제대로 보려면 철창살에 기어오르는 수밖에. 사다리에서 옆으로 뛰어 우마는 격자 모양의 철망을 단단히 붙들고 가장 낮은 곳의 창살을 딛고 선다. 그리고 눈을 가늘게 뜨고 굴의 컴컴한 입구를 들여다본다.

"잠깐, 저기 뭐가 보여! 봐봐. 오른쪽에, 맨 윗부분에."

헌터도 사다리의 맨 아랫부분까지 내려가 몸을 비틀어 가장 멀리 뻗을 수 있는 만큼 뻗는다. 우마 말이 맞다. 분명 뭔가가 있다. 둥그런 콘크리트 면 저 멀리 맨 윗부분에 빨간색 작은 용이 얼룩덜룩한 벽면에 선명하게 그려져 있다.

헌터가 헉 소리를 낸다. 등의 굴곡과 몸을 휘감고 있는 꼬리, 그리고 눈에 익은 불꽃 모양. 헌터는 그것을 대번에 알아본다. 런던 사람 치고 저걸 모르는 사람은 없다.

"하지만, 저건……."

"가라오케 팰리스의 로고잖아. 나도 알아."

"저게 무슨 의미야?"

우마가 고개를 젓는다.

"모르겠어."

"몰라? 이게 아무 의미가 없단 말이야? 그러니까……. 너희 아웃사이더들한테?"

"없어. 너한테나 나한테나 같은 의미야. 레스터 스퀘어에 있는 연중무휴 대형 가라오케 술집."

"그럼 이제 우린 어떡해?"

"아니! '이제 나는 어떡해?'겠지. 약속했잖아."

헌터가 우마를 본다. 아, 이런. 그녀의 눈에 이번에는 도저히 거역할 수 없는 단호함이 서려 있다.

헌터가 목청을 가다듬는다.

"그래, 맞아. 하지만 내가 너를 두고 가겠다고 했던 건……. 그다음 계획이 확실한 줄 알고 그랬던 거지. 이건 도무지……."

"헌터, 내 말 잘 들어. 지금 내가 가는 길은 안전을 보장할 수 없어. 그리고 너는 도울 수 없어. 이건 네 일이 아냐."

헌터가 아래턱을 삐죽 내민다.

"만약 내 일로 만든다면?"

우마는 다리와 그 위로 기차를 응시한다. 이미 이 세상 사람이 아닐지도 모르는 젤라 이모는 파수꾼을 찾으라고 했고, 그 누구에게도 발설하지 말라고 했다. 우마는 재킷을 툭툭 쳐서 그 안에 든 작고 무거운 물건을 확인한다. 한 1,000번쯤 그런 것 같다. 그리고 헌터를 본다. 이 아이에게는 믿음이 가는 구석이 있다. 하지만 그런 것 따위에 의지할 수 없다. 우마에게 사치일 뿐이다. 우마는 일부러 독하게 말한다.

"난 또, 너는 좀 다른 줄 알았어. 하지만 결국 너도 다른 슬리퍼애들이랑 똑같네. 약속 따위 지키는 법이 없지."

헌터는 심장이 비틀리는 느낌이다. 우마는 절대 물러나지 않을 모양이다. 헌터는 스쿠터에 올라타 집으로 돌아가야 한다. 하지만 마지막으로 한 번만 더 해 보자.

"하지만 이렇게 끝나는 거야? 그러니까……. 우리 다신 못 만나는 거야?"

"모르지. 어쩌면 이 모든 게 다 끝난 뒤에?"

우마가 가까이 다가와 그의 볼에 손을 댄다.

"그래도 어쨌든 정말 고마웠어. 진심이야."

헌터는 마치 자석에 딸려 가듯 그녀 가까이 바짝 다가선다. 그의 눈에 보이는 건 오직 그녀뿐이다. 그녀의 얼굴, 그녀의 눈, 그녀의 입술. 그리고 그때 뭔가가 번쩍하고 움직이는 게 보이고, 눈이 멀어 버릴 것처럼 머리가 아프더니 일순 모든 게 사라진다. 사다리를 잡고 있던 헌터의 손이 풀리면서 아래 강으로 풍덩 빠지고 만다. 우마는 그 자리에 얼어붙어 아래를 내려다본다. 너무 놀라 꼼짝할 수가 없다. 방금 무슨 일이 벌어진 거야? 총에 맞은 거야? 방망이질 치는 심장을 붙들고 누가 한 짓인지 알아내기 위해 우마는 다리와 강둑을 정신없이 둘러본다. 여기서 도망쳐야 한다. 표적은 자기일 테니까. 하지만 헌터를 강물 속에 버려두고 갈 수 없다.

"헤이, 우마!"

우마가 고개를 돌린다. 다리 쪽이다.

"우마!"

그리고 그때서야 보인다. 로즈가 중앙 아치 위에 올라서서 손을 흔들고 있다.

"거기 그대로 있어. 내가 그쪽으로 갈게."

하지만 우마는 이미 물속에 뛰어들어 축 처진 헌터의 몸을 향해 팔을 힘차게 내저으며 헤엄치고 있다. 차가운 강물이 그를 빨아들일 듯이 아래쪽으로 끌어당기는 순간 헌터는 불현듯 의식을 찾는다. 숨을 쉴 수가 없다. 가라앉고 있다. 그런데 어느 순간 다시 수면 위로 올라와 있다. 물결이 그의 얼굴을 때릴 때마다 거친 숨을 내뱉으며. 어떤 목소리가 자기 이름을 부른다. 하지만 반응할 수가 없다. 어찌해야 할지 모르겠다. 그는 다시 물밑으로 빠져든다. 팔 다리가 물살에 미친 듯이 저항하고 몸이 이리저리 비틀리지만 도무지 통제가 안 된다. 그런데 누군가의 손이 자기를 향해 다가온다. 우마! 헌터는 돌아서서 우마를 잡으려고 허우적대 보지만 놓치고 다시 떠밀려 간다. 몸부림치고 물을 들이키며 다시 가라앉기 시작한다. 그러나 이번에는 물밑으로 내려가면서도 평화로운 느낌이 그를 감싼다. 마치 자기 몸이 물속으로 빨려 들어가는 것을 바라보고 있는 구경꾼이 된 기분이다. 헌터는 이 아름다운 느낌에 사로잡혀 잠시 사지를 늘어뜨리고 물결에 몸을 맡긴다. 그러기를 잠시, 그의 생존본능이 다시 고개를 든다. 안 돼! 싸워야 해!

다시 우마의 목소리가 들린다.

"헌터! 어디 있어?"

헌터는 한 번 더 수면으로 올라가려고 버둥거린다. 물살에 맞서 미친 듯이 발을 차며 팔로는 파도가 세워 올린 물의 장벽을 긁어댄다.

블랙 프라이어스 다리 위에 올라 서 있는 로즈의 눈에는 악전고투하는 헌터의 모습이 너무나 잘 보인다. 그 남자아이와 우마, 둘 다 소용돌이 쪽으로 쓸려 가고 있다. 어떻게든 멈춰야 한다. 로즈는 한

숨을 폭 쉬고 허리띠에 석궁을 끼운다. 그리고 강물로 뛰어들어 둘로부터 몇 미터 떨어진 곳에 뛰어든 후, 흙탕물 소용돌이에서 수면 위로 재빨리 올라와 몸을 돌린다. 헌터는 팔을 허우적대며 우마의 목과 가슴을 잡아당기고 있고, 우마는 기를 쓰며 헌터의 팔을 풀려고 하지만 공포에 사로잡힌 헌터는 절대로 놓지 않는다.

힘차게 팔을 저어 로즈는 그 둘 옆으로 가서 석궁을 꺼내들고 손잡이가 앞쪽을 향하도록 반대로 든다. 그리고 팔을 높이 들어 헌터의 귀 바로 뒤쪽 두개골을 세게 내리친다. 그 순간 헌터의 몸이 축 늘어진다. 무기력한 헌터의 몸이 가라앉기 시작하자 로즈가 바로 붙잡는다. 그러고는 몸을 돌려 어안이 벙벙해 있는 우마를 본다.

"넌 혼자 강기슭까지 갈 수 있겠어?"

우마가 눈을 덮고 있는 머리칼을 쓸어 올리며 고개를 끄덕인다.

"정말?"

"그래. 갈 수 있어."

로즈는 강둑 쪽을 가리킨다.

"그럼 어서, 북쪽 강둑으로 가자. 거기 나무로 만든 부교가 있으니까 이 멍청이를 끌어올릴 수 있을 거야."

아일 오브 독스. 구이도는 해리의 집에서 상처를 치료하는 동안 김이 올라오는 달(콩 요리 - 옮긴이)을 앞에 놓고 앉아 있다. 구이도는 부서진 벽 사이로 템스 강을 내다보며 몸을 들썩인다.

"그래, 오늘은 강이 어떤 소식을 전해 주던가요?"

해리는 사발에 천을 담그며 맑고 푸른 눈으로 창밖을 응시한다.

"언제나처럼 이 강은 아주 늙고, 늙었지. 3,000년 전에 이미 스스로 길을 만들었어."

해리가 무릎을 꿇고 앉자 닳아빠진 실내화가 타일 위를 스치는 소리가 난다.

"아, 그때만 해도 열대 강이었던지라 양옆으로 야자수와 감귤나무들을 끼고 곧장 라인 강으로 흘러들었지. 강의 깊은 곳에는 악어와 거북이 헤엄치고 다녔지. 그리고 얼마 지나지 않아 사람들이 흘러들었어."

구이도가 자리에서 살짝 몸을 움직인다.

"네, 그런데 오늘은 별다른 소식이 없나요? 그러니까, 코삭들이 대체 우릴 어쩔 계획인지 뭐 그런 거요. 그들은 이번 원전 파괴를 빌미로 아주 씨를 말리려고 해요. 런던에서 아웃사이더들을 말끔히 밀어내고 싶어 한다고요."

해리가 고개를 젓는다.

"이 모든 죽음들을 통해 강, 그리고 이 땅은 아주 오래전부터 여기 있었지. 사람들이 들어와 이용하고 이름 짓기 훨씬 전부터. 런던. 하지만 그건 우리에게 속한 게 아니라 스스로에게 속해 있단다. 우리는 그 위에 많은 것을 만들었지. 길, 경계선, 공격로, 놀이터와 하수구. 하지만 사실은, 이 땅과 강이 우리를 만든 것이란다."

구이도는 한숨을 쉰다. 늙은 해리 아저씨의 신비한 얘기도 좋긴 하지만, 정말 우마는 어디에 있는 걸까?

15

판자 다리 위에서 로즈는 계단 아래쪽에 쪼그리고 앉아 강둑 쪽을 살핀다. 그 사이 우마는 헌터를 위로 끌어올려 앉힌다. 로즈가 한숨을 쉰다. 코삭은 눈에 띄지 않는다. 적어도 아직까지는.

"그러니까 얘가 아는 애란 말이지?"

"그래. 이름은 헌터고, 날 돕고 있었어."

"두 번만 도왔다가는! 이 새끼 땜에 너 빠져 죽을 뻔했다고."

"네가 먼저 석궁으로 쏴서 빠뜨렸잖아. 대체 왜 그런 거야? 죽일 뻔했잖아."

"난 얘가 아군인줄 몰랐지. 얘가 너한테 바짝 들이대고 있었단 말이야. 협박하는 것처럼 보이기도 했고. 그래서 쐈다, 왜? 코삭들처럼. 일단 쏘고 질문은 나중에. 그래도 뭉툭한 화살을 썼어. 죽일 맘은

159

없었다고."

로즈가 몸을 내밀고 헌터 얼굴에 대고 손가락으로 딱딱 소리를 낸다.

"이 봐, 내 말 들려?"

헌터는 희미하게 고개를 끄덕인다.

로즈가 손가락 두 개를 들어 보인다.

"네 앞에 손가락, 이거 몇 개?"

"두 개."

"너 어디 살아?"

헌터는 머릿속이 빙빙 돌지만 딱딱 부딪히는 이를 멈추고 목소리를 분명히 내려고 애를 쓴다.

"배터시……. 파워 아파트……. 1028동."

로즈가 헉 소리를 낸다.

"시민? 이런 세상에, 우마. 이 난리 통에 슬리퍼를 달고 다닌 거야?"

우마가 얼굴을 찡그린다.

"막 보내려던 참이었다고. 야, 그냥 넘어가자. 정말, 정말 힘든 밤을 보냈다고."

로즈가 자기 친구를 가만히 본다.

"알아. 우리 모두 너를 찾아다니고 있었어. 구이도의 명령이야."

우마의 마음이 확 밝아진다.

"구이도? 풀려난 거야?"

"그래. 꽤 두들겨 맞긴 했지만, 살아 있어. 코삭 놈들이 다른 죄수

들하고 같이 빈민가에 떨어뜨리고 갔어."

"젤라 이모는?"

"내가 나올 때까지 돌아오지 않았어."

우마가 눈을 감는다. 어떻게든 버텨 내야 해. 로즈는 우마의 잿빛 얼굴을 살핀다.

"어서 돌아가자, 너 좀 자야 할 것 같아."

로즈는 헌터를 향해 돌아선다.

"괜찮은 거지? 여기서 잠깐 쉬었다가 혼자 집에 가라, 응?"

하지만 헌터는 대답하지 않는다. 머리의 둔탁한 통증이 갑자기 타들어가는 듯한 통증으로 바뀌어 눈알이 다 뽑힐 것만 같다. 속이 뒤틀린다. 결국 나무판자 위에 엄청난 양의 강물을 토해낸다. 우마는 잔뜩 걱정스러운 얼굴로 헌터 쪽으로 몸을 숙인다.

"저⋯⋯. 저기 얠 그냥 이대로 두고는 못 가겠어. 해리 아저씨가 좀 봐 주셨으면 좋겠어. 이틀 새 벌써 두 번째 얻어맞은 거란 말이야. 뇌진탕일지도 몰라."

로즈가 고개를 흔든다.

"두고 가야 돼. 난 절대로 얠 데리고 갈 수 없어."

"그럼 나 혼자 해."

"너도 안 돼. 오늘은. 아주 높은 곳으로 점프를 하며 가면 모를까. 사방에 다 검문소라고."

우마가 미소를 짓는다.

"응, 하지만 오늘은 슬리퍼의 비밀 무기가 있거든. 기술 1계급 신분증이랑 스쿠터!"

로즈의 눈이 휘둥그레진다.

"우리 동네로 데려가는 건 안 돼. 구이도 손에 죽고 싶어?"

"얘네 집으로도 못 보내. 이 상태로는 안 돼. 얘네 아버지는 종일 직장에 가 있단 말이야."

"그럼, 친구는 있을 거 아냐?"

우마의 머릿속에 리오의 이미지가 떠오른다.

"절대 안 돼."

"그럼 병원에 떨어뜨리자. 하지만 웬만해선 보안 직원들을 뚫고 들어가기가 어려울 거야. 그냥 입구에다 버리고 가야 해."

"그렇게는 안 해."

"우마, 내 말 들어. 쟤는…….."

로즈가 갑자기 속삭거리기 시작한다.

"우리 문제가 아니라고. 이미 우린 우리 문제만으로도 차고 넘치거든."

"그래, 로즈 말이 맞아."

헌터가 팔꿈치로 짚고 일어난다.

"잠깐 쉬면 돼. 너희들은 얼른 가."

헌터는 애써 미소를 짓는다.

우마가 헌터를 자세히 들여다보니 통증을 숨기려고 얼마나 애를 쓰는지 다 알겠다. 오늘 또 누군가가 죽는다면 정말 견디기 힘들 것 같다.

"난 어쨌든 할 거야, 로즈. 얘가 괜찮은지 확실히 알아야겠어. 날 도와준 애라고. 그게 우리 방식 아냐?"

로즈는 지금 우마 얼굴에 어린 표정을 잘 안다. 젤라와 똑같다. 한 번 마음을 먹으면, 그걸로 끝이다. 로즈는 앞니 사이로 침을 잔뜩 뱉어낸다.

"알았어, 좋아, 그럼. 우리가 어디에 있는지 알지? 무드슈트의 해리 아저씨 집. 응? 그리고 넌 털끝 하나 다친 데 없이 완전 말짱한 채로 와야 돼. 안 그럼 내가 얻어맞는다고."

우마가 씩 웃는다.

"내가 너보다 더 먼저 간다. 얘를 오토바이에 똑바로 앉힐 수만 있다면 말이지. 헌터, 그건 할 수 있지?"

고개를 끄덕이는 헌터. 관자놀이를 망치로 두들겨 맞고 있는 것 같은 통증에도 희열이 온몸에 퍼진다. 어쨌든 이 게임을 계속 하게 됐으니까.

그로부터 약 400미터 떨어진 강의 북쪽, 에반은 자신의 시청 사무실 안을 왔다 갔다 하고 있다. 아직 날이 밝지도 않았는데 벌써 네 사람과 동시에 통화 중이다. 네 사람 모두 지금 당장 해결책을 원한다. 병원 발전기가 멈췄고, 전철 북부 노선이 폐쇄됐고, 뉴 빌링스 게이트 마켓의 냉장고 전원이 나가는 바람에 10톤에 달하는 생선들이 썩고 있다. 그리고 질문은 늘 똑같다. 이 상황을 대체 어떻게 할 것이냐? 전력을 언제 다시 공급할 것이냐?

에반은 손목시계를 들여다본다. 10분 사이에 벌써 열 번째다. 언제부터 시간이 이렇게 빨리 흘러가기 시작했을까? 늘 따라잡기를 하고 있는 것만 같다. 속도를 늦추거나 숨 쉴 틈조차 없이 따라잡기를 하고 있는 것 같다. 숨을 쉴 틈조차 없다. 어쩌면 저 아웃사이더들 생각이 옳을지도 모른다. 사실 그렇지 않은가, 그들은 아일 오브 독스의 부두를 조력발전기로 탈바꿈 시켰다. 그걸 뭐라고 부르더라? 그래, 로얄 독스 와디. 그건 절대로 멈춰 서는 일이 없다. 그 사람들은 자가 전력의 달인들이다. 사실 에반이 불려가지 않는 유일한 곳이 바로 빈민가이다. 찢어지게 가난한 사람들일지는 몰라도 어떻게든 스스로 살아가고 있다.

에반은 다시 시계를 본다. 헌터 이 녀석은 대체 뭘 하는 건지……. 아직도 리오네 집에 있는 건가? 그 정신 나간 브라질 녀석은 나쁜 영향만 끼친다. 에반은 유감스런 미소를 지으며 고개를 젓는다. 정말 늙은이가 다 됐군.

"내시 씨?"

형광색 조끼를 입은 직원이 문 앞에서 그를 부른다.

"어?"

"지금 가셔야 합니다."

"그래, 그래야지."

에반은 책상 밑에 있는 작업 신발 쪽으로 천천히 손을 뻗는다.

"괜찮으세요?"

비서가 얼굴을 찡그리며 묻는다.

"그럼, 물론. 안 괜찮을 게 뭐가 있겠어?"

에반은 천천히 허리를 굽히고 무거운 방수 부츠를 끄집어내다가 갑자기 웃음을 터뜨린다. 자신이 헌터 나이였을 때만 해도 에나멜가죽 장화를 신느니 차라리 죽는 게 낫다고 생각했는데. 세월 앞에 장사 없다.

헌터와 우마는 강을 뒤로 하고 붐비는 차도를 건너 스쿠터를 세워 둔 곳으로 간다. 차선을 빠른 속도로 가로지르는 동안 헌터는 우마와 보조를 맞추기 위해 애쓰고는 있지만 심하게 떨고 있다. 지금은 통증 때문이 아니다. 통증은 가라앉고 있다. 그의 머리에 밀려드는 이미지들 때문이다.

보도에 올라서면서 우마는 헌터의 팔을 좀 더 세게 붙든다.

"힘 내. 거의 다 왔어."

"더, 더는 못 가겠어."

코삭 차량이 지나가는 동안 우마는 머리를 확 수그린다.

"조금만 더 가면 돼. 오토바이까지 거의 다 왔어."

고개를 끄덕이고 앞으로 가려고 용을 쓰는 헌터. 하지만 골목길에 다다르자마자 땅에 주저앉는다.

우마의 얼굴이 어두워진다.

"머리가 그렇게 아파? 그냥 병원으로 가는 게 나은 거 아니야?"

"아냐."

"하지만 너 지금 엄청 떨고 있다고."

손가락들이 살 속으로 꾹꾹 들어갈 정도로 헌터는 자기 팔을 꽉 잡는다.

"헌터, 말 좀 해 봐."

헌터는 마음속의 말들과 이미지들이 새어 나올 새라 입을 앙 다문다.

"넌, 넌 이해 못 해. 물 때문이야. 난 물속에 들어가지 않아, 절대로……."

"웃기셔. 로즈가 널 때려눕히기 직전까지 넌 나를 끌어내리고 있었잖아."

우마가 웃는다.

하지만 헌터는 따라 웃지 않는다. 팔뚝의 살을 꽉 쥐고 마구 비틀어보지만 아무 감각이 없다. 못한 말들이 속에서 올라온다. 그의 가슴을 지나, 목구멍을 지나. 헌터는 턱 근육에 힘을 꽉 주고, 눈을 질끈 감고 막아 보려 애쓴다. 하지만 불가항력이다.

"그게 아니야. 수영은 할 줄 알아. 하지만 엄마 때문에, 엄마 때문에 물속에 들어가지 않아. 엄마가……. 물에 빠져 죽었어……."

헌터는 꼼짝도 하지 않은 채, 우마를 올려다보지도 않고 말한다.

꽤 오랫동안 우마는 아무 말도 하지 않는다. 그동안 헌터는 그녀가 가까이 다가와 그를 두 팔로 감싸 안는 모습을 상상한다, 아니그런 소리가 들리는 것 같다. 우마는 물속으로 가라앉듯 그의 옆에 앉는다. 말은 한 마디도 하지 않는다. 갑자기 기억이 살아난다. 그 상실감과 갈망이 어떤 것이었는지. 그리고 몇 년 만에 처음으로 눈에 눈물이 맺히고 있음을 느낀다. 헌터의 떨리는 팔에 손을 얹고 우마는 말없이 그의 곁을 지킨다.

헌터는 쿵쾅대는 심장을 진정시키려고 갖은 애를 쓰며 깊은 숨을 들이마신다. 그는 단 한 번도 엄마에 대한 얘기를, '엄마가 물에 빠져 죽었다.'라는 말을 입 밖에 낸 적이 없었다. 어차피 아는 사람들은 알고 모르는 사람들은 모르는 일이니까. 정말이지…… 기분이 이상하다. 헌터는 우마의 손을 내려다본다. 불현듯 이 애에 대해선 정말 아는 게 전혀 없다는 생각이 든다.

"너희 부모님은? 밤새 집에 안 들어갔잖아. 가만히 계시진 않을 거 아냐? 우리 엄마가 그렇게 된 후로 아빠는 딱 두 시간만 내 소재 파악이 안 되도 난리가 나는데."

우마는 애써 차분하게 말한다.

"우리 아빠는 내가 아주 어릴 때 돌아가셨어. 처음 감축안이 시작되고 열린 조합 시위에서 총에 맞았어."

"아."

우마는 어깨를 으쓱한다.

"이미 너무 오래전 일이야."

그리고 목소리가 갈라지는 걸 애써 감춘다. 사람들이 물어보면 우마는 늘 이렇게 말하곤 했다. 너무 자주 말해서인지 정말 그렇게 믿어진다.

"그럼 너희 엄마는?"

"감옥에 계셔."

헌터의 눈이 커다래진다.

"마지막으로 뵌 게 언젠데?"

"한 아홉 달쯤 전에. 정치범들은 면회가 쉽지 않아."

침묵이 두 사람을 가른다. 그리고 우마가 미간을 좁히며 묻는다.

"어떤 분이셔?"

"누구?"

"너희 아빠."

헌터는 생각해 본다. 어떤 사람이더라?

"그게, 거의 종일 직장에 나가 계시니까."

"아닐 때는?"

머릿속으로 몇 가지 이미지들을 획획 넘겨본다. 이상하다. 제대로
집중도 안 되고, 파악도 안 된다.

"뭐, 괜찮은 분이야. 재미있기도 하고, 아니…….."

헌터의 목소리가 자신이 없어진다.

"뭐?"

"예전엔 그러셨다고. 엄마 일 전에. 지금은 뭐랄까…….."

헌터는 적절한 말을 찾다가 결국 웅얼대고 만다.

"조용해지셨어."

하지만 무감각해졌다는 표현이 더 맞다. 헌터도 마찬가지다. 그것
도 아주 오랫동안. 하지만 적어도 자신은 어떻게든 노력하고 있다.
아버지와는 다르다. 아버지는 벌써 몇 년째 로봇처럼 살고 있고 헌
터가 어떻게 해 볼 도리가 없다. 헌터는 플라스틱 병 뚜껑을 집어 들

어 손가락 사이에 넣고 돌린다.

"너도 정말 힘들겠다. 엄마와 아빠 두 분 다……."

우마가 고개를 젓는다.

"빈민가에선 나보다 더 한 일을 겪는 사람들이 깔렸어. 나는 운이 좋은 편이야."

우마가 벌떡 일어나며 더 이상의 질문을 자른다. 대체 왜 얘랑 이런 얘기를 하고 앉아 있는 거지? 그 누구와도 하지 않는 얘기를, 하물며 이쪽 동네의 삶이 어떤 건지 알 턱이 없는 시민 녀석한테.

헌터는 병뚜껑을 찌그러뜨린다. 갑자기 이해할 수 없는 분노가 속에서 끓어오른다. 우마는 너무나 차분하고, 너무나 멀리 있다. 자기보다 훨씬 더 많은 일을 겪었다. 자기 얘기를 이 애에게 한 자신이 바보 같고 약해빠진 존재 같다. 자기가 어떤 얘기를 해도 이 애에겐 언제든 그것을 능가할 이야기가 있다. 아버지랑 남처럼 지내니? 울 아버진 돌아가셨어. 엄마가 돌아가셨다고? 울 엄마는 감옥에 있어. 화가 머리끝까지 난 헌터는 아스팔트를 짚고 그 힘으로 몸을 일으킨다.

"저기, 나 이제 갈게. 너한테 짐 되기 싫다. 넌 서둘러서 드래곤 팰리스로 가야지."

우마가 놀란 눈으로 헌터를 올려다본다.

"그래, 하지만 해리 아저씨네로 널 데려가는 게 먼저야."

"필요 없어. 혼자 집에 갈 수 있어."

우마가 얼굴을 찡그린다. 얘, 또 왜 이래? 눈빛이 완전히 달라졌다.

"아니 혼자 못 가. 네 옆통수에 테니스공만 한 멍이 들었거든. 확인을 해 봐야 한다고."

헌터는 우마를 마주 보고 서더니 입술을 깨문다.

"그럼 내가 운전할게."

"헌터, 넌 방금 전에 완전 의식을 잃었다니까."

"알아. 네 친구 로즈라는 애가 그랬지. 이봐, 우마. 나도 자존심이 있어."

우마는 그의 창백한 얼굴을 본다. 도저히 운전할 상태가 아니지만 만약 안 된다고 하면 떠나 버릴지도 모른다. 우마는 그를 보내고 싶지 않고 조금이라도 더 곁에 잡아 두고 싶다는 이상한 마음에 사로잡힌다.

"헌터, 혹시 도움이 될까 해서 하는 얘긴데, 로즈는 보우 빈민가의 팔씨름 챔피언이야. 장정 한사람을 가루로 만들어 버리는 것도 직접 봤다고."

얼마 후 헌터가 미소를 짓는다. 우마는 희열이 찌르르 지나감을 느낀다. 자기가 해냈다. 그의 기분을 바꿨다. 그는 아직 떠나지 않을 것이다. 헌터는 오토바이 쪽으로 가서 시동을 건다. 엔진이 부르르 깨어난다.

"그거……. 안 돼."

"뭐가?"

"도움 안 된다고."

우마는 헌터 뒷자리에 기어오른다. 헌터가 도로로 접어들자, 이번에는 그에게 그냥 기대 보기로 한다. 아주 조금만.

　리오는 자기 방 침대의 꾀죄죄한 매트리스 위에 누워 있다. RET스
캔에서 부드러운 빛이 흘러나와 그의 망막 위를 비춘다. 형은 일 때
문에 스코틀랜드에 가 있고 식구들은 브라질에 남아 있는 이 상황
에서 家만이 리오의 진정한 가족이다. 대수로울 것도 없다. 이 편이
훨씬 낫다. 방을 치우라는 사람도 없고, 일찍 자라는 사람도 없고,
어디를 가든 어디에 갔든 귀찮게 하는 사람 하나 없다. 리오는 한숨
을 쉰다. 그래, 이렇게 사는 편이 훨씬 나아. 재미난 얘기들, 정보, 게
임, 그리고 필요할 때만 볼 수 있는 친구들.
　하지만 그 여자애 때문에 갑자기 빈민가에 대한 향수에 젖게 됐
다. 그 여자애를 보는 것만으로 모든 기억이 되살아났다. 너무 오랫
동안 예전의 삶을 욕하고, 시민의 삶에 적응하느라 좋았던 기억들
을 다 잊어버릴 뻔했다. 달콤한 장작연기, 뜨거운 길거리의 비 냄
새……. 그리고 친. 밀. 함. 그가 예전에 살던 스트래덤 빈민가의 동
네에서는 모두가 서로서로 보살펴 주었고, 가진 게 아무리 적어도
나누며 살았다. 그리고 그렇게 자유로울 수가 없었다. 겁쟁이 슬리
퍼 애들은 생각도 못할 만큼. 그리고 그 파티들이란! 리오가 씩 웃
는다. 빈민가 사람들은 제대로 파티를 즐길 줄 아는 사람들이다.
　리오는 햇빛을 받고 있는 다리를 오므려, 창가에 걸어 둔 추레한
이불이 드리운 그림자 조각 안으로 옮긴다. 잠을 자 보려고 애를 쓰
지만 소용없다는 걸 알고 있다. 요즘은 잠을 도통 못 잔다. 벽시계를

한 번 보고 '家 바'에 갈까 생각해 본다. 친구 녀석들 몇 명 긁어모아 게임 한두 판 뜰 수도 있겠지.

하지만 리오는 자기도 모르게 흑백 사진들과 그림, 옛날 영화의 장면들을 불러 오고, 그 위로 부드러운 여자 목소리가 이어폰을 채우기 시작하자 눈을 깜빡인다.

그 목소리는 파묻혀 버린 런던의 강들에 대해 말하고 있다. 플리트 강, 월부르크 강, 티번 강, 웨스트본 강, 펙 강, 네킨저 강, 에프라 강, 팔콘브룩 강, 모젤 강, 랭본 강. 한때는 반짝이고 일렁이며 깨끗한 우물을 채워 주고, 우리를 따라 자유롭게 흘러가던 강들이었지만 이제는 그림자가 된 강들이다. 그리고 그 모든 강들의 아버지인 템스 강. 그 이름의 근원을 확실히 아는 사람은 아무도 없지만 부드러움을 뜻하는 켈트 어의 '템'과 흐르는 물을 뜻하는 '이사'에서 온 이름일거라 추측한다고 한다. 하지만 그 이름은 훨씬 더 고대의 것이었을 수도, 아주 오래전 전 세계로 퍼져나갔던 인도 유럽 어족의 언어에서 기원했을 수도 있다. 수십만 년 전의 인간의 역사, 자연 그대로의 세상은 이제 사라지고, 잊혀 썩은 내 나는 하수가 되어 벽돌 아래 묻히고 말았다. 모두 발전이라는 이름 아래.

복스홀 코삭 군사본부 아주 깊은 곳의 비밀정보부, 리오 사건에 할당된 크롤러가 다시 한 번 작동하며 날짜, 시간, 감시중인 시민의 아이디와 비밀번호를 기록하고 있다. 또 다시 불법 검색에, 위험 지역 접근이다. 대체 어떤 시민이 이미 매장된 런던의 옛 강들을 검색한단 말인가?

16

헌터의 오토바이가 커네리워프의 마지막 고층 건물 앞을 지나자마자 오토바이 바퀴 밑의 길 자체가 사라져 버린다. 몇 분 후, 완전히 아일 오브 독스로 들어온 헌터와 우마는 사람들이 바글거리는 빈민가의 중심부를 천천히 이리저리 피해 가며 무드슈트로 향한다. 땅에 깊게 팬 바퀴 자국들을 넘어가며 길 건너편에서 벌어진 교전을 아슬아슬하게 피하느라 헌터는 핸들을 단단히 붙잡는다. 그의 뒤에서 우마는 주위에 경직된 얼굴들을 쳐다본다. 왜 이렇게 사람이 많아진 거지? 그리고 바로 머리를 스치는 생각. 이 사람들 모두가 공습을 피해 온 게 틀림없다. 우마는 눈살을 찌푸린다. 내 친구들한테, 내 사람들한테 어떻게 이럴 수 있어? 설사 그들이 진짜로 원자로를 못 쓰게 만들었다고 해도, 이건 너무 잔인하다.

20분 후, 헌터는 템스 강에 접한 집들이 늘어선, 버려진 거리로 들어선다. 커다란 웅덩이를 피하려고 방향을 트는 순간, 개가 튀어나와 으르렁 대며 오토바이로 돌진한다.

우마가 두 손으로 헌터를 꽉 잡는다.

"류바! 헌터, 멈춰. 여기야."

헌터가 오토바이를 세우자 우마가 뛰어내려 개와 보도 쪽으로 구르며 쓰다듬고 난리가 났다. 헌터는 잠시 그대로 앉아 주변을 둘러본다. 정말로 빈민가 안으로 들어와 본 적은 한 번도 없었다. 너무나 낯설다. 여기에 와 보니 특혜받은 시민들의 구역이 너무나 분명해진다. 요새처럼 우뚝 솟아오른 곳, 으리으리한 고층 건물, 반짝이는 유리창, 풍력발전용 터빈, 태양 전지판 지붕이 있는 곳.

도시는 완전히 둘로 나뉘어져 있다. 마치 중세 시대의 성처럼, 빈민들은 담장 밖에서 굶고 있는 동안 신분증이 있는 엘리트 부자들은 외부인 출입제한 지역 안에 숨어 세상을 차단하고 있다. 아니 엄밀히 말하면 그렇지도 않다. 시민들 대부분은 겨우겨우 근근이 살아가고 있다. 호화롭게 사는 사람들은 헌터의 세계에 속한 딱 2퍼센트뿐이다. 나머지 사람들은 시민이건 아니건 다들 힘겹다. 낮이 화끈거리며 붉어진다.

"헌터, 안 와?"

헌터는 깜짝 놀라 정신을 차린다. 얼른 헬멧을 벗고 숨을 들이마시는데 놀라운 냄새가 훅 끼친다. 생선 굽는 냄새와 석쇠구이 옥수수 냄새가 공기 중에 진동한다. 난생 처음 맡아보는 이 좋은 냄새에 머리가 깨질 것 같던 느낌도 잠깐 잊는다.

헌터는 우마를 본다.

"여긴 언제나 이래?"

우마가 미소 짓는다.

"빈민가에 처음 와 본 거야? 점핑 선수인 줄 알았더니."

"아냐, 경계까지 밖에 안 가봤어."

우마가 손가락으로 그의 갈비뼈를 찌른다.

"부자 도련님이 빈민가 행차하셨구나."

저 위의 창문에서 머리 하나가 쑥 나온다.

"우마, 너야?"

우마가 손으로 햇빛을 막으며 올려다본다.

"네, 알리 아저씨."

노인은 창문이 날아가 버린 창틀에서 몸을 쑥 내밀고 입에 손을
대고 말한다.

"알라후 아크바(아랍어로 '전능한 신이시여'의 뜻 – 옮긴이)! 우마가 왔
어, 우리 우마가 집으로 돌아왔어!"

노인의 외침이 길거리로 퍼져 나가자 길모퉁이에서 한 무리의 아
이들이 날아든다. 그러나 헌터를 본 순간 우뚝 멈춰 서고 수상쩍다
는 듯 조용해진다. 그리고 체구가 우람하고 단단한 사내아이가 가까
운 지붕에서 뛰어내린다.

"근데, 이건 뭐지?"

우마가 위를 올려다보며 말한다.

"진정해, 패츠. 안 잡아먹어."

그가 입을 삐죽인다.

"오, 그러셔?"

우마가 어이없다는 듯 눈동자를 굴리며 말한다.

"구이도가 어디에 있는지나 알려 줘."

패츠는 시선을 헌터의 얼굴에 박아둔 채 엄지손가락으로 뒤쪽을 가리킨다.

"해리 아저씨네 있어. 33혼가 그렇지?"

"고마워."

"너 찾아오라고 우릴 보냈던 건 알고 있냐?"

"응. 로즈 만났어."

"그래, 나도 좀 아까 걔 만났어. 그만 찾아도 된다고 하더라. 너 찾았다고. 블랙 프라이어스 다리 아래에서 슬리퍼 녀석이랑 있었다고."

"그래, 그게 바로 얘, 헌터야."

패츠는 헌터를 쏘아보며 줄무늬 소매의 먼지를 털어낸다.

우마는 곧 돌아선다.

"저기, 난 구이도한테 가봐야겠어. 어쨌든 나 찾아다니느라 고생했다, 고마워."

우마가 보도를 따라 걷기 시작하자 류바도 종종 걸음으로 그 옆을 따른다. 헌터도 그 뒤를 따르려는데 패츠가 갑자기 그 앞을 막아선다. 한참을 그렇게 얼굴과 얼굴을 맞대고 선 두 사람, 그 사이로 빈민가의 차가운 바람이 먼지를 일으키며 분다.

우마가 뒤를 돌아보고 말한다.

"아, 패츠, 그만 좀 해."

패츠는 돌덩이처럼 굳은 얼굴로 목에 걸고 있는 금색 체인을 손으로 만지작거린다.

"패츠, 농담 아니야. 나랑 같이 온 애라고."

패츠는 헌터의 얼굴 앞에 손가락을 치켜든다.

"우마 옆에 딱 붙어 있는 게 좋을 거다. 혼자 있는 게 내 눈에 띄는 순간에는……."

헌터도 패츠를 노려본다.

"어쩔 건데?"

하지만 패츠는 우마를 힐끗 보고는 돌아서 버린다. 헌터는 모퉁이에 몰려 있는 무리 쪽으로 슬슬 뛰어가는 그를 보고 있다. 마음이 무겁게 가라앉는다. 난 대체 여기서 뭘 하고 있는 거지? 자기가 빈민가 아이였다고 해도 비슷한 기분이었을 거다. 강에 바싹 붙어 있는 연립주택들 쪽으로 가고 있는 우마를 따라잡으려고 헌터는 부지런히 길을 건넌다.

"로즈가 패츠한테 내가 시민이라고 말한 건 아는데, 그래도 어쩐지 내 이마에 신분증을 붙이고 다니는 기분이야. 내가 여기 애들이랑 그렇게 달라?"

우마가 어깨를 으쓱한다.

"뭐, 여기 사는 사람들끼린 거의 다 알고 지내니까."

"런던에 있는 사람들을 다 알 순 없잖아. 수천 명은 될 텐데."

"그래, 맞아. 하지만 우린 거대한 부족 같다고 해야 하나. 그러니까, 난 이 도시 구석구석을 다 안전하게 돌아다닐 수 있어. 아웃사이더들은 다들 서로 뒤를 봐 주거든."

"하지만 내가 다른 나라나 도시에서 온 아웃사이더일 수도 있는 거잖아, 안 그래?"

우마는 입술을 깨문다. 죽었다 깨어나도 헌터를 아웃사이더로 착각할 일은 없다. 헌터의 눈빛엔 그게 없다. 투지나 집념의 이글거리는 그 무엇이. 다 부서져가는 빨간 문 앞에서 우마가 잠시 멈춰 서서 무너져 내린 벽을 쳐다본다.

"여기야."

헌터의 눈이 커다래진다.

"곧 무너지게 생겼잖아."

"귀족 같으니라고."

우마는 현관으로 올라가 입구에서 운동화를 벗어던진다.

"그냥 말도 못하……."

하지만 우마는 이미 문틀에 걸린 묵직한 천을 옆으로 젖히고 안으로 들어간다. 헌터는 잠시 계단에 서서 뒤를 돌아본다. 패츠 주위에 모여 있는 무리들이 위협하듯 차가운 시선으로 헌터를 계속 노려보고 있다.

문을 열고 복도 안쪽으로 들어선 헌터, 마치 다른 세상으로 들어선 느낌이다. 벽에는 로마 시대처럼 날이 뒤로 휘어진 검들이 가득 걸려있고 거실 문 위편에는 사람 해골 3개가 입구를 지키고 있다.

그리고 안쪽에서 누군가 소리치는 게 들린다.

"우마!"

헌터가 입구 쪽으로 다가가니 머리를 민 젊은 남자가 일어서려고 애쓰는 게 보인다. 짙은 피부색에 멍까지 든 남자의 얼굴에 기쁜 빛이 지나간다. 그의 곁에서 우마가 '헉' 하고 숨을 들이쉬며 두 손으로 입을 가린다.

"아, 구이도! 대체 무슨 짓을 당한 거야?"

구이도는 손을 내젓는다.

"아, 별일 아냐. 감방에서 하룻밤 있다가 오늘 아침에 그냥 풀려났어. 네가 우리 엄마랑 헤어진 건 알고 있었고. 그래서 돌아오자마자 널 찾으라고 애들을 잔뜩 풀었지."

"알아, 로즈 만났어."

구이도가 얼굴을 찡그린다.

"그래, 잘됐어. 로즈랑 같이 온 거니?"

우마는 헌터에게 들어오라는 손짓을 한다.

"아니. 얘랑 같이 왔어."

헌터는 머뭇거리며 방으로 들어선다. 구이도가 처음으로 헌터 쪽을 본다.

그의 짙은 눈썹이 꿈틀한다.

"넌 누구지?"

"얘는……."

구이도가 말을 자른다.

"쟤도 입은 있겠지, 안 그래?"

스쿠터 헬멧을 쥐고 있는 헌터의 손가락에 힘이 들어간다.

"헌터 내시라고 합니다."

"합니다? 너, 시민이냐?"

구이도의 짙은 색 눈이 더욱 시커메진다.

"네."

구이도가 우마 쪽으로 휙 돌아선다.

"너 이 계집애, 제 정신이야?"

"머리를 아주 심하게 다쳤어. 나를 돕다가……. 그래서 해리 아저씨한테 데려온 거야."

구이도의 눈빛이 우마의 눈동자를 뚫을 기세다.

"우리는 목숨을 걸고 싸우고 있는데 너는 여기에 슬리퍼를 데려와? 이 비밀 장소에?"

우마가 고개를 살짝 떨구자 머리카락 몇 가닥이 떨어져 눈을 가린다. 하지만 그녀는 사촌 오빠의 눈을 끝까지 피하지 않는다.

"나를 도와줬어. 그러니까 나도 도울 거야. 그게 우리 식이잖아."

"슬리퍼들에게까진 해당하지 않아. 그들은 우리를 존중하지 않아. 어제 보우 가에 와서 무슨 짓을 해 놓았는지 보란 말이야. 엄마한테도……."

우마의 목소리가 떨리기 시작한다.

"나한테 이래라 저래라 하지 마. 이 애는 내 손님이야."

헬멧 가장자리를 쥔 헌터의 손가락이 하얘진다. 떠나야 한다. 우마가 자기를 돕겠다고 얼마나 엄청난 위험을 감수했는지 이제야 알겠다.

방 안에 무거운 침묵이 흐른다. 그런데 그때 아주 작은 체구의 노쇠한 노인이 불쑥 방 안으로 들어온다. 그의 손에 들린 음식에서 매운 냄새가 맛있게 풍긴다. 해리는 구석의 테이블 쪽으로 고갯짓을 한다.

"여기 좀 치워 봐, 어서! 드디어 다 모였구나!"

테이블에 음식 접시를 탁 내려놓고 헌터를 발견한 그는 아이의 얼굴을 뜯어본다.

"너도 다쳤구나."

우마가 고개를 끄덕인다.

"네, 그래서 좀 봐 달라고 데려왔어요."

"그럼, 내가 보살펴 주지."

구이도가 고개를 흔든다.

"안 돼요, 아저씨. 저 아인 지금 당장 떠날 거예요!"

해리가 웃음을 터뜨린다.

"구이도, 이리 와. 어서 먹어. 사람은 배 속이 비면 으르렁거리게 돼 있지. 배를 채우고 담배도 한 대 피우고……. 그럼 정신이 맑아질 거야. 그리고 봐, 여기 우마가 이렇게 무사히 왔잖니!"

구이도의 눈썹이 살짝 올라간다. 하지만 그가 한시라도 경계를 늦췄더라면 지금껏 이렇게 목숨을 지킬 수도, 생존을 위한 전쟁을 여기까지 이끌어 올 수도 없었을 것이다. 그는 탐색의 눈길로 헌터를 한참 본다. 헌터도 그의 시선을 맞받아친다. 구이도 같은 얼굴은 시민사회에선 흔히 볼 수 있는 얼굴이 아니다. 많은 것을 보고 겪은 얼굴이다. 상처 나고, 부어오른 얼굴. 우마처럼 짙은 색 눈동자, 그의 눈은 이글거리는 느낌이다.

구이도가 한숨을 쉬며 해리를 힐끗 본다.

"저는 배 안 고파요. 하지만 쟤들은 먹이고 저 녀석도 좀 봐 주세요."

그리고 우마에게는 손가락을 흔들어 보인다.

"그다음에 나랑 얘기 좀 하자. 위층에 있을게."

20분 후, 해리가 쳐다보고 있는 가운데 우마는 손가락에 묻은 생선 카레의 빨간 국물을 핥고 있다. 해리가 바싹 다가가 숟가락을 접시에 내려놓는다.

"더 줘?"

우마가 신음소리를 뱉는다.

"아뇨! 더는 안 들어가요."

해리가 이번에는 헌터를 본다.

"넌?"

헌터도 고개를 내젓는다.

"아뇨, 감사합니다."

헌터는 다시 속이 안 좋아진다. 머리에서 시작된 통증이 등골을 타고 내장까지 파고드는 것 같다.

해리가 고개를 끄덕인다.

"그럼 이리 와. 머리를 좀 봐 줄 테니."

헌터가 눈을 내리간다.

"아, 아니에요. 전 괜찮아요."

해리는 미소를 지으며 2층을 가리킨다.

"오래 안 걸릴 거야."

해리의 부드러운 말씨에는 거부할 수 없는 어떤 위력이 있다. 우마도 동조하며 고개를 끄덕이고 얼마 후 헌터는 2층 어느 방의 두꺼운 담요 위에 앉아 있다. 해리는 헌터 위로 몸을 숙이고 부드러운 손길로 오른쪽 관자놀이 근처의 혹을 살피고 있다.

"흠, 머리 하난 제법 단단하구나. 돌덩이처럼 단단해. 암만 그래도 머리를 이렇게 함부로 굴리면 안 되지."

"제가 좋아서 그런 건 아니에요."

해리가 곁눈으로 헌터를 보고 말한다.

"그러시겠지."

그러고는 돌아서서 낮은 선반 위에 줄지어 놓인 병들을 손가락으로 쭉 더듬는다.

헌터는 눈을 깜빡인다. 이 노인네가 지금 뭐라는 거야? 일부러 이 골치 아픈 일에 뛰어들고, 머리를 얻어맞고 물에 빠져 죽을 뻔 했다는 거야? 퍽도 그렇겠다. 하지만 헌터는 아무 말도 하지 않는다. 여기는 너무 이상하다. 무슨 별세계 같아. 해리는 놋쇠 그릇에 약초들을 잔뜩 넣고 불을 붙인 뒤 다른 병에서 무언가를 약간 꺼내어 함께 넣고 섞은 뒤 돌로 된 그릇에 넣고 빻기 시작한다. 그러면서 들릴 듯 말 듯한 노래를 아주 나지막이 읊조리자 그의 주위로 향긋한 연기가 피어오른다.

해리가 그 혼합물을 물에 개어 반죽으로 만드는 것을 헌터가 유심히 지켜본다.

"그게 뭐예요?"

"네 머리에 붙일 거야. 이 질 좋은 약초들은 전부 강가에서 캐온 거란다."

"템스 강이요?"

해리는 맑은 눈빛으로 헌터를 본다.

"물론이지, 제대로 볼 줄만 알면 정말 많은 약초를 찾을 수 있어. 수천 년 동안 우리는 이런 식으로 스스로를 치료해 왔단다."

"누가요?"

"우리."

"하지만 제가 알기론 당신들은……. 그러니까, 아웃사이더들은 여기 온 지 얼마 안 됐잖아요. 경제 위기랑 주택 소거령 이후 아니었나요?"

해리는 고개를 옆으로 꺾더니 하얗고 가지런한 이를 드러내며 미소 짓는다.

"아웃사이더들은 하나의 목표를 위해 모여든 아주 다양한 사람들이지. 직장에서 쫓겨난 사람, 하루하루 살아가기가 너무나 힘겨운 사람, 정치인들의 거짓 약속에 지쳐버린 사람, 하지만 모두 평범한 사람들이고 하나의 공통된 목표 아래 하나가 된 사람들이야. 바로 제정신이 아닌 정부에 대항하고, 너무 늦기 전에 새로운 세상을 건설하고자 하는 게 그 목표란다."

헌터가 얼굴을 찌푸린다.

"마치 시민들은 죄다 적인 것처럼, 우린 아무것도 하고 있지 않는 것처럼 말씀하시네요. 이 미친 정부가 빈민가에서 하는 일에 모두가 동의하는 건 아니에요. 그냥 손 놓고 앉아 멀뚱히 구경만 하는 것도 아니고요. 우리 아버지는 에너지 갭을 극복하기 위해 하루 24시간 일하고 있어요."

해리는 죽에 오일 몇 방울을 떨어뜨리며 미간을 찌푸린다.

"너희 아버지께서는 분명히 훌륭한 분이실 게다. 하지만 문제가 생기면 그때그때 땜질하는 정도로는 안 돼. 삶의 방식 자체를 바꿔야 해. 여기서는 모든 걸 우리 손으로 고치고, 기르고, 만들어. 그렇게 함으로써 우리는 스스로 다시 강해졌단다."

헌터가 코웃음을 친다.

"그러니까 간단히 말해서, 방법이라는 게 모든 걸 포기하고 다시 동굴 속으로 들어가 사는 건가요? 그건 아니라고 봐요."

해리가 씩 웃는다.

"동굴 따위는 없어. 아웃사이더들은 과학기술의 달인들이지. 그리고 바로 그 점이 중요해. 우리는 주인이지 그것의 노예가 되지 않아. 우리는 과학 기술을 단결하는 데 이용하지 너희들처럼 스스로를 바보로 만들고 분열하는 데 쓰지 않는단다."

해리는 헌터의 가슴을 가볍게 친다.

"그리고 얘야, 대체 뭘 포기하기가 그렇게 두려운 거니? 일주일에 70시간씩 일하는 것? 가상현실에 오감이 다 둔해져 반송장이 되는 것? 사회적 신분을 박탈당할까 봐 속마음을 말할 수 없는 것? 그 삶에서 지켜낼 만한 가치가 있는 게 도대체 뭐지?"

헌터는 벽에 기댄다.

"아저씨는 가진 게 아무것도 없기 때문에 그렇게 말씀하시는 거예요."

해리가 웃음을 터뜨리더니 자기 가슴을 세게 친다.

"소유물에 관한 한……. 그래, 나는 가난해. 하지만 나는 자유로운 사람이지. 헌터, 네 생각과 감정의 주인이 된다는 것은 정말 멋진 일이란다. 빈민가의 삶은 중독성이 있어. 네가 한 번 여기에 발을 들인 이상 돌아갈 수 없을 거야. 그리고 너는 곧 네 자유를 물건 따위와 바꾸느니 차라리 죽는 편이 낫다고 할 게다. 어이쿠, 그리고 많이 가지면 가질수록 공포도 더 심해지는 법이란다."

"제 친구 리오 말로는 빈민가에 사는 사람들 중에 당신들을 싫어하는 사람들도 정말 많댔어요."

"그건 우리가 그들 범죄 조직의 규율을 따르지 않기 때문일 뿐이지. 우리의 주인은 우리다. 우린 마약이나 폭력은 원하지 않아."

헌터가 들썩이며 자세를 바꾼다.

"하지만……."

해리는 손가락을 입에 갖다 댄다.

"쉿, 자 이제 조용히 있어야 해. 네가 자꾸 말을 시키면 내가 치료

를 할 수가 없어요. 너희 젊은 녀석들은 잠시도 입을 다물지를 못한
단 말이지."

해리는 다시 속삭임에 가까운 노래를 나직이 부르기 시작하고 빨
간 천을 그릇에 담갔다가 헌터의 관자놀이 쪽으로 가져간다.

차가운 반죽이 피부에 와 닿는 순간 따끔거리는 느낌과 함께 헌
터는 에너지가 물결처럼 파장을 일으키며 머리와 목, 그리고 척추까
지 뻗어 나가는 것을 느낀다. 마치 가슴에 얹어 둔 무거운 돌덩이를
치운 것처럼 가슴이 펴지고, 그는 안도감에 눈을 감는다.

해리는 잠시 멈추고 소년의 얼굴을 내려다본다. 그리고 고개를 끄
덕인다. 이 아이에겐 뭔가 특별한 것이 있다. 반짝임, 불덩이. 그리고
기꺼이 끝까지 가겠노라는 의지. 이런 것은 가르친다고 알 수 있는
것이 아니다.

헌터는 화들짝 놀라 깬다. 해리는 보이지 않고 희미한 향내만 공기 중에 남아 있다. 얼마나 잔 거지? 애써 몸을 일으키며 손으로 머리를 더듬는다. 정말 놀랍게도 통증이 사라졌다. 어깨의 뻐근한 느낌만 남아 있을 뿐이다. 헌터는 기지개를 켠다. 구멍 난 창밖으로 저 멀리 코삭 헬기가 보인다. 이 공습은 대체 언제까지 계속될까? 도대체 그들이 찾는 게 뭘까? 근처 지붕에 아웃사이더 보초들이 배치돼 있는 게 눈에 띄긴 하지만 길거리에는 십 대 아이들 한 무리가 반쯤 무너진 건물 벽을 타고 오르거나 웃고 떠들고 있다.

아시아인으로 보이는 우아한 자태의 남자아이 하나가 위로 높이 뛰어올라 담벼락을 붙들고 건물 꼭대기를 향해 뒤로 공중제비를 넘더니 좁은 판자 위를 걷는다. 마치 10미터 높이 공중이 아니라 땅

위를 걷는 것처럼. 골목길에는 다른 아이 하나가 석궁 화살을 날려 축 처진 지붕을 맞춰 벽에 기대고 서 있던 아이 위로 타일을 뚝 떨어뜨린다. 그 아이는 그 즉시 타일을 손으로 잡아 빠르고 정확한 손놀림으로 석궁을 쏜 아이에게 던져 석궁을 깔끔하게 명중시켜 떨어뜨린다. 그리고 주위에서 환호와 박수가 쏟아진다.

한 무리의 아이들 뒤쪽으로 어떤 여자애와 남자애가 낡은 차에 바짝 기대서서 열정적인 키스를 나누는 게 보인다. 헌터는 머리카락을 쓸어 넘기며 씩 웃는다. 와, '家 바'에 가면 정말 할 얘기가 많겠어. 친구들 중에는 이런 빈민가에 제대로 발을 들여 본 애도 없을 텐데. 자기는 아웃사이더 과격분자와 어울려 다니기까지 했으니.

길 맞은편의 창고에서 로즈는 헌터가 아웃사이더들을 구경하는 모습을 지켜보고 있다. 그때 그녀의 예민한 귀에 숨죽인 신음소리가 감지된다. 로즈는 서둘러 방을 가로질러 방구석의 담요 더미 속에 누워 있는 동생 옆에 무릎을 꿇고 앉는다. 이마를 짚어 보니 불덩어리다. 성형외과 의사가 동생의 두개골을 잘라내 뼈들을 들어내고 위치를 조정한 게 불과 한 달 전인데 어느새 다시 압력이 가해지기 시작하는 모양이다. 크루존 증후군. 의사들은 동생의 병을 그렇게 부른다. 뼈들이 녹고 비틀려서 얼굴이 일그러지는 병. 로즈는 눈물을 털어 낸다. 동생이 최악의 고비에 다다른 후, 로즈는 지난주에서야 겨우 의사들과 긴급 면담을 했는데 동생이 살기 위해서는 앞으로 수술을 몇 차례나 받아야 한다고 했다.

레이레이는 미안한 눈빛으로 로즈의 손을 잡는다. 로즈는 이불을 다시 덮어 주는 척하며 동생이 고통스러운 자기 얼굴을 보지 못하도록 얼굴을 돌린다. 울고 있는 어린 동생을 두 눈으로 보며 그 아픔을 대신 할 수 없다는 것은……. 할 수만 있다면 당장이라도 동생의 병을 대신 앓고 싶다. 하지만 그녀가 할 수 있는 것은 하나밖에 없다. 다음 수술을 위한 돈을 구하는 것. 그리고 그다음 수술, 그다음 다음 수술. 동생이 다 나을 때까지.

헌터는 창문에서 물러난다. 이제 우마를 찾아 여기서 나가야 할 시간이다. 그는 재킷을 챙겨 들고 아래층으로 내려간다. 문가로 다가가는데 옆방에서 낮은 목소리가 새어 나온다. 구이도의 목소리? 발길을 멈추고 갑자기 열중해서 듣기 시작한 건 다른 목소리가 들리기 시작했기 때문이다. 우마의 목소리다. 자기도 모르게 헌터는 벽에 몸을 바짝 갖다 댄다.

우마는 낮은 탁자를 사이에 두고 사촌 오빠와 마주 보며 앉아 있고, 그 옆에는 류바가 맨 마룻바닥에 배를 깔고 엎드려 있다.

"그럼 젤라 이모에 대해서는 아무 얘기도 못 들은 거야?"

구이도가 한숨을 쉰다.

"아직 벨마시에 계신대. 그게 다야. 위원회 대표라고 의심하는 걸지도 몰라. 엄마만 잡아 두고 있다는 게 이상해. 아무래도 스파이가 있는 것 같아."

구이도는 눈을 가늘게 뜬다.

"너는 어떻게 도망쳤지?"

"류바 덕이야. 내가 체포된 후에 다리에서부터 줄곧 따라왔나 봐.

나를 차에서 끌어내릴 때 군인들을 공격했어."

구이도의 얼굴이 확 밝아진다.

"그랬어? 이 녀석 찾은 날은 정말 운이 좋은 날이었네."

구이도는 개를 쓰다듬으려고 몸을 뻗다가 살짝 움찔한다.

우마가 구이도의 어깨를 쳐다본다.

"몸은 좀 어떤 거야?"

"몸이 예전 같지 않아. 코삭 놈들의 총알이 살짝 스쳤어. 그리고 뭐, 까놓고 말해서 원래 내 얼굴이 그닥 아름다운 얼굴은 아니었잖아."

구이도는 씩 웃더니 주머니칼을 집어 들어 테이블 위에 홈을 파내기 시작한다.

"저 남자애랑은 어떡하다 엮인 거야?"

우마는 어깨를 으쓱한다.

"헌터 말이야? 배에서 이모가 나한테 물건을 갖고 다리 위로 올라가라고 명령했던 거 생각나지?"

구이도가 고개를 끄덕인다.

"그때 겨우겨우 꼭대기로 올라가서 철근 위로 몸을 던졌는데, 걔도 거기 숨어 있었어."

"도대체 뭘 하려고 타워 브리지 꼭대기에 올라가 있었대?"

"우리를, 장례식을 보고 있었어."

칼이 나무에 박힌다.

"뭐라고?"

우마가 손을 내젓는다.

"그래, 알아, 알아. 하지만 스파이는 아니야. 나를 정말 많이 도와 줬어."

"스파이가 아닌지 네가 어떻게 알아?"

"스파이 아니야. 빈민가에 점프를 하러 다녔대."

구이도는 잠시 말없이 있더니 웃음을 터뜨린다.

"家 녀석들은 점프 같은 거 안 해."

우마 얼굴이 빨개진다.

"걔는 해……."

"아, 우마, 정말 왜 이래. 널 도와줬다니까 이해는 한다만 정신 좀 차려. 그 녀석이 일어나는 순간 너한텐 바로 과거가 되는 거야, 알았 지? 누구 하나 시켜서 안전하게 여기서 내보낼게. 오늘 같은 날 여기 까지 들어와서 살아나가는 걸 아주 감사해야 할 거다."

구이도가 우마 가까이 다가온다.

"근데, 대체 널 어떻게 도왔다는 거야?"

우마는 자기 손바닥을 내려다본다.

"젤라 이모가 준 물건을 숨겨 줬어. 주머니에 밀어 넣은 다음에 코삭들에게 거짓말을 해 줬어. 그리고 내가 체포된 동안 자기 집으 로 가져갔어."

구이도의 칼이 나무에 박힌 채 흔들리고 있다.

"엄마가 준 물건을, 목숨을 걸고 지켜내라고 한 걸 슬리퍼한테 줬 다고?"

우마는 반항의 눈빛으로 구이도를 노려본다.

"그래, 오빠. 내가 그랬어. 오빠나 이모나 나한테 소리 지르고 싶으면 질러. 하지만 코삭의 총 앞에 서 있던 건 오빠가 아니었잖아."

구이도는 테이블 밑에서 주먹을 꽉 쥔다. 그는 어린 사촌 동생의 머릿속을 읽어 내려 애쓰며 가만히 그녀를 본다. 이 아이를 화나게 해서는 무슨 일이 벌어지고 있는지 알아내기 어려울 것이다. 가끔씩 이 아이 얼굴에선 젤라의 얼굴만 보이고, 제 엄마와는 오히려 닮은 구석을 찾기가 힘들다. 구이도가 자세를 고쳐 앉는다.

"하지만 이젠 다시 찾은 거지?"

"그래."

"그게 뭔지 내가 알아도 될까?"

우마는 시선을 떨군다. 구이도. 주위에 한결같은 사람은 오빠 하나뿐이다. 엄마는 늘 곁에 없었다. 시위나 행진, 아니면 학교 운영으로 바쁘더니 감옥에 들어갔다. 우마가 그런 일들을 겪을 때 구이도가 늘 곁에 있었다. 먹을 것은 충분한지 챙겨 줬고, 보살펴 줬고, 지지해 줬고, 독려해 줬다.

우마는 한숨을 쉰다. 어떻게 해야 하지? 젤라 이모는 아무에게도 말하지 말라고 했는데. 구이도의 안전을 위해선 구이도에게도 말해서는 안 된다고……. 하지만 이건 선택의 문제가 아니다. 우마는 구이도를 본다. 부풀어 오른 눈자위, 비뚤어진 코, 광대뼈를 따라 커다랗게 자리 잡은 피멍. 기껏해야 몇 살이나 먹었다고? 스물 둘? 반란을 위해 그의 얼굴은 늘 저 모양인데 우마는 그를 적군 취급하며 숨기려 하고 있다니.

구이도가 테이블 너머로 몸을 내밀어 우마의 손을 잡는다.

"우마, 무슨 일인지 나는 알아야 해. 그래야 드림라인을 이용하는 게 안전할지 판단할 수 있고, 세계 위원회의 대표들과 접촉도 해야 해. 유럽 전역에서 공습 소식이 들려오는데 형제자매들과 직접 얘기 하지 않고서는 협력할 수도 없어. 지금은 나에게 비밀을 만들 때가 아니야. 그리고 네가 왜 그러고 싶어 하는지도 모르겠어. 엄마가 그 런 명령을 내렸다면 또 모르지만."

우마는 머리를 쓸어 올린다.

"그들은 왜 우리를 그토록 싫어할까?"

"누구? 정부? 그야, 이번에는 우리가 그놈의 원자로를 날려 버렸다 고 생각하니까 그렇겠지."

"오빠, 우리가 했어?"

구이도의 눈이 커진다.

"절대 아니야. 기물을 파괴하고 사람들을 위험에 몰아넣는 건 겁 쟁이들이 쓰는 방법이야. 왜 그걸 폐쇄하게 됐는지는 나도 몰라. 여 러 가지 이유가 있을 수 있겠지. 플루토늄이 샜을 수도 있고, 지하수 가 오염됐을 수도 있고. 누가 알겠어?"

"그런데 왜 우리 탓을 해?"

"안 그럼 자기들 잘못을 인정해야 하니까."

"하지만 오빠, 시민들이라고 무조건 나쁘지는 않아. 헌터는……. 그 애는……."

구이도가 씩 웃는다.

"정말 귀엽게 생겼던데."

우마의 얼굴이 빨개진다.

"아냐, 그 말이 아니야. 그 애는…… 그 사람들을 다 같은 족속이라고 할 수는 없어, 오빠. 그 사람들도 우리처럼 덫에 걸린 거야."

"알아. 하지만 그들도 스스로 덫을 풀고 나와야 해."

구이도는 쿠션을 대고 기댄다.

"우마, 어서, 그 물건이 뭔지 말해 봐."

더 이상은 끌 수 없다. 우마는 재킷 안으로 손을 넣어 케이스를 꺼낸다.

"암호화 코드야. 젤라 이모는 파수꾼이었어."

구이도의 심장이 타오른다. 코드가 이 방 안에 있다고? 이건 일급 기밀 데이터이다. 구이도는 목소리의 평정을 유지하느라 안간힘을 쓴다.

"그랬어! 엄마가 파수꾼이었어. 믿기 어려운 일이네."

구이도가 손을 내민다.

"봐도 될까?"

우마는 금속 케이스를 테이블 위로 올려 구이도 쪽으로 민다. 구이도의 손가락이 케이스를 감싸는 순간 안도감이 온몸을 타고 흐른다. 무엇이 최선인지 이제는 구이도가 생각해 낼 것이고 결정도 구이도가 내릴 것이다.

그가 미간을 좁힌다.

"너와 헌터 빼고 이 물건에 대해 아는 사람 있어?"

"리오라는 어떤 남자 애."

"걘 또 누구지?"

"헌터 친군데……. 걔가 코드를 훔쳐서 안으로 들어가려고……."

"기가 막히는군!"

구이도가 주먹으로 테이블을 내리치자 유리컵이 날아간다.

"대체 무슨 짓을 하고 돌아다닌 거야? 우리의 정체를 숨겨 놓은 드림라인으로 들어가는 열쇠가 바로 코드라고! 이 데이터가 코삭의 손으로 들어가는 날에는 우리의 커뮤니케이션 체계 전체가 드러나게 되는 거야. 전 세계에서 수천 명이 노출될 거고, 고문을 받을 거고, 잡혀 들어갈 거라고. 우리 활동이 다시는 회복되지 못할 거야."

우마가 끼어든다.

"알아. 하지만 내가 도착하기 전에 이미 일어난 일이야. 리오가 헌터가 가지고 있던 걸 훔쳤고, 가짜 패치를 만들어서 접속했어. 거의 죽을 뻔한 걸 내가 때마침 들어가서 구해 냈어."

"하지만 대체 안으로 어떻게 들어간 거야? 무슨 해커라도 된대? 아웃사이더 지식이 많지 않고서는 코삭의 프로 암호해독가들도 그렇게 깊이 들어갈 수는 없어."

"시스템 해킹을 일삼아 하던 어떤 빈민가 아이랑 작업을 많이 했다는 정도밖엔 몰라. 일단 들어는 갔는데 프로그램이 닫혀 버린 거지."

"당연히 그랬겠지."

"아니. 코드 프로그램이 그냥 그 애 앞에서 닫혀 버린 게 아니라 완전히 붕괴됐어. 그것도 리오한테 들은 얘기야. 내가 직접 들어가 보려고 했는데, 리오를 빼내 오다가 내 망막 임플란트를 다 태워 버렸어. 너무 무리했나 봐."

우마가 시선을 떨어뜨린다.

"오빠가 테스트해 봐야 할 것 같아. 왜냐하면 젤라 이모가……. 이모가 자기한테 무슨 일이 일어나면 프로그램을 닫아 버릴 거라고 했어. 그러니까 프로그램이 붕괴됐다는 건, 이모가 큰일을 겪고 있다는 뜻이야."

구이도의 얼굴에 깊은 주름이 간다.

"만약 정말 그렇게 됐다면? 너한텐 어떤 명령을 내렸어?"

"코드를 새 파수꾼에게 전달하라고."

"어떻게?"

"그건 이모도 모른대. 어떻게든 길을 찾아갈 수 있게 되어 있다고만 했어. 지금 내가 매달릴 만한 건 무슨 바보 같은 로고뿐이야."

"로고?"

"응, '안'에서 얻은 실마리를 따라가서 건진 거야. 이게 과연 실체가 있는 무언가로 안내를 해 줄지도 사실 의문이야. 프로그램이 무너지기 직전에 리오가 안에서 두 줄짜리 글귀를 찾아냈고 그다음에 우리가 그걸 해독해서 길을 찾았어. 그래서 블랙 프라이어스 다리까지 가게 됐는데……."

갑자기 사이렌과 함께 요란한 경적 소리가 빈민가를 뒤흔든다.

구이도가 벌떡 일어서 총을 잡으며 말한다.

"공습이야! 꼼짝하지 말고 있어, 알았지? 헌터라는 애도 마찬가지고."

우마가 얼굴을 찌푸린다.

"설마 코드를 들고 나가려는 건 아니겠지?"

구이도가 헉 소리를 낸다.

"맞다."

그러고는 엎드려 마룻장을 하나 들어내고 케이스를 네모난 어둠 속으로 떨어뜨린 뒤 마룻장을 도로 제자리에 끼워 넣는다. 그리고 문 앞까지 가서야 돌아본다.

"우마, 여기서 꼼짝 말고 있어. 해리 아저씨가 잘 돌봐주실 거야."

현관문이 쾅 닫히고 우마는 두 손에 머리를 묻는다. 누군가에게 말을 하고 나니 이제까지의 모든 일들이 갑자기 진짜처럼 느껴진다. 우마는 눈을 질끈 감고 또다시 누군가를 잃을지도 모른다는 아픔을 몰아내려 애쓴다.

구이도가 나가자마자 복도로 나온 헌터에게는 오직 한 가지 생각 뿐이다. 도망가! 대체 어쩌자고 이런 일에 휘말린 거야? 상상을 초월하게 위험한 일이야. 하지만 발끝으로 살금살금 구이도 방 앞을 지나가는데 겨우 몇 센티미터 열린 문 사이로 우마의 모습이 보인다. 헌터는 멈춰서서 오랫동안 지켜본다. 이상하다. 그는 침입자인데, 여기 있으면 안 될 사람인데, 그는 여기 있다. 그리고 그녀는 너무나 외롭다. 헌터는 고개를 흔든다. 이런 바보 자식. 모두가 코삭 때문에 정신이 없을 때, 바로 지금이 떠날 시간이다. 하지만 어느새 손은 손잡이에 가 있고, 심장은 정신없이 뛴다. 그는 문을 연다.

"우마?"

자기 이름을 듣는 순간 우마는 도저히 더는 참을 수가 없다. 뜨거운 눈물이 손가락 사이로 흘러나온다. 대체 이 아이의 무엇이 그녀를 울게 하는지 모르겠다. 우마는 고개를 돌린다.

"나가 줘, 제발."

사이렌 소리가 뚝 멈춘다. 정적은 소음만큼이나 충격적이다. 저 아래 거리에서 울리는 총성이 이제 또렷이 들린다. 헌터는 잠시 머뭇거린다. 이대로 그녀를 두고 떠날 수는 없다. 헌터는 우마 곁으로 다가가 가만히 그녀의 팔을 잡는다.

"나야, 헌터."

"혼자 있게 해 줘."

"도와주고 싶어."

"도울 수 없어."

"나랑 말도 안 할 거야?"

우마의 두 눈이 활활 타오른다.

"너 대체 뭔데 날 돕겠다는 거야? 이건 무슨 학교 프로젝트가 아니라고. 내 일은 내가 할 수 있어. 오랫동안 그렇게 해 왔어."

헌터가 물러선다.

"알았어."

"알긴 뭘 알아? 우리 아빤 내가 애기였을 때 죽었고, 엄만 벌써 몇 년째 내 곁에 없어. 이모는 얼마 전에 삘마시로 끌려갔고, 지금 밖에선 코삭들이 내 집을 박살내고 있다고. 그런데 네가 대체 어떻게 도와줄 건데? 그래, 이 상황에 네가 자랑할 만한 시민들만의 필

살기라도 있어?"

헌터의 얼굴이 벌게진다.

"시민이라는 이유로 자꾸 몰아붙일 거야? 난 여기 있잖아, 아냐? 한 번도 널 실망시키지 않았잖아."

우마의 목소리에서 갑자기 감정이 싹 걷힌다.

"공습이 멈추면 구이도가 사람을 보내 밖으로 데리고 나가 줄 거야. 넌 이제 가야 돼."

헌터가 고개를 젓는다.

"나는 내가 가고 싶을 때 가. 나는 내 의지로 움직일 거야."

우마가 한숨을 쉰다. 무슨 생각으로 저 아일 여기까지 데려 온 걸까? 다시 빈민가로 들어오고 나니 현실이 온몸을 무섭게 덮친다.

"헌터, 마지막으로 말할게. 이건 게임이 아니야. 나는 빨리 이 일을 처리해야 돼. 그리고 넌…… 넌 도움이 안 돼."

둘 사이에 흐르는 정적이 어찌나 무거운지 마치 거대한 돌덩이가 그를 짓누르는 것 같다. 그녀의 표정이 너무 차다. 그녀는 그가 떠나기를 바란다. 지금 당장. 하지만 어쩐지 그녀의 눈빛을 외면할 수가 없다. 분노로 가득한, 반짝이는 그 커다란 눈동자를. 헌터는 두 손을 뻗어 그녀를 끌어당기고, 어느새 그의 입술이 그녀 입술 위에 있다. 그녀의 입술이 벌어지고 둘은 입을 맞춘다. 길고 격렬한 입맞춤. 두 몸이 바짝 붙은 채 그들의 손가락은 서로의 살 속을 깊이 파고든다. 하지만 잠시 후, 우마가 그에게서 벗어나려고 몸을 뺀다.

"안 돼! 이런다고 달라질 건 아무것도 없어."

헌터는 무섭게 그녀를 노려본다.

"어떻게 그런 말을 할 수 있어?"

"이건, 아니, 우리는 불가능해."

"아니, 그렇지 않아. 우린 여기 런던에 살아. 우린 원하는 대로 할 수 있어."

"할 수 있다고?"

"그래."

우마가 고개를 흔든다.

"넌 여기가 어떤지 봤잖아. 내가 속한 세상은 너를 미워해……. 그리고 너의 세상은 우릴 미워해. 바깥의 총 소리가 들리지도 않니? 우리가 할 수 있는 건 없어. 헌터, 너는 시민이야."

"그리고 너는 아웃사이더야! 그래서 뭐? 그게 우리의 전부는 아니잖아?"

"그래, 하지만 세상에선, 진짜 세상에선 그것뿐이야. 이건 전쟁이고 나는 너와 다른 편이야."

"하지만 나는 그 어느 편도 아니야."

우마의 얼굴이 빨갛다.

"나도 알아. 하지만 벗어날 길이 없어."

우마의 목소리가 이제는 거의 속삭임이 돼 버렸다.

"나를 혼자 놔두고 가 줘. 제발 부탁이야."

18

갑자기 군화 발소리가 층계를 타고 쿵쾅쿵쾅 올라온다. 그리고 복도에서 목소리가 울린다.

"우마! 안에 있어?"

우마가 대답할 새도 없이 패츠가 안으로 밀고 들어오더니 헐떡이며 잠시 서있다.

"패츠! 무슨 일이야?"

"잴……. 데리러 왔어. 이제……. 갈……. 시간이야."

"구이도는 그런 얘기 전혀 없었는데."

패츠가 어깨를 으쓱한다.

"생각이 바뀌었나 보지. 저 모퉁이에서 방금 봤는데, 지금 당장 잴 데리고 나가라고 했어."

"이해가 안 돼."

"야, 저 아래에서 격전이 벌어지고 있는데, 벌써 전선(戰線)이 길을 몇 개나 건너 올라왔다고. 시간이 별로 없어. 이 친구가 떠날 거라면 기회는 지금뿐이야. 시민을 붙잡아 두고 있다가 잡힐 수는 없잖아. 납치했다는 누명을 쓰고 톡톡히 당하게 될 거야. 거기다 저 녀석 신분증 날아가는 건 말할 것도 없고."

패츠가 헌터를 흘낏 본다.

"그러길 바라냐?"

헌터가 고개를 흔든다.

"그럼, 얼른 와."

하지만 헌터는 머뭇거리며 우마에게 한 발 다가선다.

패츠는 손을 허리춤에 찬 권총집으로 옮기며 말한다.

"지금 당장 와. 미안하지만 더 이상은 말 안 해."

그리고 우마 쪽을 본다.

"걱정 마, 나랑 가면 안전할 테니까."

우마는 입술을 깨문다.

"약속하지?"

패츠의 눈이 커진다.

"물론. 오토바이로 머드슈트를 가로질러서 와핑 쪽으로 가면 돼. 간단하다고."

패츠가 어찌나 급히 계단 아래로 내모는지 헌터는 스쿠터 헬멧도 간신히 챙긴다.

한 줄로 늘어선 집들을 따라 헌터가 패츠를 쫓아가는 모습을 우마는 창문으로 지켜본다. 모퉁이에 다다르자 헌터가 돌아서서 우마를 올려다본다. 순간 우마가 엎드려 버리는 바람에 보이지 않는다. 한숨을 내쉬는 우마. 이쯤 했으면 됐어. 우마는 그에게 가까이 갈 수 없다. 지금도, 앞으로도.

로즈는 창고에 숨은 채 헌터가 패츠를 따라 나서는 모습을 보고 있다. 그리고 주먹을 꼭 쥐는 로즈. 어쩌려는 거지? 레이 쪽을 돌아보니 선잠에 든 것 같다. 이제 결정을 내릴 시간이다. 지금 여기선 뭔가가 벌어지고 있고, 로즈는 그게 뭔지 알아내야 한다. 마지막으로 동생을 한 번 더 돌아본 후, 창밖으로 몸을 획 던진다. 그리고 조용히 배수관을 타고 내려가 낮게 쪼그린 자세로 길바닥에 착지한다. 저 앞을 가던 두 사람의 모습이 갑자기 사라진다. 왼쪽으로 획 꺾어 들어간 것이다. 지금은 문을 닫은 주유소 앞마당 쪽이다. 로즈가 미간을 찌푸린다. 왜 오토바이 있는 쪽으로 곧장 안 가지? 벽에 바짝 붙어 로즈는 그들을 쫓아간다.

헌터가 얼굴을 찡그린다. 길을 따라 몇 미터만 올라가면 오토바이가 있는데 왜 난데없이 이런 주유소로 들어가는 거지? 하지만 패츠는 입모양으로 '코삭'이라고 하고 뛰어 들어오라는 손짓을 한다. 헌터는 그를 따라 아스팔트를 가로질러 가게의 부서진 문을 향해 달린다. 텅 빈 가게 안으로 들어선 순간, 헌터는 뭔가 잘못됐음을 느낀다. 그러나 이미 늦었다. 패츠의 주먹을 얻어맞고 헌터는 반대편 벽으로 날아간다. 너무 아파 숨을 헐떡이며 획 돌아서자 두 번째 주먹이 날아든다. 하지만 마지막 순간에 헌터가 옆으로 몸을 피하고 패츠의 주먹은 표적을 크게 벗어난다. 벽에 바짝 몰려 있는 헌터는 주먹을 휘두르는 건 고사하고 움직일 공간조차 없다. 대신 어깨를 살짝 틀며 온몸의 무게를 머리에 실어 상대의 얼굴을 사정없이 들이받는다. 신음소리를 내며 패츠가 앞으로 넘어지는가 싶더니 바닥에 닿는 순간 오른 발을 뻗어 헌터의 발을 걸어 넘어뜨린다.

옆으로 구르며 패츠는 총을 잡는다. 헌터도 무기로 쓸 만한 것을 찾아 주유소 바닥을 미친 듯이 더듬는다. 그러다가 손가락 끝에 낡은 기름 깡통이 걸리자 그걸 꽉 쥐고 젖 먹던 힘까지 모아 찌그러뜨린다. 바로 그 순간 패츠가 총구를 들어 올려 헌터의 눈 사이를 겨눈다. 헌터도 총구를 맞잡고, 총을 쥐고 있는 패츠의 손을 찌그러진 기름 깡통으로 내리친다. 그리고 또 한 번, 기름 깡통으로 이번에는 패츠의 옆통수를 가격한다. 패츠는 비틀거리며 뒤로 물러나 필사적으로 다시 총을 잡으려고 해 보지만 헌터가 그의 손에 달려들어 총구를 천정 쪽을 향하도록 밀어 올린다. 격분해서 소리를 질러 대며 패츠는 총으로 헌터의 얼굴을 내리친다. 놓치면 안 돼, 절대 놓치면 안 돼. 헌터는 속으로 비명을 지르고 있지만 저쪽은 거리의 파이터라는 걸 잘 안다. 살아서 빠져나가려면 이렇게 버티고 있는 것만으로는 충분하지 않다. 패츠의 허를 찔러 균형을 잃게 만들어야 한다.

필사적으로 힘을 모아 헌터는 방향을 바꿔서 총의 손잡이로 패츠의 목을 내리쳐 울대를 쑤셔 대며 동시에 오른 발을 뒤로 걸어차 패츠의 배가 완전히 바닥에 닿아 무릎을 꿇게 만든다. 신음소리를 내며 몸을 움츠리긴 하지만 패츠는 보통 강한 놈이 아니다. 왼손을 빼내어 헌터의 손목을 잡고 총을 비틀어 빼내려고 안간힘을 쓴다. 온몸의 무게로 헌터를 내리누른 채 헌터의 팔을 들어 뒤로 꺾은 후 헌터가 비명을 내지를 때까지 커다란 원을 그리며 비틀고는 다른 팔꿈치로 헌터의 얼굴을 힘껏 친다. 헌터의 머리가 쿵 하고 바닥을 찧자 패츠는 비틀거리며 일어서 군화발로 헌터의 배를 밟아 이미 땅에 엎어진 헌터의 얼굴을 기름때가 얼룩덜룩한 더러운 바닥에 문지른다.

결국 총을 겨누며 소리치는 패츠.

"손 머리 위로 올리고, 벽 보고 돌아서."

헌터의 내장이 다 꼬이는 것 같다.

"싫어."

"당장!"

"너 뭔가 잘못 알고 있어. 나는 여기 우마랑 왔…….""

총이 어느새 그의 얼굴에 와 있다. 차가운 금속이 그의 관자놀이를 세게 누른다.

"그래, 하지만 나는 우마 명령을 받는 게 아니거든. 그니까 얼른 돌아서. 아님 당장 네 얼굴을 날려 줄 테니까."

헌터는 천천히 무릎으로 돌아 선다. 어떻게 이런 일이. 쓰레기장이 된 주유소 바닥에서 죽게 되다니.

"손 머리 위로 올려. 천천히."

자기도 모르게 손을 들어 올리는 헌터, 어느새 팔의 근육이 단단히 접히며, 손가락들이 맞물리고 있다. 숨을 쉴 수 없다, 앞도 안 보이고, 그리고…… 공포를 내몰기 위해 그는 눈을 질끈 감는다. 그런데 갑자기 날카로운 금속이 쉭 하는 느낌! 헌터는 고통으로 비명을 지르며 콘크리트 바닥에 엎어진다. 모든 게 암흑이다. 어둠 속에서 긴 시간이 흐른다. 그런데 그는 아직도 숨을 쉬고 있고, 가슴이 여전히 올라왔다 내려갔다 한다. 헌터는 살아 있다.

갑자기 손 하나가 그의 어깨를 잡는다.

"일어나."

여자 목소리. 뭐지?

"움직여! 얼른."

"로즈?"

헌터는 옆으로 몸을 튼다. 패츠는 의식을 잃은 채 바닥에 뻗어 있다.

"죽은 거야?"

로즈는 패츠 위로 엎드려 목에 손을 올리고 맥을 확인한다.

"아니. 운이 좋았어. 내가 아주 제때 잡았네."

석궁을 활집에 넣고 패츠의 총도 주머니에 넣는다.

"이 녀석 묶어야겠어."

먼지 수북한 선반을 훑어보던 로즈는 녹슨 전선 다발을 발견한다.

"헌터, 저것 좀 갖다 줘. 그리고 이 녀석 팔을 뒤로 해서 붙들고 있어. 깨어나기 전에 서둘러."

헌터는 벌떡 일어나 전선을 찾아 들고 축 늘어진 패츠의 몸을 옆으로 굴려 두 팔을 뒤로 모은다.

"얼른 묶어 놓자. 패츠 일당들이 찾아내기 전에 널 숨기고 그 담에 어떻게 할지 궁리해야겠어. 공습이 잠잠해지기 전에 돌아다니면 위험해."

헌터는 의식 없는 패츠의 얼굴을 노려본다.

"구이도도 이 일을 알고 있다고 생각하니?"

로즈의 눈에 불꽃이 인다.

"몰라. 패츠 일당이 작당해서 한 일일지도 몰라. 하지만 구이도도 아니라고 장담할 순 없어, 안 그래?"

로즈는 전선으로 패츠의 손목을 세게 칭칭 감는다.

"왜?"

"어쩌면 널 그냥 살려 두기가 너무 위험하다고 생각했을 수도 있지. 너도 알겠지만 저 밖에선 전쟁이 벌어지고 있거든. 근데 넌 우리 얼굴, 사는 곳 다 봤잖아. 어쨌거나 얼른 움직여. 얘기는 나중에 해도 안 늦어."

로즈는 천 조각을 뭉쳐서 패츠의 입에 쑤셔 넣는다.

"요렇게 하면 얼마간은 조용히 있겠지, 돼지새끼 같은 놈."

그러고는 일어난다.

"좋았어, 헌터, 따라와. 내가 하는 대로만 따라 하면 돼. 알았지?"

헌터는 고개를 끄덕인다. 이 애만이 지금 헌터의 유일한 희망이다. 로즈는 문가로 가서 잠시 멈추고 바깥을 살피더니 아스팔트 바닥을 포복으로 가기 시작한다. 그 뒤를 따르는 헌터, 앞으로 몸을 끌며 나가느라 맨손이 거친 콘크리트 바닥에 다 긁힌다. 이렇게 가는 건 한계가 있다. 주유소 한가운데의 급유 펌프 있는 곳까지 다다르자 로즈는 멈추고 잠시 바닥에 박혀 있는 잠금장치를 만지작거리더니 작은 뚜껑을 들어 올린다. 고약한 기름 냄새가 진동하며 찬 공기 중으로 올라온다.

로즈가 손짓을 한다.

"내려가셔."

헌터는 그 속을 들여다본다.

"여기가 대체 뭔데?"

"휘발유 저장 탱크."

"도대체 얼마나 깊은 거야?"

"끽 해야 몇 미터 정도 되겠지. 뭘 그래, 몇 달씩이나 비어 있었고 게다가 넌 선택의 여지가 없거든. 우마를 데려올 때까지 널 숨겨 놔야 한다고."

헌터는 이를 악물고 다리부터 집어넣고 탱크 안으로 쑥 들어간다. 위로 올라오는 악취 속에 매달려 있다가 두 눈 딱 감고 손을 놓자 암흑 구덩이 속으로 떨어지며 바닥에 깔려 있던 휘발유가 첨벙 튄다.

헌터는 몸을 쭉 펴고 위를 올려다본다. 쏟아져 들어오는 햇빛 위로 로즈 얼굴의 윤곽이 드러난다. 그녀가 씩 웃는다.

"최대한 빨리 올게."

그 말과 함께 둔탁한 금속성의 소리를 내며 뚜껑이 철커덩 닫히고 헌터는 어둠 속에 혼자 남는다. 휘발유 냄새 때문에 정신을 못 차리겠다. 냄새를 차단해 보려고 재킷을 급히 벗어 얼굴을 싼다. 그리고 손을 가슴으로 가져가 가만히 멍든 근육들을 문지른다. 마치 누군가가 자기 심장을 뜯어내려고 했던 것 같다. 깊게 베인 상처 때문에 목 전체가 욱신거리고 피가 티셔츠 위로 번진다. 여기 갇혔다는 생각은 떨쳐 버리고 침착해져야 한다. 로즈가 돌아오지 않으면 도저히 나갈 방법이 없기 때문이다. 휘발유 탱크에 갇혀서 죽을 수도 있다니. 헌터는 쓸쓸하게 웃는다. 사실 생각해 보면 좀 웃긴다.

생선들이 썩어 가고 있는 뉴 빌링스게이트 시장 창고에 에반이 서 있다. 얼음은 다 녹았고, 10톤 분량의 살덩이들이 부패하고 있으며, 악취는 상상을 초월한다.

에반은 고개를 가로젓는다. 인간들을 위한 이런 노력이 과연 가치가 있나 백만 번도 더 생각해 본 것 같다. 기름. 이 싸구려 연료 때문에 인간들은 설탕단지를 발견한 초파리 떼와 다를 게 없는 존재로 전락했다. 폭발적으로 증가하는 인구, 미쳐 날뛰어 대는 사람들⋯⋯. 그리고 설탕을 다 빨아먹고 나면 아주 처절하게 붕괴되는 것이다. 이러고도 다른 동물보다 인간이 우월하다고 말할 수 있을까?

또 다른 소대의 코삭 헬기들이 동쪽으로 날아가는 모습을 에반이 올려다본다. 작전명 클리어 워터. 그들이 붙인 이름이다. 그들의 미션은 원자로를 폐쇄하게 만든 아웃사이더 주모자들을 쓸어버리는 거다. 에반은 얼굴을 찌푸린다. 저 특수부대들은 저런 암호명을 엄청 좋아한다.

또 시간을 확인하는 에반. 벌써 정오다. 헌터에게 전화를 할지 말지 잠시 고민하며 앞니를 톡톡 두드린다. 아들을 믿어야 한다. 이제는 그 애도 어른이다. 하지만 헌터가 자기에게 솔직하지 않다는 느낌은 지울 수가 없다. 에반은 RET로 손을 뻗어 헌터의 번호를 누르며 가볍게 말하리라 다짐한다. 신호가 가더니 곧 죽어 버린다. 다시 시도한다. 역시 마찬가지. 이건 통화중이라는 신호가 아니라 연결 자체가 안 된다는 거다. 요즘 세상에 런던에서 통신망이 잡히지 않는 데가 있단 말인가? 家 시스템은 절대 다운되지 않는다. 심장이 오그라든다. 뭔가 느낌이 심상치 않다. 그렇다면 리오에게 걸어 보자. 리오가 어디에 있든 헌터도 거기 있을 테니까.

에반이 리오의 번호를 누르자 이번에는 곧장 음성 사서함으로 넘어간다. 얼굴을 찡그리는 에반. 만약 어제 같은 일이 또 반복되고 있다면 이번에는 코삭들이 결코 관대하게 봐주지 않을 것이다. 다시 RET를 작동시킨 에반은 기술 1계급 ID를 입력한다. 이 방법밖에는 없다.

곧 어떤 목소리가 흘러나온다.

"보안 검색을 통과하셨습니다. 어떤 검색을 요청하십니까?"

에반이 인상을 쓴다. 헌터가 접속해 있지 않거나 기기에 문제가 있는 거라면 헌터를 찾을 수는 없을 것이다. 하지만 리오라면 얘기가 다르다. 리오의 RET는 적어도 家에는 늘 연결돼 있다. 에반은 목청을 가다듬는다.

"아, 리오 다 실바의 GPS정보를 요청합니다. 주소는, 유니온 그로브 SW8 5BN 15동입니다."

에반이 내려다보고 있는 상자 속 대구의 눈동자가 에반을 쳐다보고 있다.

잠시 후, 목소리가 다시 들려온다.

"그 시민은 현재 IP20078455//ws에 접속돼 있습니다."

"주소도 부탁드립니다."

"옥스포드 가, 232, 家 바."

"감사합니다."

에반은 화가 머리끝까지 나서 연결을 끊는다. 거지 같은 시내 술집에 나가 있다니. 헌터도 분명 거기 있을 것이다. 그렇게 약속을 해놓고도. 에반은 다시 시계를 들여다본다. 좋아, 시내까지 인력거를 타고 가면 된다. 재촉하면 30분 안에 갈 수 있을 거다.

코삭의 정보수집실로 메시지가 들어온다. 리오 산티아고에게 24시간 동안 3번의 경고다. 최우선 순위인 코드 3이 발동되고, 중앙 군사본부 24층으로 메시지가 다시 전달되자 몇 초 만에 수색영장이 발부된다.

19

우마는 싱크대 위로 몸을 숙인다. 찬물을 볼에 끼얹으며 수도꼭지 위에 걸린 타원형 거울 속의 자신을 빤히 들여다본다. 보는 사람들마다 아빠를 꼭 닮았다고 했다. 우마는 거울에 더 바짝 붙어 자기 얼굴을 살핀다. 엄마처럼 예쁘면 좋겠다고 생각한다. 하지만 코 중간쯤에 툭 튀어나온 부분은 어떻게 숨길 수가 없다. 그 부분을 좀 손보면 어떨까? 헌터가 사귈 법한 슬리퍼 여자애들처럼……. 그 애랑 사귄다면 어떤 기분일까? 우마의 눈빛이 결연해진다. 그만해. 우마는 초조하게 밖을 내다본다. 구이도가 돌아오자마자 코드를 시험해 보고 드래곤 팰리스로 가야 한다. 지체할 시간이 없다.

갑자기 창문을 두드리는 소리가 들린다. 류바가 낑낑거리며 그쪽으로 얼른 간다. 이건 또 뭐지? 우마는 길가를 내려다보지만 인적이 전혀 없다. 패츠 말이 맞았다. 이제는 싸움이 다른 곳으로 옮겨가고 있는 모양이다. 다시 시선을 들어 맞은편 창고의 창문 쪽을 살펴보지만 아무것도, 아무도 없다. 모두들 나가 코삭과 싸우고 있거나 안에 숨어 있다. 그런데 작은 돌멩이 하나가 창문틀을 맞고 튕겨 나간다. 우마는 몸을 밑으로 숙이고 지붕 쪽을 살핀다. 그러다가 슬레이트 위에서 뭔가 움직이는 게 보인다. 손이다. 누군가 손을 흔들고 있다. 우마는 좀 더 자세히 본다. 로즈가 홈통에 납작하게 매달려 창문을 열라고 손짓하고 있다.

심장이 쿵쾅거린다. 우마는 창유리를 최대한 높이 휙 들어 올린다. 로즈는 몸을 일으켜 균형을 잡고 창을 향해 몇 가지 점프 동작들을 가늠해 본다. 잠시 후 우마가 뒤로 물러서서 친구의 모습을 지켜본다. 로즈가 번개처럼 창 안으로 뛰어들어 몸을 공처럼 동그랗게 말고 마루 위를 굴러들어 오는데 큰 소리 하나 없이 정확한 움직임이다.

로즈는 어느새 서 있다.

"여길 빠져나가야겠다."

우마는 두 손을 허리에 얹는다.

"왜? 무슨 일이야?"

"시간 없어. 움직여."

"하지만 구이도가 여기 있으라고 했는데."

"구이도가 네 친구를 죽이라는 명령을 내렸거든요."

우마가 손으로 입을 가린다.

"설마."

"내가 직접 봤어. 패츠였어. 내가 막았지. 그러니까 구이도가 명령을 내렸거나 패츠 자식 패거리들이 맘대로 한 짓이거나. 어쨌든 죽이려고 했어."

우마가 숨을 몰아쉰다.

"못 믿겠어."

로즈가 어깨를 으쓱한다.

"믿어야 돼, 우마. 네 친구 녀석은 내가 길모퉁이 쪽에 숨겨 놨어."

공포가 우마를 덮친다. 구이도가 명령했다고? 왜? 헌터가 코드에 대해 알기 때문에 목숨을 살려 둘 수가 없었나? 하지만, 아냐, 오빠가 그럴 리가, 그럴 사람이 아니야. 내 친구한테 그럴 리가 없어. 그럴 수도 있을까? 죄책감이 밀려온다.

"어디 숨겼어?"

"주유소."

우마의 손톱이 손바닥을 파고든다. 물론 패츠 혼자 저지른 일일 수도 있겠지만, 위험을 감수할 순 없다. 여길 빠져나가야 한다. 이제 사촌 오빠도 믿을 수 없다. 우마는 애써 눈물을 참는다.

'구이도.'

로즈가 창가로 간다.

"준비됐어?"

"잠깐!"

"또 뭔데?"

우마는 무릎을 꿇고 나무판을 들어 올려, 어둠 속에서 금속 케이스를 집어 든다.

로즈의 눈빛이 번쩍인다.

"그게 뭐야?"

"신경 쓰지 마."

우마는 나무 널을 제자리에 끼워 넣고 류바를 향해 몸을 굽히고 귀를 부드럽게 쓰다듬는다.

"이번에는 따라오지 마, 알았지?"

헌터는 캄캄한 휘발유 탱크 안에 서 있다. 겨우 25분 지났는데 평생을 썩은 느낌이다. 벌써 컨테이너 안을 10바퀴쯤 돌았다. 점프도 해 보고 뚜껑까지 기어 올라가려고도 해 봤지만 차갑고 미끄러운 표면 때문에 번번이 실패했다. 완전히 갇혀 버린 것이다. 어떻게 이런 일이. RET를 작동시켜 보려고 백만 번쯤 시도해 봤지만 은색 렌즈에는 아무것도 뜨지 않고 소리도 먹통이다. 쓸모없는 플라스틱 쪼가리 같으니라고. 사다리 하나만 얻을 수 있다면 가진 모든 걸 줄 수 있을 것 같다.

부모님과 함께 해변에 놀러갔던 기억이 불현듯 떠오른다. 헌터가 반쪽짜리 미소를 짓는다. 정말 더운 날이었는데 엄마는 헌터를 위해 악어 모양 튜브를 준비했다. 그때 몇 살이었더라? 다섯 살, 여섯 살? 그 일이 있기 전에도 헌터는 물을 그다지 좋아하지 않았다. 어쨌든 헌터는 엄마와 파도를 타며 노닥거리고, 엄마는 헌터에게 장난을 걸면서 꽤 짓궂게 놀고 있었다. 엄마가 헌터 위로 몰래 올라가 물 밑으로 쑥 밀어 넣곤 했다. 헌터의 얼굴에 미소가 번진다. 파도 밑으로 빨려 들어가던 순간에 허공을 물어뜯던 악어의 사나운 고무 이빨이 아직도 눈에 선하다. 하지만 헌터는 그게 너무 좋았다. 엄마가 헌터를 잡으러 올 때의 그 공포감이……. 그러다가 곧 엄마의 팔이 헌터를 감싸고, 번쩍 들어, 공중으로 획 들어 올리고는 웃고, 웃고, 또 웃고.

탱크 깊은 곳에서 헌터는 숨을 가다듬는다. 지금 해야 할 일은 바로 이거다. 헌터는 이 공포감을 통제해야만 한다. 이길 수 있는 게임이라고 생각하자.

두려움. 그놈을 이기기 위해 헌터는 몇 년간 체육관에서 훈련을 해 왔다. 그 일이 있고 얼마 지나지 않아 훈련을 시작했다. 뭐라도 해야 했다. 꿈이 점점 더 끔찍해졌기 때문에 몸을 녹초로 만들어 침대에 뻗게 만들어야만 했다. 그러던 어느 날 체육관 창문으로 고층 건물 지붕 사이를 뛰어서 건너는 빈민가 아이들을 보게 됐다. 야생 그대로의 모습이 너무나 자유로워 보여서, 장난처럼 역기나 들어 올리고 프로그래밍 된 격투기나 하고 있는 자기 모습이 부끄러워졌다. 그때부터 헌터는 빈민가 언저리로 내려가 비밀리에 점프를 하기 시작했다. 진정한 프리러너가 되기 위해서, 그리고 아웃사이더 아이들만큼 잘하기 위해서. 헌터는 시간이 흐르면서 이런 자신만의 비밀에 집착하게 됐다.

헌터는 두 팔로 몸을 감싸 안고 전율한다. '두려움', 오랜 친구 같은 그 느낌이 그를 지켜 주고 있다. 절대 그를 떠나지 않는다. 또한 설사 그가 약해진다고 해도 두려움은 절대 약해지는 법이 없다. 무시무시한 녀석이다. 그리고 갑자기 후회가 밀려든다. 만약 자기가 여기서 죽고 아버지는 아무것도 알아내지 못한다면? 말 그대로 아버지는 살 수 없을 것이다.

바로 그때 위에서 빛이 쏟아져 내린다.

"헌터! 거기 있는 거지?"

안도감이 혈관을 타고 솟구친다.

"응."

"기다려, 밧줄 같은 걸 만들어 올 테니까."

주유소 앞마당에서 로즈는 둘둘 감겨 있는 파란색 줄의 너덜너덜한 끝을 쑥 잡아 빼더니 팽팽하게 당겨서 1미터씩 간격을 벌려 여섯 개의 매듭을 만든다. 썩어빠진 줄이라도 지탱해 주기만 한다면 헌터가 발을 딛기엔 충분하다. 로즈가 우마를 본다.

"다 됐어?"

"응."

우마가 줄의 다른 쪽 끝을 낡은 디젤 펌프에 감아 묶은 뒤 로즈에게 던져주고, 로즈는 암흑 속으로 줄을 드리운다. 헌터가 내려오는 줄을 지켜보고 있다가 붙잡으려고 하지만 놓친다. 다시 한 번 손을 뻗고, 이번에는 줄을 제대로 꽉 잡는다. 그리고 위로 올라가기 시작한다. 한 번, 두 번, 세 번쯤 몸을 밀어 올리니 거의 다 올라온 것 같다. 바깥 공기가 얼굴에 느껴진다. 두 팔을 구멍 밖으로 내놓고 거친 콘크리트 바닥을 짚어 머리를 탱크 밖으로 내놓으려는 찰나, 둔탁한 헬리콥터 엔진 소리가 머리 위에서 들려오고 갑자기 어떤 무거운 무게에 밀려 옆으로 넘어진다.

헌터 손에 힘이 풀리면서 순식간에 다시 떨어져 기름이 고여 있는 바닥에 철퍼덕 내려앉는다. 뚜껑이 도로 닫히며 빛이 사라지는 것을 헌터는 그저 숨을 헐떡이며 구경만할 뿐이다. 그런데 그때 옆에서 누군가가 움직이며 신음소리를 낸다. 다른 사람이 있어! 헌터는 가까스로 일어서서 옆에 있을 누군가를 찾아 더듬어 나간다. 먼저 공격해야 한다. 손에 뭔가 탁 만져지는 순간 헌터가 몸을 앞으로 던진다.

"헌터, 안 돼!"

헌터는 주먹을 거둬들인다.

"우마?"

"저리 좀 비켜 봐."

헌터는 근육의 긴장을 풀고 옆으로 몸을 굴린다.

"어떻게 된 거야?"

"갑자기 코삭 헬기가 나타났어. 로즈가 나를 네 쪽으로 밀었고 뚜껑을 닫은 거야."

헌터가 발을 구른다. 대체 어쩌다가 이런 미친 짓에 휘말려 버린 건지. 이 여자애는 지난 이틀 동안 세 번씩이나 자기를 죽일 뻔했다. 여기서 살아서 빠져나가기만 하면 곧장 집으로 달릴 것이다. 원래 자신이 속한 세상으로. 헌터는 기름 바닥을 무릎과 손으로 짚고 암흑 속에서 우마를 본다.

"너희들은 다 미쳤어. 이런 위험까지 감수할 가치가 있다고 생각해? 내 말은, 정말로 신념이 있는 거야? 아니면 그냥 그렇게 키워진 거야, 무슨 광적인 종교집단처럼? 정신 차려! 드림라인, 아웃사이더, 반란. 그런 거 다 환상일 뿐이야."

"너희들보단 미치지 않았거든! 우리는 적어도 진짜 존재하는 것을 위해 싸우고 있으니까."

헌터는 우마의 팔을 잡는다.

"너와 구이도가 얘기하는 걸 엿들었어. 코드랑 파수꾼이랑……. 네가 해야 할 일이 뭔지 알아 버렸다고. 어떻게 그렇게 엄청난 일을 감당할 수 있어? 우마, 이건 보통 일이 아니야."

우마가 헉 하고 숨을 삼킨다.

"듣고 있었단 말이야?"

헌터가 침을 삼킨다.

"그래."

"그럼 네가 스파이일 수도 있다던 구이도말이 틀렸다고만 할 수 없겠다. 헌터, 넌 중요한 순간마다 그 장소에 있었잖아."

"그럼 날 죽이라고 한 게 네가 아니라고 난 어떻게 믿지? 내가 패츠를 따라 죽으러 가는 걸 네가 구경만 했던 게 아니란 걸 어떻게 믿느냐고!"

우마가 숨을 몰아쉰다.

"내가 그럴 수 있다고 생각하는 거야? 지금 내가 믿을 수 있는 건

너랑 로즈뿐이라고. 그럼 대답해 봐. 네 말대로라면 난 지금 여기서 너랑 뭘 하고 있는 건데?"

헌터가 어둠 속에서 손을 뻗는다.

"저기, 내가 꼭 그렇게 말한 건 아니……."

우마가 헌터의 손을 쳐낸다.

"아니긴 뭐가 아니야?"

헬리콥터 소리가 멀어지고 있다. 헌터는 고개를 숙이고 침묵 속에서 호흡을 가다듬기 위해 필사적으로 애쓴다. 이 여자애는 정말 도움 되는 게 하나도 없다.

우마는 이를 악물고 정면을 노려보고 있다. 저 애도 구이도나 다른 사람들처럼 나를 버리려고 하는 걸까? 그렇다고 비난할 수 있을까? 하긴 그렇게 밀어냈는데 왜 곁에 있어 주고 싶겠어……. 어쩌면 차라리 이 편이 나을 수도 있다. 더 깔끔해.

그 순간 갑자기 뚜껑이 열리며 로즈의 얼굴이 다시 나타난다.

"됐어, 얼른 튀어 나와!"

우마가 한숨을 내 쉰다.

"다 갔어?"

"응."

"좋아."

우마는 줄을 잡고 순식간에 위로 올라간다.

"어디에 숨어 있었어?"

로즈는 엄지손가락으로 뒤쪽을 가리킨다.

"주유기 뒤쪽에."

"그런데도 안 걸린 거야? 운 좋네."

로즈가 콧방귀를 뀐다.

"운이랑은 상관없어. 난 확실하게 숨거든."

얼마 후, 헌터가 탱크 안에서 나타난다. 그러고는 몇 미터 떨어진 곳에 세워 둔 스쿠터를 한참 동안 쳐다보며 죽은 듯이 가만히 서 있다. 저기 일단 올라타기만 하면 집으로 돌아갈 수 있을 것이다. 우마를 한 번 힐끗 보고 나니 마음이 아려온다. 저 애에겐 아무도 없다. 심지어 사촌 오빠조차 코드 운반을 도울 수 없다. 헌터의 머리와 가슴은 서로 다른 얘기를 하고 있다. 헌터는 머리를 뒤로 쓸어 넘긴다. 얼른 가야 해. 헌터가 오토바이 쪽으로 성큼성큼 걸어가 시동을 켜자 엔진이 부르릉 살아난다.

"아, 얼른 안 오고 뭐 하고 있는 거야?"

우마가 헌터를 빤히 본다.

"떠나려던 거 아녔어?"

"맞아, 하지만 너도 같이 가야지. 이렇게 널 버려두고 가진 않아."

"동정 따위 바라지 않아."

"잘됐네. 나도 동정하는 거 아니니까. 내가 이러는 건 이게……."

헌터는 폐허가 된 빈민가를 손으로 가리킨다.

"이게 잘못된 것이기 때문이고, 그리고 너한테 빚이 있기 때문이야. 그러니까 어서 움직이자고. 이제부터는 함께하는 거야, 알았어? 더 이상 비밀은 없는 거야."

우마의 두 눈이 헌터의 눈에 빨려 들어갈 듯하다. 젤라 이모라면 뭐라고 할까? '본능을 따라가.' 이모는 언제나 우마에게 그렇게 가르쳤다. 머리는 그를 버리라고 한다. 하지만 어쩐지 믿어도 될 것 같은 느낌이다. 굳어 있던 우마의 얼굴이 펴진다. 저 바보 같은 트레이닝복을 입고 저렇게 심각한 모습이라니. 하지만 이 애는 한 번도 우마를 실망시키지 않았다. 미쳐 돌아가던 몇 시간 동안 단 한 번도.

우마는 고개를 흔든다.

"알았어."

로즈가 한 걸음 앞으로 다가온다.

"우마, 어디 가는 거야?"

"말할 수 없어."

로즈는 용납이 안 된다는 표정이다.

"나도 같이 갈 거야."

"안 돼. 오토바이는 한 대뿐이야. 빨리 여길 빠져나가야 한다고."

"그게 진짜 이유는 아니잖아, 안 그래?"

우마가 한숨을 쉰다.

"그래. 하지만 정말 빨리 여길 벗어나야 해. 설명할 시간이 없어."

로즈는 헌터를 흘낏 본다.

"하지만 쟨 알고 있는 거지?"

"그래."

"나보다 저 슬리퍼 녀석을 더 믿는단 말이야? 나랑 그 오랜 시간을 함께하고도?"

로즈가 내뱉듯이 말한다.

"그렇게 간단한 문제가 아니야."

"간단한 건 아무것도 없어. 하여간 날 빼놓고 갈 순 없어, 우마!"

우마는 한참 동안 로즈를 쳐다본다. 이 일을 혼자 해낼 방법은 없다. 만약 파수꾼을 찾을 가능성이 조금이라도 있다면 누군가를 믿어야 한다. 그리고 이 아이는 제일 친한 친구이고 장정 한 사람을 가루로 만들어 버릴 수 있는 로즈 아닌가. 코삭과 코드 사이에서 우마가 가진 것이라곤 로즈와 헌터가 전부다.

"레스터 스퀘어에 있는 드래곤 팰리스, 알아?"

"당연하지."

로즈가 고개를 끄덕인다.

"거기까지 오는 데 얼마나 걸리겠어?"

"1시간 안팎."

"입구 쪽 찰리 채플린 동상 앞에서 기다릴게."

"그럼 그땐 다 얘기해 줄 거지?"

"그래."

"좋아."

우마는 헌터 뒷자리에 앉는다. 그리고 한참 로즈의 눈을 본다.

"아무한테도 말 안 한다고 약속해."

로즈는 고개를 끄덕인다.

"내 목숨을 걸게."

헌터가 모퉁이를 돌고 강에서 멀어져 도시를 향해 갈 때까지 로즈는 한참 동안 두 사람을 보고 있다. 그렇게 서서 이 빈민가와 이 삶이 자기에게 한 짓을 저주하며 두 볼을 타고 흐르는 눈물을 닦아 낸다. 그리고 임무를 완수하기 위해 웨스트엔드를 향해 출발한다.

폐허가 된 건물. 리오는 오른쪽 눈을 망원 렌즈에 붙인 채 엎드려 있다. 무장한 지프 차 한 대가 모퉁이를 돌아 래트클리프 가로 들어선다. 드디어 제대로 쏠 수 있겠다. 그는 차의 측면을 향해 바주카포를 정통으로 발사한다. 반동에 리오는 뒤로 확 밀려나고 포는 쉬이익 소리를 내며 밤공기를 뚫고 날아간다. 쾅! 엄청난 충격! 지프는 홱 뒤집혀 엄청난 불길에 휩싸인다. 차 안에서 시커먼 연기가 피어오르고 문이 열린다. 군인들이 불타는 차로부터 되도록 멀리, 필사적으로 도망친다.

무표정한 얼굴로 그는 로켓 발사 장치를 던져 버리고 불 탄 카펫 위에 놓인 라이플총을 집어 든다. 개머리판을 어깨로 단단히 받친 후, 뷰파인더의 디지털 십자 눈금을 작동시켜 첫 번째 목표물인 기어가고 있는 군인을 줌인한다. 그는 고통으로 일그러진 군인의 얼굴을 확대해서 본다. 그는 숨을 깊이 들이마셔 폐에 공기를 채운 채 십자 눈금을 군인의 해골 위로 맞춘다. 그의 검지가 방아쇠를 당긴다.

갑자기 눈앞의 광경이 거칠게 찢어지며 라이플총의 십자 눈금이 사라진다.

RET스캔이 눈에서 거칠게 벗겨지자 리오는 너무 아파 얼굴을 일그러뜨린다. 그를 둘러싸고 있던 건물들이 저절로 접히더니 사라지고 벽도 검정색으로 암전된다.

"흠. 기분이 썩 좋진 않은데, 안 그래······?"

"내 말이. 경찰 킬러 지망생을 한 놈 잡은 것 같은데."

바닥에 누운 채 리오는 머리를 세게 흔들고 실눈을 뜬다. 폐허가 된 도시 풍경과 건물은 사라져 버리고 家 바의 얼룩진 보라색 천정이 보인다. 완전 무장을 한 코삭 둘이 위에서 리오를 내려다보고 있다. 상황이 좋지 않다. 리오는 모범 시민의 미소를 짓기 위해 입꼬리를 올려 보려고 애쓰지만 머리만 한 대 세게 얻어맞는다.

"남미 머저리 새끼가 뭐가 좋다고 실실 쪼개는 거야? 경찰을 죽이는 게 재미있다고 생각하는 모양이지?"

리오는 겨우 무릎을 꿇고 앉는다.

"그냥 게임이에요."

바짝 짧게 깎은 머리에 귀에서부터 턱까지 긴 흉터가 나 있는 남자가 역겹다는 표정으로 내려다본다.

"그건 네 생각이고. 일어나, 리오 다 실바. 너와 할 얘기가 있다."

리오의 머리가 빙빙 돈다. 이 군인은 자기 이름을 알고 왔다. 그러니까 아무 술집에나 들이닥친 불시 단속이 아니다. 리오를 잡으러 일부러 온 것이다. 정신을 가다듬기 위해 리오는 아주 천천히 움직인다. 2주 전에 마일 엔드에서 해킹했던 게 걸린 걸까? 침착해야 한다. 리오는 천천히 일어선다. '家 바의 역사를 통틀어 이렇게 조용해진 적은 처음이다. 컴퓨터 통신망 접속이 끊겼고, 베이징 테크노 음악이 멈췄고, 시뮬레이션 게임 플러그도 빼 버린 채 아이들은 벽 쪽에 붙어 서서 그들 눈앞에 펼쳐지고 있는 풀 3D 상황을 지켜보고 있다.

"얼른 서둘러! 지금 널 데려갈 거다."

"안 돼요!"

"뭐라고 했지?"

흉터 난 남자가 휙 돌아선다.

리오는 목청을 가다듬는다.

"그게 그러니까, 이유가 뭔지 알 수 있을까요?"

"261, 신분 관련 위법 행위."

바에 있는 사람들이 헉 소리를 낸다. 그렇게 엄청난 일이라니. 이건 단순히 벌점을 받고 끝날 일이 아니다. 261은 국가보안법 위반죄에 해당된다. 리오는 주위를 둘러본다. 그와 눈을 맞추는 사람이 하나도 없다. 단 한 명도 없다. 하지만 리오는 도움이 절실하다. 일단 저 코삭 차의 뒷자리에 들어가는 순간부터는 목격자도 사라질 테니 어떻게든 여기에서 일을 벌여야 한다.

"전화 딱 한 통만 할 수 없을까요?"

군인이 리오의 팔을 잡아 뒤로 세게 비튼다. 리오는 이를 악물지만 발을 바닥에 붙인 채 꼼짝하지 않는다.

"그 정도 권리는 있잖아요. 전화 한 통도 안 되나요?"

군인은 동료와 눈짓을 주고받는다. 여기는 계급이 높은 아이들이 놀러 나오는 곳이다. 평소에 경찰이 만행을 저지르고 다닌다고 생각하는 코찔찔이들 말이다. 사실 지금은 별로 상관을 하는 것 같지 않아 보이지만, 그래도 혹시 모르니까……. 마지못해 경찰은 고개를 끄덕인다.

"딱 한 통이야, 당장 걸어!"

리오가 RET로 손을 뻗자 군인이 혀를 찬다.

"아니, 아니. 번호를 대면 내가 직접 연결한다."

리오는 눈을 질끈 감는다. 헌터는 접속해 있지 않을 것이다. 그러면 전화를 걸 수 있는 사람은 한 명밖에 없다. 하지만 번호가 기억나지 않는다. 그게……. 어……. 리오는 머릿속에 들어 있는 모든 정보들을 뒤적이며 기억해 내려 안간힘을 쓴다.

"얼른!"

리오는 발을 동동 구른다. 그의 머릿속은 마치 다크넷 같다. 심연에 가라앉은 것들이 쥐라기 시대 이후, 한 번도 떠오른 적이 없는 것 마냥. 그때 머릿속에 일련의 번호들이 깜빡인다. 아냐, 아냐, 아냐……. 그래, 그거야!

"093B744GU입니다."

RET가 울리자 인력거 안에서 에반은 눈살을 찌푸린다. 렌즈에 뜬 건 보안 번호다. 이건 또 뭐야?

"여보세요?"

"내시 선생님, 저는 헌병대 제5대대의 레인 병장입니다. 지금 방금 옥스퍼드 가, '家 바에서 리오 산티아고 다 실바를 체포했습니다. 선생님을 안다고 주장하는데, 맞습니까?"

"뭐라고요?"

에반은 인력거 뒷자리에서 벌떡 일어나 앉는다.

"선생님, 리오 산티아고를 아는지 확인을 해야만……."

"네, 네, 압니다. 막 그쪽으로 가던 중이었습니다. 혹시 제 아들도 같이 있습니까?"

"다른 아이에 관해선 아는 바가 없습니다. 이 아이뿐입니다. 몇 가지 질문을 하기 위해 복스홀의 본부로 데려가려는 중입니다."

"뭘 크게 잘못했나요?"

"지금은 말씀 드릴 수 없습니다. 이 통화만 허용했습니다. 더 알고 싶은 게 있으시면 본부로 오셔야 합니다."

군인은 전화를 끊고 리오를 보고 씩 웃는다.

"됐지?"

리오가 그의 시선을 받아친다.

"직접 통화는 안 되는 건가요?"

군인이 가까이 다가와 속삭인다.

"안 돼. 경찰 프로그램을 너무 많이 본 것 같군. 적어도 우리 코삭들한테는 변호사와 얘기하겠다느니 하는 헛소리는 통하지 않아. 자, 이제 차에 올라타."

1시간 후, 에반 내시는 복스홀에 위치한 중앙 군사 본부 24층, 헌병대 접견실의 딱딱한 플라스틱 의자에 앉아 있다. 여긴 쩌 죽을 것 같다. 에반은 웃지 않을 수가 없다. 이 위기 상황에서도 코삭들은 따뜻하게 지내고 있다니. 여기는 재정 삭감이 전혀 없다. 에반은 군대에 대한 나쁜 소문들을 떨쳐 내려 애쓴다. 그들이 얼마나 잔인한지, 살려서 내보내는 사람이 하나도 없기 때문에 빈민가에서는 수갑조차 쓰지 않는다는 그런 얘기들…….

에반은 안절부절 자세를 고쳐 앉고 벽에 걸린 디지털시계를 흘깃 본다. 1,000분의 1초 단위가 초단위로 올라서고 초단위의 숫자가 분단위로 바뀌는 것을 지켜본다. 이러고 있을 시간이 없다. 3시 30분에 시장이 배석하는 전력난에 대한 긴급회의가 잡혀 있다. 체첸공화국 반란군이 러시아의 가스관을 끊어 버렸다는 소문이 돌고 있다. 만약 그게 사실이라면 원자로 폐쇄 사태랑 겹쳐 도시에 심각한 타격을 입힐 것이다.

갑자기 자물쇠 열리는 소리가 들리더니 문이 열리고 몸집이 큰 남자가 성큼성큼 걸어온다.

"내시 선생. 클라크 지휘관입니다."

에반이 일어선다.

"리오는 괜찮은가요?"

클라크가 고개를 끄덕인다.

"네, 몇 가지 질문을 했고, 훈방 조치할 수 있게 되어 다행스럽게 생각합니다."

"만나 봐도 될까요?"

"물론이죠."

"혐의가 뭐였는지 알 수 있을까요?"

"261, 신분법 위반으로 질의했습니다."

에반이 얼굴을 찡그린다.

"하지만 그건 국가보안법 위반 아닌가요?"

"그게, 리오 군은 아주 흔치 않은 다크넷 활동에 연루됐습니다. 하지만 본인이 아주 명백하게 설명을 해 줬고 지금으로서는 더 이상 데리고 있을 필요가 없어졌습니다."

에반은 클라크를 똑바로 보고 묻는다.

"그렇다면 다시 불러들일 수도 있다는 겁니까?"

"모든 게 가능하죠. 헌병대는 늘 만반의 준비 태세를 취하고 있으니까."

클라크는 잠시 말을 끊는다.

"이 아이가, 친척은 아니죠?"

"아닙니다. 아들놈 친구입니다. 런던에 가족이 없죠. 형은……."

"헤브리디스 제도(스코틀랜드 서쪽 열도 - 옮긴이)의 에너지 굴착지에서 일하고 있죠. 알고 있습니다."

클라크는 예리한 눈빛으로 에반의 얼굴을 뜯어본다.

"제가 한 가지 조언을 해도 무방하다면, 아드님이 리오 다 실바같은 친구는 멀리하는 게 좋을 것 같습니다. 빈민가에서 살았던 이력이 있다는 건 알고 계신가요?"

에반이 머뭇거린다.

"네, 헌터가 그런 말을 해 줬습니다. 하지만 그 당시 아주 어렸고 지금은 확실히……."

"감히 말씀드리지만, 빈민가의 것은 그 누구도, 그 어떤 것도 믿을 수 없습니다."

에반은 반감을 애써 숨기며 이 노련한 군인의 얼굴로부터 시선을 피한다. 에반은 이 남자가 싫다. 하지만 그는 빈민가의 쓰레기를 처리하는 무서운 일을 하는 사람이다. 에반은 자리에서 일어나며 에반 내시표 미소를 지어 보인다.

"하지만 지금은 데려가도 되는 거 맞죠?"

"네."

"그럼 리오에게 좀 데려다 주시겠습니까? 지금 제가 시간이 좀 급해서요."

아일 오브 독스의 끝자락에 서 있는 해리의 집은 쥐죽은 듯 조용하다. 마침내 공습이 끝났으니 적어도 앞으로 한 시간가량은 총성이나 비명소리는 들리지 않을 것이다. 아래층 부엌에서 해리는 기지개를 켜고 일어나 계단으로 느릿느릿 걸어간다.

"우마, 차 마실래?"

대답이 없다. 해리는 고개를 갸우뚱한다. 위층이 너무 조용한데, 잠들었는지도 모르겠군. 계단을 기어올라 침실 문을 두드려 보지만 여전히 대답이 없다. 해리는 문을 열고 안을 들여다본다. 창문은 활짝 열려 있고 방 안은 텅 비어 있다. 해리는 허둥지둥 창문가로 다가가 밖을 내다보지만 거리도 텅 비어 있긴 마찬가지다. 구이도를 따라가려고 빠져나간 걸까? 해리는 얼굴을 찌푸린다. 오늘 대체 왜 이러는 거지? 커네리 워프의 스카이라인을 내다보는 해리의 심장 박동이 빨라진다.

갑자기 쾅 하고 아래층 현관문 열리는 소리가 들리더니 계단을 오르는 커다란 발자국 소리가 이어진다.

해리가 휙 돌아선다.

"아저씨, 얘 어디 갔죠?"

구이도가 문가에 서 있다.

"너랑 같이 있었던 거 아니냐?"

"아뇨. 전 사거리 쪽에 내려가 있었어요."

"그럼 나도 모르겠구나."

구이도의 얼굴이 하얘진다. 그리고 방 끝으로 가서 몸을 숙이고 헐거워진 마룻널을 뜯어내고 들여다본다. 아무것도 없다. 손을 쑤셔 넣어 구석구석을 다 뒤져 보지만 케이스는 사라지고 없다. 구이도는 당황해서 주위를 둘러본다.

코드도 없고, 우마도 없다.

'오늘은 끝내 제대로 되는 일이 하나도 없단 말인가!'

"아저씨, 들은 얘기도 전혀 없으세요?"

노인은 고개를 젓는다.

"없어. 난 공습이 끝나기를 기다리며 아래층에서 약초를 섞고 있었단다."

해리가 떨리는 손을 구이도의 어깨에 얹는다.

"우리 쪽 사람들에게 전갈을 보내마. 찾을 수 있을 거야. 하지만 구이도, 드림라인은 아직 사용하지 않는 게 좋을 것 같구나. 안전하지 않아."

해리는 입술을 오므리며 걱정스런 얼굴로 미소를 짓는다.

"드림라인을 쓰지 않고도 많은 사람과 접촉할 수 있어. 모든 걸 네가 다 책임져야 하는 건 아니란다, 구이도."

구이도가 한숨을 쉰다. 해리 아저씨에게 모든 걸 털어놓을 수 있다면, 코드 얘기를 할 수만 있다면 얼마나 좋을까. 하지만 너무 위험한 일이다. 이렇게 사라져 버리다니. 우마는 대체 어쩌려는 걸까? 구이도는 손으로 얼굴을 쓸어내린다. 그는 이제 겨우 스물 셋인데 벌써 다 늙어 버린 기분이다.

리오는 코삭 감방의 철제 침대에 구부리고 앉아 소호의 '워한 후
베이' 식당을 떠올리고 있다. 매운 당근 피클과 칠리소스가 곁들여
나오는 땅콩버터 맛 국수를 지금 먹을 수만 있다면 소원이 없겠다.
매우면 매울수록 더 맛있다. 갑자기 감방 문이 열리더니 에반 내시
가 보인다. 리오의 얼굴이 확 밝아진다.

"아저씨! 아저씨도 집어넣던가요?"

에반이 고개를 젓는다.

"그걸 지금 농담이라고. 널 무혐의로 풀어 준다는 얘기를 방금 듣
고 오는 길이다."

"진짜요?"

"그래."

에반은 아이의 얼굴을 들여다본다. 한쪽 눈에 시퍼런 멍이 들어 있다. 이 인간들, 애한테 무슨 짓을 한 거야. 자기도 모르게 화가 풀려 버린다.

"많이 다친 거니?"

리오가 고개를 흔든다.

"아아뇨오. 암것두 아니에요. 첨에 여기 왔을 때만 좀 심하게 다뤘어요. 그담엔 질문만 쏟아붓고 제가 대답한 걸 막 적더니 여기다 쳐넣었어요."

에반이 눈살을 찌푸린다.

"리오, 넌 261조항에 걸려 들어왔다고. 제정신이야? 네 신분에 그런 꼬리표가 달리면 앞으로 어떻게 하려고 해."

"저 나쁜 짓 하나도 안 했어요. 진짜예요. 끽 해야 다크넷에서 좀 돌아다닌 게 다라고요. 그게 범죄라고는 생각하지 못했어요."

에반은 감방 벽에 기대어 목소리를 낮춘다.

"그것도 잘한 짓은 아니야. 어쨌든 이번에는 운이 좋았다. 하지만 리오, 나한테는 다 털어놓아야 해. 헌터는 어디 있니?"

리오의 목이 콱 막힌다.

"몰라요."

"왜 이래, 나한테 그걸 믿으라는 거니? 넌 헌터랑 제일 친한 친구잖아."

에반은 이마를 문지른다.

"그게, 나는 집에 있는 시간도 얼마 안 되고 헌터 엄마도 세상에 없고……. 그 애가 무사한지는 알아야겠다."

리오가 침대에서 몸을 들썩인다. 이렇게 보살펴 주는 사람이 있다니 헌터는 정말 운 좋은 놈이다.

"솔직히 말해서, 지금 어디 있는지는 정말 몰라요. 제가 아는 건 걔가 여자애랑 같이 있었다는 거고……. 그래서 둘이만 있고 싶어 했어요. 무슨 말인지 아시죠?"

"여자애랑?"

에반이 주머니에 손을 찌른다.

"정말 처음 듣는 얘긴데, 누구지? 그렇다고 이 지구 상에서 자취를 감춰야 하는 거니? 오늘 하루 종일 이 녀석이랑 연락이 안 돼."

에반의 목소리가 굳어진다.

"너희 둘 다 집에 붙어 있겠다고 그렇게 철석같이 약속을 해 놓고선."

"알아요, 알아요. 그 점은 죄송해요. 하지만 헌터가 어디에 있는지 모른다는 건 정말이에요."

"리오, 이거 왜 이래. 더 많이 알고 있잖아. 오늘 아침에도 헌터한테 핑계거리 만들어 주느라 간질 발작했다고 거짓말했고, 안 그래?"

리오 얼굴이 빨개진다.

"네, 그게……. 여자 문제 때문에."

"사실대로 말 해. 혹시 아웃사이더 일에 휘말린 거니? 넌 방금 엄청나게 심각한 혐의로 심문을 받았어. 헌터도 거기에 관련돼 있니?"

"아뇨, 아뇨. 그런 거 절대 아니에요. 그리고 저도 여기 끌려올 일은 아니었어요. 코삭놈들, 완전 피해망상이라니까요. 맹세해요, 아저씨. 헌터는 그 여자애랑 단둘이 있고 싶었을 뿐이에요. 그 애를 진짜 좋아하나 봐요. 몇 시간 안에 꼭 전화할 거예요, 두고 보세요."

리오는 애써 목소리에 감정을 드러내지 않으려 한다. 으, 보통 이 정도 거짓말은 완전 식은 죽 먹긴데, 아저씨한테 이러는 건 너무 힘겹다.

에반은 굳은 얼굴로 고개를 젓는다. 더 이상은 알아낼 수 없을 것 같다. 그래, 좋아. 이번 일이 끝나면 헌터는 한 달간 출입금지다. 오토바이도 안녕, 家도 안녕. 모든 게 다 끝이다. 에반의 RET스캔이 울린다. 렌즈를 보는 에반, 이번에는 정말 헌터겠지? 하지만 아니다. 시장 사무실이다. 시장과의 회의가 1시간 당겨졌다. 소문이 사실로 확인됐다. 러시아로부터 가스 공급이 끊긴 것이다.

"리오, 미안한데 난 지금 당장 시청으로 들어가야 할 것 같구나. 혼자 집에 갈 수 있겠니? 형한테 전화해 줄까?"

리오가 고개를 젓는다.

"아뇨, 전 괜찮아요. 여기까지 와 주셔서 감사해요. 아무것도 걱정 마세요. 헌터는 오늘 안에 꼭 돌아올 거예요."

에반은 리오를 한참 바라보다가 오른편 감옥 벽에 붙어 있는 버저를 누른다. 곧 문이 옆으로 열리고 제복을 입은 경비 요원이 입구에 서 있다.

에반이 미소를 짓는다.

"이 젊은이가 별 탈 없이 집에 돌아갈 수 있게 신경 좀 써 주시겠습니까?"

남자가 고개를 끄덕인다.

"그럼요, 선생님. 선생님을 먼저 출구까지 안내해 드리고 그다음에 리오의 석방 관련 서류를 작성할 겁니다."

"그러고 나서 바로 보내 주시는 거죠?"

"물론입니다."

에반은 마지막으로 리오를 한 번 더 본다. 이 애를 여기 남겨 두고 가는 게 너무나 마음에 걸린다.

"리오, 먼저 간다. 집에 도착하는 대로 나한테 전화해야 한다. 그리고 헌터랑 통화되면 곧장 나한테 전화하라고 좀 해 줘."

문이 닫히고 리오는 철제 침대 위에 털썩 주저앉아 한숨을 쉰다. 형에게 전화를 한다고? 저 아저씨 머리가 어떻게 됐나 보다. 형이 이일에 말려들었다가는 당장 직장에서 잘릴 것이다. 식구 중에 누군가가 신분증에 때를 묻히면 바로 일자리가 날아간다. 형의 자리에 목을 맨 사람들이 적어도 30명은 될 것이다. 브라질에서도 그랬는데 이제는 여기도 그렇게 됐다. 에반 아저씨는 좋은 분이지만 이쪽 세계에 대해서는 잘 모른다. 코삭들이 아저씨를 선생님이라고 부르니까. 결국 다들 한통속인 거다.

클라크 지휘관은 사무실에서 여러 대의 CCTV화면을 보고 있다. 에반 내시가 엘리베이터에서 내려 로비를 가로질러 보안 카드를 반납하고 중앙 현관 밖으로 나가 점심시간 인파 속으로 사라지는 모습까지.

클라크는 뒷목을 주무른다. 아웃사이더 커뮤니케이션 네트워크 와해가 눈앞의 일로 다가왔지만, 끝까지 아주 신중하고 또 섬세해야 한다. 수년간 그가 수사를 진행할 때마다 아웃사이더들은 번번이 그보다 한 수 위였으며 그를 압도했다. 그 전에도 성공에 가까이 간 적은 있었지만 이번만큼은 아니었다. 클라크는 이 클리어 워터 작전에 리오를 최대한 이용할 계획이다. 이런 정보원이 손에 들어오는 일은 흔치 않은 경우라, 절대로 놓치지 않을 생각이다. 이번만큼은 절대로.

감옥 문이 열리자 리오가 일어선다. 그런데 문 앞에 서 있는 사람은 좀 전의 그 젊은 경비 요원이 아니라 다부진 체격의 남자다. 그 뒤로 코삭 야전복을 입은 군인 둘이 서 있다.

"안녕, 리오."

리오가 미간을 찌푸린다.

"어, 안녕하세요. 절 여기서 빼 주려고 오신 건가요?"

"물론이지. 아주 짧게 몇 가지만 더 물어보면 끝나."

"하지만 내시 아저씨한테는 그렇게 얘기하지 않았잖아요."

클라크 지휘관이 눈살을 찌푸린다.

"그랬나? 그게, 네가 무사히 집에 돌아간 걸로 알고 있는 게 그 양반한테 더 낫겠다 생각했지."

클라크는 감방 안으로 들어와 리오의 침대 끝에 걸터앉는다.

"그래서 말인데, 다크넷 말이야. 왜 너 같은 아이가 거기에 접근한 거지? 그리고 드림라인의 핫스팟 근처까지 갔었지? 어떻게 방법을 알아낸 거야? 우리들도 알아내기 힘든 건데 말이지."

"몰라요, 그냥 실수예요. 어쩌다가 운이 좋았던 모양이죠, 뭐."

"이거 왜 이래, 에반 내시한테는 통했는지 모르겠지만, 지금은 네 상대가 우리라는 걸 알아야지. 네 녀석이 빈민가에 있을 때 해킹 전력이 있었다는 걸 다 알고 있어."

클라크가 리오의 두 눈을 뚫어 버릴 기세로 쳐다본다.

"그리고 에반 선생과 마찬가지로 네 친구 헌터와도 담소를 좀 나눴으면 하는데."

리오가 펄쩍 뛴다.

"여길 도청했단 말이에요?"

클라크가 손을 내민다.

"진정해. 우리도 여기저기서 들은 얘기들이 있어서 헌터 내시에 대한 자체 조사를 하기로 한 것뿐이야. 그런데 헌터 역시 오늘 RET 로 아주 흥미로운 검색들을 한 걸로 나타나더군. 그리고 GPS가 마지막으로 알려 준 헌터의 위치가 아일 오브 독스 빈민가거든. 자, 모범 시민이 대체 무슨 이유로 거기까지 갔을까? 그것도 하필이면 오늘."

리오는 갑자기 문을 향해 돌진하다가 목덜미를 심하게 강타당하고 바닥에 뻗는다. 클라크가 고갯짓을 하자 군인 하나가 감방 문을 닫고 다른 하나는 삐죽삐죽한 리오의 머리를 잡아 돌로 된 타일에 거칠게 패대기친다.

스트랜드가에 들어서면서 전차에 속도가 붙기 시작한다. 헌터는 균형을 잡기 위해 손잡이를 붙든다. 20분 전쯤, 헌터와 우마는 검문 줄로 들어오라는 손짓을 받고 오토바이를 버려야만 했다. 그 상황에 할 수 있는 건 하나뿐이었다. 오토바이에서 미끄러지듯 내려, 한데 엉켜 있는 인력거꾼들 뒤에 오토바이를 버린 것이다. 아버지를 열 받게 할 짓이 하나 더 추가되었다. 지금쯤이면 아마 반쯤 미쳐 계시겠지.

헌터는 전철 봉 손잡이 위로 손가락을 두드린다. 시간을 더 벌기 위해선 무슨 수를 내야 한다. 계속 아버지께 연락을 안 하고 무시했다가는 경찰에 연락한다든지 하는 바보 같은 짓을 벌일 수도 있다. 또 한 번 리오에게 도움을 청하는 수밖에 없다. 간질 발작, 제2막.

헌터는 RET의 전원을 켜려고 손을 올렸다가 얼굴을 찌푸린다. 뭔가 잘못됐다. 로딩이 되는 대신에, 렌즈가 계속 깜빡거리며 초점을 맞추지 못한다. 헌터는 장치를 풀어 자세히 들여다본다. 이런 젠장, 레이저 패드 한복판에 금이 갔다. 기름 탱크 안에서부터 작동이 안되긴 했지만 그건 너무 땅 속 깊이 들어가 있기 때문이라고 생각했다. 이제 와 생각해 보니 패츠와 싸우는 동안 깨진 것 같다. 아직 접속이 되는지 확인할 수 있는 방법은 하나밖에 없다. 리오의 번호를 두드린 후 헌터는 숨을 참는다. 1초, 2초……. 그리고 딸칵 수신음이 들린다. 됐어!

헌터는 안도감에 볼에 바람을 집어넣는다.

"리오, 너니?"

잠시 정적.

"아니, 헌터, 나는 클라크 지휘관이다."

"뭐라고요?"

"여기는 헌병대 제5대대다. 불행히도 리오는 지금 전화를 받을 수 없다. 실은 네가 전화를 해 줘서 얼마나 기쁜지 모르겠다. 몇 가지 확인하고 싶은 것들이 있었거든. 그러니까 너희 아버지처럼 복스홀에 있는 헌병대에 들러 주면 참 고맙겠다."

"우리 아버지가요?"

"그래, 방금 우릴 만나고 가셨다. 하지만 걱정할 것 없다. 네게 무슨 문제가 생긴 건 아니야. 그저 네가 한 번 들러 주길 바라는 것뿐이다."

헌터가 침을 꿀꺽 넘긴다.

"하지만 왜 리오의 RET를 갖고 계신 거죠? 혹시 리오가 다쳤나요?"

"아니. 우리 조사에 협조하다가 잠깐 살짝 기절한 것뿐이야."

헌터는 RET를 무음으로 해 놓고 우마에게 말한다.

"코삭들이야. 리오를 데리고 있어……. 이제 어쩌지?"

우마가 미간을 찌푸린다.

"침착해, 아무 일 없다는 듯이. 그리고 그쪽에서 너한테 원하는 게 뭔지 알아내 봐."

헌터가 다시 소리를 올린다.

"미안합니다, 잠깐 통화가 끊긴 것 같아요. 그런데 왜 그러시는지 알 수 있을까요?"

클라크의 목소리에 짜증이 배기 시작한다.

"리오의 진술을 확증하기 위해 몇 가지 형식적인 질문을 하려는 것뿐이다."

"어떤 질문이요?"

갑자기 클라크의 목소리가 거칠어진다.

"이것 봐, 헌터, 질문은 우리가 한다. 자발적으로 출두하지 않으면 우리는 GPS 체포령을 발동시킬 수밖에 없어. 네가 선택해. 내 데이터에 따르면 현재 너는 스트랜드가에서……. 트라팔가 광장으로 향하는 중이다. 그 지역에는 우리 부대가 꽤 여럿 있어……."

헌터는 자리에서 튀듯이 일어나 더듬거리며 RET의 전원을 끈다.

"우마, 움직여!"

"뭐라고?"

"GPS로 내 위치를 추적했어. 내려!"

헌터는 출구를 향해 달리기 시작한다. 우마가 창밖을 내다본다. 정류장에 설 때까지 기다릴 시간이 없다. 비상버튼을 누르자 전차가 급정거한다. 저 앞에서 헌터가 균형을 잃고 여학생들이 잔뜩 몰려 있는 쪽으로 날아간다. 휘날리는 머리카락, 비명소리, 씹던 껌이 뒤섞인 아수라장 속에 몇 초간 갇혀 있다 가까스로 빠져나온다. 휘청거리며 일어난 헌터는 출구에 서 있는 우마 곁으로 간다. 옆에서 부딪히며 소리를 질러대는 다른 승객들을 무시한 채 우마는 비상문을 손으로 벌려서 열려고 시도한다. 헌터도 온몸으로 문을 들이받고 결국 문이 열린다. 둘은 차들이 잔뜩 밀려 있는 차선으로 뛰어내린다. 우마가 발을 헛디뎌 다른 전차 차로로 떨어질 뻔한 것을 헌터가 잡아 일으켜 세우고 혼잡한 차도를 가로질러 가기 시작한다. 끼익 소리를 내며 멈추는 타이어, 마구 울려 대는 경적 소리, 사방에 성난 얼굴들을 뚫고 마침내 스트랜드 가 보도 위로 올라서서 숨을 헐떡인다.

정면에 보이는 강 쪽으로 난 좁은 계단을 뛰어 내려간다. 잠시 후 템스 강에 접해 있는 잘 손질된 도심 공원에 모습을 드러낸다.

우마가 손을 내민다.

"잠깐! 대체 무슨 일이야?"

헌터가 두 손으로 무릎을 짚고 숨을 아주 크게 들이마신다.

"모르겠어……. 코삭들이 날……. 심문해야겠다고 들어오라고……. 내 발로 오지 않으면 GPS로 잡아들이겠다고 협박하는 거야."

우마가 볼을 부풀린다.

"어쩌면 진짜로 리오가 해킹한 것에 대해 물어 보려고 한 걸 수도 있잖아. 우리랑, 어젯밤 일과는 아무 상관도 없는 일 말이야. 장담하는데 리오는 늘 불법적인 일을 하고 있을걸."

"모르겠다. 전에는 한 번도 나랑 얘기하고 싶어 한 적이 없거든. 위험을 감수할 순 없어."

헌터는 배 속이 철렁 내려앉는 느낌이다. 친구에게 무슨 짓을 한 건가! 그리고 아버지는, 아버지는 화나는 정도를 넘어서 이제 유체 이탈의 경지로 치닫고 있을 거다.

"우마, 우린 계속 움직여야 해. 레스터 광장은 걸어서 갈 정도로 가까워. 이쯤 됐으면 로즈가 우리를 기다리고 있을 거야."

"알았어, 근데 노인네처럼 그렇게 헉헉거리지 좀 마. 관심을 끌지 않으려면 좀 더 평범하게 행동해야 한다고."

"RET를 꺼버렸는데 나를 찾을 수 있겠어? 나는 이제 家에 접속하지 않은 상태라고."

우마가 고개를 젓는다.

"이젠 그냥 보통 시민의 일이 아니야. 코삭들이 움직이기 시작했다고. 이미 우리 신분증의 얼굴을 확보했을 거고 곧 家 연결망 전체에 띄우겠지. 유명해질 준비나 하셔."

"그럼 겉모습을 바꾸거나 뭐 그래야 하는 건 아닌가?"

우마가 이마를 탁 친다.

"이런 젠장, 가짜 수염을 집에 두고 왔으니 어째?"

"알았어, 알았다고."

"최고의 변장은 평범하게 보이는 거야. 토요일 쇼핑을 나온 슬리퍼 커플처럼."

헌터는 자기도 모르게 미소를 짓는다.

"참 그렇게 보이기도 하겠다."

"나 지금 진지하거든."

헌터는 어이가 없다는 듯 눈동자를 굴리며 평범한 사람들이 어떻게 생겼고 어떻게 행동하는지 기억해 내려고 애쓴다. 최근 얼마간은 평범함과는 거리가 멀게 지내고 있었으니까.

"그럼 찐한 키스 한 판 어때?"

우마가 헌터를 쏘아본다.

"캐릭터에 너무 심취하지는 마라."

헌터는 한숨을 푹 쉬고 우마의 손을 잡는다. 두 사람은 공원 안을 걸어가기 시작한다. 머리에서 발끝까지 속속들이 시민 커플인 것처럼. 헌터는 에너지, 모멘텀, 교감이 용솟음침을 느낀다. 이제 둘 다 맨몸이다. 둘 사이엔 임플란트도, RET도 존재하지 않는다. 오직 그와 그녀와 도시뿐.

감방 안에서, 클라크가 리오의 RET스캔을 테이블 위에 던져 놓는다.

"나를 끊어 버렸다 이거지. 숨길 게 아무것도 없다면 감히 군인의 전화를 왜 끊겠냐, 리오? 커다란 비밀이 대체 뭐야, 응?"

하지만 리오는 대답하지 않는다. 얼굴이 피범벅이 된 채 리오는 또 기절해 있다. 클라크는 눈을 감고 길게 심호흡을 한다. 정말 아이들이 연루되는 건 딱 질색이다. 그리고 아웃사이더 애들은 웬만한 군인들보다 훨씬 질기다. 군에 들어올 때 이런 일까지 할 생각은 아니었지만, 이 일을 마무리하기 위해서는 피할 수 없는 일이다. 놈들의 네트워크를 망가뜨려야만 한다. 이 나라를 통합시켜야만 한다.

클라크에게도 리오만한 아들이 있다. 누구라도 그 아이의 머리카락 한 올이라도 건드렸다간…… 클라크는 한숨을 쉬며 그 생각을 밀어낸다. 뇌가 다시 제대로 작동할 수 있도록. 그러고는 물병을 잡아 리오의 머리 위로 얼음처럼 차가운 물을 부어버리자 리오는 다시 숨 막힐 듯 기침을 해 대며 의식을 찾는다. 클라크는 몸을 낮게 숙인다.

"자, 내 어린 이민자 친구. 아까보단 좀 더 잘해야 할 거야. 형이 일자리를 잃길 바라진 않겠지? 혹시 빈민가로 돌아가고 싶은 건 아니겠지?"

클라크를 보는 리오의 눈엔 분노가 실리지만 사실 속으론 심장이 철렁 내려앉는다. 여기선 빠져나갈 방법이 없다. 완전히 망했다.

우마와 로즈는 레스터 광장의 찰리 채플린 조각상 옆에 서서 드래곤 팰리스의 넓은 포장로를 보고 있다. 우마의 시선은 돌기둥에서부터 뾰족하게 솟아 오른 중국식 지붕까지 올라갔다가, 거대한 붉은 용에서 멈춘다. 그 용은 쫙 펼친 날개와 지면까지 구불거리며 내려온 꼬리로 광장 전체를 압도하고 있다.

이 건물이 얼마나 거대한 것이었는지 우마는 잊고 있었다. 불과 5년 전에야 완공된 이 20층짜리 건물은 개별 가라오케 방만 2,000개, 황도 십이궁이란 테마로 꾸며진 엄청나게 호화로운 갬블링 공간 12개가 자리 잡고 있다. 하지만 이 건물의 심장은 슈퍼스타 디바인 시타 데비의 전속 공연장, 드래곤 홀이다. 반짝이는 눈동자, 아이보리색 피부, 그리고 비단결 같은 목소리, 그녀가 드래곤 팰리스의 여왕이라는 것엔 의심의 여지가 없다. 그리고 매일 저녁, 세계에서 가장 큰 금빛 무대의 커튼이 올라가면, 가라오케 방과 카드 테이블 들은 모두 텅 비어버리고 사람들은 평생 길이 남을 단 한 번의 공연을 보기 위해 드래곤 홀로 앞 다퉈 몰려든다.

우마가 몸을 떤다. 파수꾼에게 가는 단서를 찾을 수 있는 확률이 대체 얼마나 될까? 바로 그때 광장을 가로질러 헌터가 다가온다. 그리고 잠시 후 헌터의 손바닥 위에 3개의 입장권이 놓여 있다.

"티켓을 사긴 했는데, 그것 땜에 내 계좌가 완전 바닥났어. 신분증을 제시할 수가 없어서 매표원한테 2,000유로나 먹여야 했어."

우마가 미소를 짓는다.

"아웃사이더 세상으로 온 걸 환영한다, 친구."

로즈는 드래곤 팰리스의 입구에서 시선을 거둔다.

"이 광란의 도가니에 들어간 다음엔 어떡해야 할지 계획이 있는 거야?

우마가 고개를 젓는다.

"아니, 넌?"

로즈는 천천히 돌아선다. 조금 아까 우마가 귀에 대고 쏟아부은 이야기에 아직도 눈빛이 정상이 아니다. 드림라인의 암호화 코드라니. 그건 전설에나 나오는 거다. 로즈는 집중하려고 애를 쓴다.

"나도 없어. 지하 굴에 드래곤 팰리스 로고 말곤 정말 다른 게 아무것도 없었던 거 확실해?"

"내가 본 바로는 그래. 네 기억을 좀 되살려 주자면 그때 헌터가 석궁에 맞아 기절했었거든, 생각 안 나? 좀 산만했지."

로즈가 눈을 깜빡인다.

"그렇다면 코드 프로그램 안으로 다시 들어가 봐야겠네. 그것 말곤 방법이 없잖아. 프랭크 시나트라 노래를 부르고 있는 멍청이들을 일일이 붙들고 파수꾼이 누군지, 어디에 있는지 물어봐?"

우마가 고개를 흔든다.

"사실 문제는 그거야. 내 임플란트가 다 타 버려서 불가능해."

로즈가 우마를 빤히 본다.

"그래서 안으로 다시 못 들어갔단 말이야? 구이도랑은 뭘 했는데?"

"막 들어가려고 하던 참에 사이렌이 울렸어. 그다음 상황은 너도 아는 얘기고."

"그럼 내가 할게."

"안 돼, 로즈, 너무 위험해. 리오가 안에서 죽을 뻔했어."

"그런데?"

우마는 친구의 얼굴을 빤히 바라본다.

"'안'으로 들어가기 전에 드래곤 팰리스에 적어도 한 번 들어가서 둘러보기라도 하자."

우마는 손으로 머리카락을 쓸어 넘긴다.

"이대로 들어가도 괜찮겠어? 언제 마지막으로 옷을 갈아입었는지도 모르겠어."

헌터가 곁눈으로 우마를 훔쳐본다. 낡은 후드 티에, 지치고 창백한 얼굴을 하고 있어도 그녀는 특별하다. 그녀의 모습과 행동에는 정의하기 어려운 우아한 무언가가 있다. 다른 사람과는 다르다. 우마는 헌터의 시선을 느끼고 얼굴을 붉힌다. 그리고 세 사람은 다시 어깨를 활짝 펴고 레스터 광장을 가로질러 드래곤 팰리스로 간다.

입장권을 검표원에게 건네고 대리석 로비에 들어서다가 우뚝 멈춰 선다. 우마는 20미터 높이의 천정에서 떨어지는 거대한 폭포수 위로 찬란하게 반짝이고 아른거리는 불빛에 압도된다. 건물 내부는 상상을 초월할 정도로 호화롭다. 구불거리며 올라가는 계단과 정글 수준으로 무성한 야자수, 보석이 박혀 있는 벽, 하지만 그 모두를 압도하는 것은 중앙에 놓인 대나무로 만든 거대한 중국 물시계이다. 우마는 경이로움에 차 시계를 올려다본다. 천정에서부터 쏟아지기 시작한 거대한 물줄기는 곧 일련의 대나무 관을 통과하고, 대나무 관들이 물속에 들락날락하며 채워지고 비워지고 하는 움직임의 힘으로 거대한 시계가 움직인다. 그 정확성이 숨 막힐 정도로 완벽하다.

로즈가 뒤에서 우마의 등을 떠밀고 우마는 헌터를 따라 매끈한 타일 바닥 위를 가로질러 가장 가까운 도박 라운지인 '염소자리 홀'로 향한다. 여자들 몇몇이 깔깔거리며 그 안에서 나오는 틈으로 우마가 슬쩍 안을 본다. 안을 빽빽이 메운 사람들이 끝없이 늘어선 녹색 게임 테이블 사이로 이리저리 밀리며 흘러 다닌다. 이 도시가 얼마나 양분돼 있는지, 시민들과 아웃사이더들 사이의 격차가 얼마나 엄청난 것인지 가슴에 확 와 닿는다. 우마는 헌터를 바라보며 바로 이곳이 그의 세상이라는 걸 충격적으로 실감한다.

그때 갑자기 등 뒤 로비에서 함성 소리가 들려온다. 우마와 헌터
가 홱 돌아선다. 물 열두 줄기가 공중으로 높이 솟구쳐 올라 천정에
매달려 있는 은색 물탱크로 정확히 들어간다. 몇 초 만에 탱크가
가득 차더니 앞으로 기울어지며 나무망치가 앞으로 날아와 기둥에
달려 있던 거대한 청동 종을 때린다. 종소리의 깊은 울림이 건물 전
체에 울려 퍼지고 드래곤 팰리스에 잠시 정적이 흐른다. 그리고 방
송을 통해 목소리가 흘러나온다.

"신사 숙녀 여러분, 10분 후 주간 공연이 시작됩니다. 곧 시타 데
비의 공연이 열릴 드래곤 홀에 입장해 주시기 바랍니다."

그러자, 마치 막대기로 개미집을 쑤시기라도 한 것처럼 인파가 밀
려 나온다. 그들의 목표는 딱 하나, 디바의 노래를 듣는 것이다.

염소자리 홀 문 근처로 사람들이 갑자기 몰려들며 그들을 둘러싸
자 로즈의 눈빛이 빛난다.

"시타 데비! 드래곤 홀이라는 곳부터 시작하는 게 좋지 않겠어?
어때?"

전율이 우마의 등줄기를 타고 내려온다. 시타 데비의 라이브 공연
을 보는 거야? 우마가 씩 웃는다. 그리고 5분 후, 그들은 드래곤 홀
의 짙은 색 문 앞에 와 있다. 안으로 들어서다가 로즈가 발을 헛디
디며 여자들의 파도 속에 깔릴 뻔한다. 소리 죽여 욕을 내뱉으며 로
즈는 분홍색 망사 치마 더미 아래서 몸을 일으켜 세우고 객석을 훑
어본다.

"이건 완전 바보짓이야. 무대 오른쪽이 내려다보이는 발코니 석 쪽으로 기어 올라가서 저 고급 박스 석으로 숨어 들어가자고."

헌터가 홱 돌아선다.

"하지만 발코니 석 층으로 가는 계단은 완전히 반대편에 있어. 이 사람들을 다 헤치고 거기까지 가려면 몇 시간은 걸릴걸."

로즈가 씩 웃는다.

"아, 이거 왜 이래, 헌터. 오늘만큼은 너도 우리랑 한 패란 걸 알아야지."

로즈는 팔꿈치로, 땀에 젖은 몸들을 마구 밀치고 떠밀고 하며 오크나무로 장식된 벽까지 다다른다. 노련한 눈썰미로 기어 올라가야 할 높이를 가늠한 로즈는 위로 뛰어올라 나무로 조각된 툭 튀어나온 부분을 붙잡으려고 손가락을 쫙 뺀다. 몇 번 더 재빨리 위로 뛰어 올라 어느새 발코니에 다다른 로즈는 벨벳이 깔려 있는 박스 석 안으로 깔끔하게 안착한다.

우마가 그 뒤를 따른다. 목재 난간을 단단히 붙들고 위로 날아올라 잠시 후 우마 역시 시야에서 사라져 버린다. 헌터는 욕이 절로 나온다. 우마가 모든 걸 너무 잘하는 게 진짜 싫다. 헌터가 뭔가를 붙잡은 다음에 첫 번째 층으로 몸을 끌어 올리는데 바로 그때 아래층의 드레스 더미 속에서 누군가가 소리를 지른다. 한 경비요원이 난간 너머 몸을 내밀고 내려가라고 고함을 지른다. 헌터는 그를 외면하고 켄타우로스 조각상의 머리로 옮겨간 다음 덜덜 떨면서 쪼그리고 있다가 발코니 바로 밑에 화려하게 장식된 창살을 향해 몸을 던진다. 관중들 속에서 몸을 똑바로 가눈 후, 위로 몸을 쭉 펴고 박스 석으로 가기 위한 마지막 동작을 준비하는데 무대 끝에 걸려 있는 커튼 뒤에서 누군가 속삭이는 소리가 들린다.

"야, 헌터, 여기야!"

고개를 돌려보니 좁은 목재 발코니 끝에 로즈의 운동화가 보인다. 헌터는 방향을 틀어 커튼 밑으로 미끄러져 들어가 발코니 끝을 잡고 기어오른다.

"박스 석에 숨기로 한 계획은 어떻게 된 거야?"

로즈가 고개를 젓는다.

"미국 대사가 막 들어왔단 말이야. 그럼 넌, 경비에게 들키지 않겠다던 계획은 어떻게 된 거냐? 계속 쫓기고 있는 건 알아?"

"그런 것 같진 않아."

헌터는 커튼 너머를 유심히 본다. 경비는 사라진 것 같다. 가슴이 무겁게 내려앉는다. 이 난리 통에서 대체 어떻게 단서를 찾는단 말인가?

헌터는 우마를 본다.

"로즈를 '안'으로 들여보내야 할 것 같아. 일단 쇼가 시작되면 사람들이 우리에게 신경을 안 쓸 테니까 우리가 단서만 얻으면 이 사람들이 우릴 귀찮게 하지 않는 동안 돌아다닐 수 있어."

로즈가 고개를 끄덕인다.

"얘 말이 맞아."

우마가 입술을 꽉 문다.

"하지만 위험하다고."

"하지만 난 그렇게 쉽지 다치지 않아, 친구. 그리고 절대 필요 이상은 머물지 않을 거야."

로즈는 어깨를 으쓱하며 한 마디 덧붙인다.

"내가 보기엔 우리에게 다른 방법은 없어."

잠시 후 우마가 고개를 끄덕인다. 그리고 재킷 주머니로 손을 넣어 금속 케이스를 꺼내 든다.

"하지만 뭐가 잘못 되는 것 같으면 바로 나와야 해, 알았지? 아주 조그만 일이 생기더라도."

"그래."

케이스를 여는 순간 눈이 커다래진 로즈, 섬세한 조가비 모양의 코드를 손가락으로 단단히 감싸 쥔다. 그리고 어깨를 으쓱하며 말한다.

"난 시타 데비를 만날 운은 없는 모양이네. 내 몫까지 즐겨, 알았지?"

우마는 로즈를 흔들림 없는 눈빛으로 한참 쳐다본다.

"알았어, 로즈."

그 순간 갑자기 불빛이 어두워지고 시끄럽던 사람들은 기대에 차 낮게 웅성거린다. 이거다. 일생일대의 사건, 시타 데비의 라이브를 경험할 기회인 것이다. 드래곤 홀 안에 모인 1만여 명의 사람들이 RET 인핸스먼트(화면과 사운드의 해상도, 화질, 음질, 색상을 향상시키는 처리 기술 – 옮긴이) 레벨을 조정하며, 이미 家에 접속해서 기다리고 있는 100만 명의 청중에 합류한다. 그리고 웅성거림이 신음소리로, 함성으로, 그리고 천둥치듯 발 구르는 소리가 된다. 그리고 마침내 반짝이는 금빛 커튼이 열리자 어두운 무대 위로 핀 조명 한 줄기가 작은 그랜드 피아노 앞에 앉은 섬세한 여인에게로 떨어진다. 우마는 숨이 턱 막힌다. 이 여인은 다른 세상에서 내려온 사람 같다. 고급 매춘부처럼 화장한 얼굴, 하얀 분을 발라 조지 왕조 풍의 가발처럼 높이 틀어 올린 머리, 깊이 파인, 피처럼 붉은 비비안 웨스트우드 빈티지 드레스, 그 위로 빛나는 묵직한 사파이어 브로치, 그리고 탄력 있는 짙은 색 피부. 그녀는 정말 아름답다.

시타 데비가 노래하기 시작한다. 홀 안의 모든 RET렌즈마다 그녀의 얼굴, 그녀의 두 눈, 그녀의 입술의 이미지가 가득 찬다. 그리고 순식간에 관중들은 그 흐름에 완전히 휩싸여 버린다. 그들은 무대 위에 있다. 그들이 음악이 되고, 그들이 공연 그 자체가 된다. 시타 데비의 노래가 '하이알토 파트'로 올라가자 관중들도 앞으로 밀려나와 몸을 미친 듯이 흔들고, 소리 지르고, 기절하고, 황홀감에 도취된다.

우마는 발코니 난간을 꽉 잡는다. 이런 소리는 한 번도 들어본 적이 없다. 인핸스먼트 장치 전혀 없이 완전히 맨몸인데도 이 여인의 목소리는 우마를 완전히 압도한다. 샘물처럼 맑고 순수한 기쁨이 우마의 가슴에 넘쳐흐른다. 갑자기 눈물이 볼을 타고 흐른다.

시타 데비의 목소리가 공연장 안으로 울려 퍼지기 시작하자 로즈
는 마지막으로 주위를 한 번 둘러본다. 그러고는 자칫하면 부서지게
생긴 코드를 가만히 들어 올려 오른쪽 눈에 삽입된 임플란트 앞으
로 가져온다. 그 모습을 주의 깊게 지켜보던 헌터는 로즈의 눈이 뿌
옇게 흐려지는 것을 보고 똑바로 지탱해 주려고 팔을 붙잡는다. 그
러고는 우마에게 고갯짓을 하며 속삭인다.

"쓰러질 수도 있으니까 로즈 손을 잡아 줘."

하지만 우마는 대답이 없다. 시타에게 완전히 사로잡혀 저 아래
무대 쪽으로만 정신이 팔려 있다. 헌터는 한숨을 쉬고 로즈의 소매
를 더 단단히 붙든다. 우마와 로즈, 둘 다 몸뚱이만 헌터 옆에 남기
고 어디론가 사라져 버린 것 같다.

로즈는 이제 '안'으로 들어왔다. 그녀가 서 있는 기다란 카펫이 깔린 복도 양 옆으로 칸막이 없이 사무실 여러 개가 배치돼 있다. 그 공간 맨 끝에 걸린 거대한 디지털 화면 위로 달러화, 엔화, 루피화, 유로화 숫자가 끊임없이 바뀌며 깜빡거리고 지나간다. 로즈는 양 볼을 부풀린다. 적어도 코드 프로그램이 작동은 하고 있으니 뭔가 할 일이 있긴 하겠구나 싶다. 이제 그녀가 해야 할 일은 단서를 찾는 것이다. 드림라인 근처에 있을 게 분명하다. 로즈는 화초 잎 사이로 가장 가까운 섹션에 있는 사무실 직원을 가만히 지켜본다.

로즈는 한 번도 시민들이 일하는 사무실에 들어와 본 적이 없었다. 어쩜 모두들 저리 지루하고 재미없어 보이는지. 축 처진 몸을 이리저리 끌고 다니며 일하는 척만 하는 것 같다. 갑자기 구석에서 나타난 어떤 여자가 정수기를 향해 걸어온다. 로즈는 벽에 몸을 바짝 붙여 서지만 마치 로즈가 거기 존재하지 않는 것처럼 그 여자의 시선은 로즈를 그냥 통과한다. 나를 못 보는 건가? 로즈는 가까운 사무 공간으로 다가가 데이터베이스 수치를 입력하고 있는 배가 불룩 나온 남자의 어깨를 건드려 보지만 반응이 없다. 손을 내밀어 자판을 쳐 보기까지 하지만 남자는 고개도 들지 않는다. 로즈가 전혀 보이지 않는다는 게 분명해졌다. 로즈는 다시 한 번 주위를 둘러본다. 그리고 이번에는 쓰레기 더미를 발견한다. 이걸 이제야 봤다는 게 믿어지지 않는다. 산더미처럼 쌓여 있는 종이와

서류와 문서와 이메일 들이 바닥으로 쏟아져 내리고 있는 데 그것들이 보이지도 않는다는 듯 행동하고 있는 여기 직원들 때문이었을 것이다. 이제 한 가지는 확실해졌다. 여기는 다크넷이 분명하다.

로즈는 코를 문지른다. 도대체 어떻게 된 거지? 로즈가 다크넷에 접근하게 되면 보통은 드림라인을 쉽게 찾을 수 있었다. 로즈는 아웃사이더이고 표식과 기호들을 모두 배웠으니까. 하지만 이곳에서는 어떻게 찾아야 할지 전혀 실마리가 보이지 않는다. 마치 아주 작은 부분만 작동하게 남겨 둔 채 코드 프로그램의 일부가 닫혀 버린 것 같다. 흔한 표식들이 모두 사라졌다. 로즈는 턱을 내민다. 여기서 시간 낭비할 이유가 없겠군. 로즈는 처음에 살펴본 곳을 왼쪽에 두고 사무실 하나하나를 구석구석 살핀다. 밖에는 햇빛이 빛나고 있지만 밖을 내다보는 사람은 하나도 없고, 모두들 일하는 척 화면을 손가락으로 두드리며 몰래 家에 접속해 있다. 사실 여기에는 가짜로 느껴지지 않는 게 없다. 심지어 화초까지도 먼지 낀 플라스틱으로 만들어진 것 같다. 그리고 모든 책상과 화면마다 시계가 놓여 있다. 시간은 돈이다. 벤저민 프랭클린이 아주 제대로 지배하고 있군.

마침내 로즈는 끝의 육중한 문 앞에 다다른다. 그리고 그 문에 달린 동그란 유리를 통해 밖을 내다본다. 문 너머의 공간은 색색의 테이블과 의자들이 줄지어 있는 구내식당이다. 로즈가 문을 열자 전자레인지 즉석 음식 냄새가 코를 찌른다.

식당 안은 바쁘게 돌아가고 있다. 가장자리를 따라 긴 줄이 이어져 있다. 하지만 여기도 마찬가지로 사무원들은 반쯤 죽어 있는 사람들 같다. 활기는 찾아볼 수 없고 모든 게 플라스틱처럼 느껴진다. 사람들은 플라스틱 토큰으로 플라스틱 음식을 사서 플라스틱 테이블에 앉아 먹기 위해 줄을 늘어선다. 로즈는 가까운 쟁반으로 몸을 내밀어 감자 칩을 슬쩍한다. 으! 이것 역시 플라스틱이다. 로즈는 생각에 잠겨 감자 칩을 씹어 먹는다. 이게 무슨 맛이지? 대체 뭘로 만든 거야? 보우의 번화가에서 파는 주코 시시케밥(중동 지역 요리로 양고기, 쇠고기 등을 포도주, 기름, 조미료로 양념해서 꼬챙이에 끼워 구운 것—옮긴이)이 지글지글 떠오른다. 폭발할 것 같이 생생하게 살아 있는 감칠맛과 입술을 날려 버리고도 남을 칠리소스, 마일엔드 공원(런던에 있는 공원, 제2차 세계대전 때 폐허가 된 땅에 조성됨—옮긴이)의 풀을 뜯어먹고 자란 양고기로 만든 케밥.

발코니에서, 헌터는 로즈가 중얼거리며 몸을 움찔거리고 눈동자를 이리저리 움직이는 것을 지켜본다. 로즈의 어깨에 손을 대고 "로즈?" 하고 속삭여보지만 대답이 없다. 헌터의 오른쪽에는 위험할 정도로 몸을 많이 내민 우마가 무대에서 눈을 떼지 못하고 있다. 헌터는 저 아래의 가수를 무시하고 오직 로즈에게만 집중하려고 인상을 쓴다. 적어도 한 사람은 정신을 집중해야 한다.

드래곤 홀에 있는 모든 RET스캔 렌즈마다 시타 데비의 목선과 가슴, 키보드에 얹은 그녀의 섬세한 손가락으로 꽉 차 있다. 무대 위에는 무용수들도 있다. 젊은 남자 하나가 그녀를 향해 달려오자 그녀가 그를 향해 몸을 돌리고, 남자가 그녀를 높이 들어 올리자 그녀는 기쁨에 차 머리를 뒤로 확 젖힌다. 이제 무용수들은 관중들을 향해 밀려나오기 시작하고, 조명이 그들의 환상적인 몸 위로 점멸하며 아치를 그린다. 완벽하게 하나가 되는 배우와 관중들. 가족이란 의미의 家가 만드는 완벽한 균형이다.

우마는 무대에 완전히 사로잡힌 채 지켜보고 있다. 그러니까 결국은 이것이었어……. 우마는 관중들이 느끼는 것을 온전히 느끼지는 못한다. 하지만 짐작은 할 수 있다. 감정, 통합, 유대감, 그리고 이 모든 게 너무나 완벽해서 도저히 믿기 어려운 느낌일 것이다. 우마는 슬리퍼들이 세상일에 어떻게 그렇게 눈감아 버릴 수 있는지 늘 의아하게 생각했다. 그저 상관하지 않는 거라 생각했다. 하지만 이제야 알겠다. 그들은 그들만의 새로운 세상을 만들어 냈던 것이다.

구내식당 안, 로즈는 시간을 확인한다. 코드 프로그램이 닫혀 버리기 전에 실마리를 찾으려면 무슨 일이라도 해야 한다. 이 사람들, 이 장소에 대체 뭐가 있는 걸까? 이곳을 좀 휘저을 필요가 있다. 음식이 있는 곳으로 다가간 로즈는 감자 칩을 한 움큼 집어 회사원들이 몰려 있는 곳에 내던진다. 고개를 드는 사람 하나 없자 로즈는 다시 쿵쾅거리며 배식대 쪽으로 가서 높이 쌓여 있는 더러운 쟁반들을 바닥에 내동댕이친다. 반응이 없기는 마찬가지. 그들에게 로즈는 보이지도 않고 들리지도 않는다. 그런데 그 순간 뭔가 달라지는 느낌. 로즈는 식당의 반대편 끝에서 자신을 정면으로 쳐다보고 있는 관리인을 발견한다. 정말 나를 볼 수 있는 거야? 로즈가 그에게 시선을 고정한 채 피자 조각을 집어 들어 그의 얼굴을 향해 던진다. 관리인은 얼굴을 찡그리더니 무전기에 대고 중얼거리며 식당을 가로질러 로즈를 향해 다가오기 시작한다.

제복을 입은 남자들이 잡으러 올 때까지 늘 기다리고만 있었다면 로즈는 지금껏 살아 있지 못했을 것이다. 비상문을 향해 재빨리 달리기 시작하지만 문을 계단 쪽으로 미는 순간 고함 소리가 들려 돌아보니 무장한 군인들이 위층에서 그녀를 향해 돌진해 오고 있다. 로즈는 잠시 망설인다. 프로그램을 종료하고 싶지는 않지만 일단 도망은 쳐야 한다. 그리고 순전히 본능에 의해 로즈는 아래층을 향해 계단 난간을 뛰어 넘는다. 하지만 로즈가 도약하는 순간 프로그램 전체가 요동치듯 엄청난 에너지가 그녀 안에서 폭발한다.

발코니에서 앞으로 기울어진 로즈는 헌터가 붙들어 끌어올리기도 전에 저 아래 무대 위로 쿵 하고 떨어져 내린다.

계단으로 떨어지며 충격으로 발목이 꺾이자 로즈는 비명을 지른다. 어떻게 통증을 느낄 수 있는 거지? 접속을 끊기 위해 임플란트로 손을 뻗지만 사라졌다. 안에 갇혀 버렸다! 군인들이 점점 가까이 다가오고 있다. 로즈는 가까스로 일어서 도망친다. 문을 부술 기세로 밀어 젖히고 분주한 주방으로 돌진한 로즈는 분홍색 젤리가 담겨 있는 커다란 쟁반을 가까스로 피하고 여러 대의 전자레인지들을 뛰어넘는다.

발코니 끝에서 헌터는 우마를 흔든다.
"야!"
우마가 깜짝 놀라 숨을 들이쉰다. 홀은 아수라장이다. 시타 데비는 그랜드 피아노에서 반쯤 몸을 일으켜 세웠고, 그녀를 둘러싼 무용수들은 입을 떡 벌리고 로즈가 무대 위를 제멋대로 달리다가 신시사이저를 들이받는 모습을 지켜보고 있다.

로즈가 주방 뒤로 빠져나가고 문이 뒤에서 쾅 닫히자 갑자기 불이 나가 버리며 암흑천지가 된다. 발을 헛디뎌 세게 넘어지면서 오른손으로 유리를 박살낸다. 로즈는 피가 손목에서 뿜어져 나오는 것을 느낀다. 어떻게 피를 흘릴 수 있지? 이건 절대 평범한 프로그램이 아니다. 만약 여기서 다치면 정말로 다친다는 뜻이다. 여기서 빠져나가야 한다. 다시 한 번 빠져나가 보려고 임플란트를 더듬으려 하지만 프로그램은 응답하지 않는다. 이제 군인들이 곧 들이닥칠 테니 숨어야 한다.

비틀거리며 일어서서 앞으로 나아가다가 벽 앞에 다다른다. 로즈는 손을 쭉 뻗어 전등 스위치를 찾기 위해 벽면을 쓸어 본다. 손에 무언가가 걸리자 손가락으로 탁 쳐 올린다. 이거야! 불빛이 깜빡이며 들어오자 지저분한 뒷방이 모습을 드러낸다. 바닥에는 폐

품과 먼지가 뒹굴고 있고 줄에는 빨래가 널려 있고 방 끝에는 때
묻은 매트리스들이 쌓여 있다. 로즈는 방을 둘러본다. 심장이 철
렁 내려앉는다. 여기에는 출구가 없다!

공연장 내부. 우마가 발코니 난간을 붙든다.
"로즈를 저기서 빼내야 해."
헌터는 무대를 향해 달려가고 있는 보안요원들을 고갯짓으로 가
리키며 말한다.
"내가 저 사람들을 맡을 테니까 네가 로즈를 구해 내. 알았지?"
우마가 고개를 끄덕인다.
"최대한 많이 상대해 줘. 나는 뒤로 돌아 들어가서 신시사이저 옆
에서 접속을 끊어 버릴게. 임플란트를 박살내야겠어. 로즈를 빼내려
면 그 수밖에 없어."
둘은 동시에 발코니에서 뛰어내린다. 관중들이 식식거리며 고함치
는 소리를 뒤로하고, 착지하자마자 헌터는 무대 위로 밀려 올라오고
있는 보안요원들을 향해 내달린다. 우마는 커튼 뒤쪽으로 돌진해
로즈가 숨어 있는 신시사이저 받침대로 향한다.

주방 뒷방. 이제 군인들이 들이닥치기까지 로즈에게는 몇 분밖
에 남지 않았다. 이 방 끝은 화장실이다. 혹시 거기에 출구가 있
을까? 로즈의 마지막 희망이다. 로즈는 그쪽으로 달려가 온몸
에 무게를 실어 문을 밀어 보지만 잠겨 있다. 위쪽을 보니 화장실

문 꼭대기에 직사각형 창이 있다. 사방을 뱅 둘러본 후 로즈는 책상을 창 아래에 끌어다 놓고 의자를 탁 올린다. 그 위로 기어올라가 창턱을 움켜잡고 다른 한 손으로 잠긴 창의 걸쇠를 풀어 연 후, 밑의 의자를 차 내버리고 다리를 차올려 창문 틈으로 나간다. 화장실 안으로 떨어지는 순간 지독한 악취가 풍겨 온다. 로즈는 미친 듯이 사방을 둘러본다.

'여기에도 밖으로 통하는 문은 없어.'

탈출의 유일한 희망이 날아가 버렸다. 밖에서 군인들 소리가 들려온다. 이제 할 수 있는 일은 숨는 것뿐이다. 이 안까지 확인하지 않기만을 기도해야 한다. 가장 가까운 칸막이 안으로 달려 들어가 문을 가만히 닫는다. 여기저기 대변이 튀어 있는, 녹슨 화장실 변기 위에 쪼그리고 앉아 공포에 질린 심장 박동을 잠재우려 애쓴다. 이곳으로 총알 하나만 날아들어도 바로 죽음이다.

드래곤 홀은 지극히 고요하다. 연주자들도 얼어붙었고, 관중들도 놀라고 어리둥절해서 RET 인핸서를 끈다. 그 고요 속에서 로즈는 신시사이저 뒤에서 뛰쳐나와 무대를 가로질러 그랜드 피아노의 다리에 가서 쾅 부딪힌다. 잠시 거기 멍하게 누워 있던 로즈는 몸을 구부려 공처럼 단단하게 말더니 두 팔로 시타 데비의 다리를 감싸 안는다. 얼굴이 공포로 일그러진 가수는 보안요원들에게 물러나라고 손짓한다. 이 미친 아이가 그녀에게 무슨 짓을 할지 누가 알겠는가?

화장실 안에서 몸을 구부리고 있던 로즈는 군인들의 발자국 소리와 화장실 자물쇠를 박살내는 총소리를 듣는다. 극심한 두려움에 떨며 로즈는 쪼그리고 앉는다. 여기는 탈출구도 없고, 점프를 하거나 뛰어내리는 것조차 불가능하다. 여기서 도저히 빠져나갈 방법이 없다. 그녀와 총알 사이에는 달랑 이 더럽고 녹슨 문 하나뿐이다. 로즈의 시선이 이 망가진 틀을, 얼룩진 금속판을, 자기 정면에 깊게 새겨진 낙서의 문구를 쓸고 지나간다.

저기, 이 음울한 강가를 지배하는 자, 카론(그리스신화에서 죽은 자를 저승으로 건네준다는 뱃사공-옮긴이)이 서 있다!

로즈가 놀라 눈을 크게 뜬다. 이거야? 이게 단서일까? 다음 줄도 읽으려 애써 보지만 시간이 없다. 화장실 문이 벌컥 열리고 한순간 로즈는 코삭의 헤클러 앤 코프사의 MP7을 정면으로 노려보고 있다.

드래곤 홀 무대 위. 누군가 갑자기 번개처럼 움직인다. 우마가 커튼 뒤에서 나와 무대를 가로질러 그랜드 피아노를 향한다. 보안요원 둘을 피해 로즈 위에 올라탄다. 그리고 그녀의 손가락이 친구의 이마를 향하고…….

군인이 로즈를 내려다보며 미소 짓고, 방아쇠에 걸린 손가락에 힘이 들어간다. 로즈는 공포에 질려 비명을 지른다. 그 순간 갑자기 군인의 몸이 두 갈래로 찢어지며 총이 바닥에 털커덕 떨어지고 얼굴이 공포로 일그러진다. 그리고 그가 비명을 지른다.

억센 주먹이 우마의 턱을 친 순간 옆으로 나가떨어진다. 보안요원이 우마 위에 올라타 로즈로부터 떼어내려 한다. 침을 뱉고 몸을 이리저리 비틀며 우마는 몸을 빼내려고 필사적으로 저항한다. 이미 제자리를 벗어난 로즈의 임플란트에 손가락이 닿을락말락한다. 저것을 부수지 않으면 로즈는 죽고 말 것이다.

파도처럼 질척한 하수와 오물이 화장실 벽을 뚫고 밀려들면서 로즈가 있던 칸이 박살나며 옆으로 밀려난다. 액체가 그녀를 덮치자 로즈는 필사적으로 변기를 붙들고 늘어진다. 하지만 버틸 수가 없다. 파도가 너무 세서 손이 미끄러지고 만다. 그러고는 어느새 떨어지며, 숨이 막힌다. 아래로, 아래로, 점점 아래로. 지하 수로와 파이프들을 따라 맹렬한 속도로 곤두박질친다. 거대한 지하 터널이 로즈를 향해 돌진해 오고 있다.

로즈는 어마어마한 충격과 또한 뾰족한 돌과 쇳덩이에 내장을 관통당할 마음의 준비를 한다. 그런데 아무 충격도, 충돌도 없다. 로즈는 계속 떨어지고 있다. 이제 그녀는 물속에, 강물에 있다. 하지만 아직 살아 있다. 어떻게? 아래로, 아래로, 아래로 다시 떨어지기 시작하며 심연으로 곤두박질친다. 그리고 빛의 폭발과 함께 로즈 밑에서 드림라인이 모습을 드러낸다.

여기 있었어! 드림라인을 향해 아래로 내려간 로즈는 손을 더 듬어 고동치는 네트워크를 붙잡으려 한다. 순도 100퍼센트의 눈부신 에너지가 로즈의 몸을 마구 찔러댄다. 오랫동안, 마치 영원한 순간처럼 로즈는 '그곳'에 있다. 시간과 공간의 모든 지점에 연결되고 중앙컴퓨터에 접속된 것이다. 그러다가 다시 모두 사라지고 암흑이 로즈를 감싼다. 로즈의 몸이 드림라인의 반대쪽에서 곧장 튀어나오고, 잠시 후 강바닥에 처박힌다. 부드럽고, 질척질척하고 지반이 약한 바닥을 엄청 세게 때리자 흙이 거대한 구름처럼 뭉게뭉게 피어오른다. 로즈는 의식을 잃고 누워 있다. 다시 일어설 의지를 잃어버린 채.

로즈는 무대 위에 미동도 없이 누워 있다. 우마는 보안요원들에게 눌린 채 짐승처럼 비명을 지른다. 그리고 무대 저 끝에서 헌터가 달려와 우마를 누르고 있는 요원들에게 돌진해 주먹질과 발길질을 소나기처럼 퍼부어 댄다.

거센 조류가 로즈를 덮친다. 눈을 뜬 채, 심장이 얼어붙은 채로 마지막 남아 있던 따뜻한 피가 그녀의 심장을 떠난다.

어느 순간 우마가 풀려나 있다. 마구 엉켜 있는 여러 개의 팔다리 밑에서 빠져나와 로즈에게로 몸을 던져 친구의 이마를 꽉 움켜잡는다.

"로즈! 정신 차려!"

하지만 어디선가 다른 요원이 나타나 우마의 목을 잡아당겨 떼어낸다. 우마는 자포자기의 심정으로 친구의 하얀 볼에 마지막 한 방을 날린다. 요원이 우마의 머리카락을 잡아 피아노 다리에 패대기친다. 얼마간 우마는 기절한 듯 가만히 누워 있다. 그런데 우마 뒤에서 로즈가 움직인다. 몸뚱이가 들썩이고 두 손이 경련하듯 위로 올라온다.

　　강바닥에서 로즈가 눈을 뜬다. 마지막 의지 한 조각과, 폐에 남아 있던 산소 찌꺼기를 모아 수면을 향해 돌진한다. 미친 듯이 발을 차다가 수면 위로 폭발하듯 올라오며 공기를 움켜잡는다.

무대 위, 로즈는 눈을 뜨고 거친 숨을 몰아쉬며 목청이 터지도록 소리를 친다.

"저기, 이 음울한 강가를 지배하는 자, 카론이 서 있다!"

로즈가 바닥으로 쓰러지기 직전, 임플란트가 뜯겨나가고 오른쪽 눈이 고통으로 찢어질 듯하다.

잠시 동안 드래곤 홀의 모든 이들이 숨을 죽이고 성난 요원들 한가운데에 있는 여자아이를 지켜본다.

"잠깐!"

시타 데비가 놀란 눈으로 로즈를 쳐다본다. 그러더니 로즈와 남자들 사이로 몸을 던진다.

"이 아이에게 손대지 말아요."

그리고 일어나 관중들을 향해 돌아서서 허리를 굽힌다.

"신사 숙녀 여러분, 오늘 공연은 끝났습니다."

그리고 경호원들에게 침입자들을 데려오라고 지시한 뒤 무대 위를 내려간다.

무대 계단 아래에서 시타 데비가 무대 매니저를 향해 돌아서서
말한다.

"그 아이들을 내 방으로 데려오세요."

그가 얼굴을 찡그린다.

"뜻을 최대한 존중해 드리고 싶지만 그건 어렵습니다. 이건 안보
를 위협한 중차대한 일입니다."

시타 데비가 입을 비죽거린다.

"십 대 셋이요?"

"그들에게 공격을 당하셨습니다. 외관상으로는 빈민가 아이들로
보입니다."

시타 데비가 일어서서 그를 힐끗 본다.

"그 아이들은 저를 공격하지 않았어요. 제 뜻대로 해 주세요. 아직 어린애들인데, 체포되는 것은 원치 않아요."

"정 그러시다면 알겠습니다. 하지만 제 뜻과는 아무 상관없는 일입니다."

시타 데비의 아름다운 얼굴 위로 미소가 번진다.

"잘 알고 있어요. 이제, 세 명 다 제 방으로 데려다 주세요."

우마와 헌터는 출혈을 멎게 하기 위해 로즈의 팔을 위로 높이 올린 채로 함께 부축해서 데리고 온다. 잠시 후 시타 데비가 분장실 앞에 나타난다. 서둘러 세 아이들을 방 안으로 들이고 보안요원들을 밖에 둔 채 문을 쾅 닫아 버린다.

"아이를 여기 눕혀."

시타 데비는 방구석에 있는 긴 의자를 가리킨다.

헌터와 우마는 로즈를 의자에 가만히 눕히고, 시타 데비가 로즈 가까이로 몸을 숙이는 모습에 매료되어 그 모습을 지켜본다. 그녀는 오히려 무대 아래에서 더 아름답고 더 생생하다. 마치 그녀의 드레스를 촛불의 빛으로 짓기라도 한 듯, 모든 것이 은은하게 빛난다. 시타 데비는 로즈의 머리를 이마 위로 쓸어 넘기며 완벽하게 맑은 목소리로 가만히 노래를 부르기 시작한다.

저기, 이 음울한 강가를 지배하는 자, 카론이 서 있네.
누추한 사공, 다듬지 않은 더러운 턱수염이 덥수룩하고
움푹 꺼진 두 눈은 불타오르고 있네.

허리끈 하나가 악취 나는 때 묻은 외투를 동여매고 있네.

놀란 로즈가 눈을 커다랗게 뜨고, 다치지 않은 손을 뻗어 시타의 팔을 잡으려고 한다.

"그거였어요. 그 시…… 그 낙서…… 화장실 문에 있던 걸 봤어요. 우마가 날 빼내기 직전에."

"진정해."

우마가 미간을 찡그린다. 로즈의 눈꺼풀이 떨리다가 다시 감긴다. 그리고 우마가 몸을 돌려 시타의 얼굴을 정면으로 쳐다본다.

"어떻게 된 거죠? 어떻게 그걸 알고 있는 거예요?"

시타는 우마의 눈을 마주 본다.

"왜냐하면 나도 파수꾼에게 가는 길의 안내자이니까. 그 시가 내가 맡은 일이야."

우마가 숨을 삼킨다.

"당신도 우리 사람인가요?"

"그래."

우마와 헌터가 놀라움에 찬 시선을 주고받는다. 이게 꿈이 아닌 거야?

"그럼 이제 우리가 뭘 해야 하는지도 알고 있나요?"

시타가 고개를 끄덕인다.

"뱃사공의 자리로 가야 해."

"그게 뭐예요?"

"템스 강가에 있는 오래된 뱃사공 쉼터야."

우마가 얼굴을 찌푸린다.

"템스 강가 어디요?"

보석 장식이 달린 머리가 흔들린다.

"그건 나도 몰라."

"어떻게 모를 수가 있죠?"

시타가 눈길을 떨어뜨린다.

"미안해. 하지만 내가 아는 건 한 가지뿐이야. 그게 파수꾼의 체계야. 혹시 모르니까……."

우마가 눈을 감는다.

"알아요, 배신에 대비하려는 거죠."

시타는 우마를 보고 헌터를 본다.

"이 일을 하기엔 너무 어려 보이는구나. 혹시 이름을 물어도 되겠니?"

"제 이름은 우마예요. 젤라 섀터가 제 이모이고 구이도 페르난데스가 제 사촌이에요. 이 아이는 보우 빈민가의 로즈 맥과이어, 그리고 얘는 헌터 내시. 친구예요."

시타가 놀란 얼굴로 우마를 유심히 본다.

"그러니까 네가 젤라의 조카구나. 난 너를 알아. 하지만 대체 어쩌다가 네가 이 임무를 떠안게 된 거지? 이모와 사촌은 다 어디에 가고?"

"젤라 이모는 어제 벨마시에 잡혀 들어갔고, 그리고 사촌 구이도는…….."

우마의 목소리가 뚝 떨어진다.

"아일 오브 독스에서 마지막으로 봤어요."

시타가 헌터를 물끄러미 본다.

"넌 시민이구나, 그렇지?"

헌터가 고개를 끄덕인다. 어떻게 아는지는 도대체 모르겠지만, 정말 모르는 사람이 없다.

"이런 말하는 것 용서해 다오. 하지만 우리가 어떻게 너를 믿을 수 있지?"

우마의 얼굴이 빨개진다.

"믿을 수 있으니까요. 지난 이틀간 헌터는 스스로 신뢰를 증명해 보였어요."

시타가 일어선다.

"우마, 너와 단둘이 잠시 얘기를 좀 해야겠구나."

우마가 헌터를 흘깃 본다. 그들은 이 일을 함께하기로 했다. 더 이상의 비밀은 없기로.

"우마, 부탁이야."

헌터가 가만히 고개를 끄덕한다.

"어서 가, 난 로즈랑 여기에 있을게."

우마가 일어나 시타를 따라 응접실 끝에 있는 분장실로 들어간다. 시타가 문을 닫는다.

"정말 이걸 구이도에게 가져가지 않을 생각이니?"

"네."

우마가 잠시 망설인다. 이 여인에게 모든 걸 숨김없이 말해도 될까? 너무나도 그러고 싶다. 시타의 마음이 깨끗하다는 것을 알겠다. 그녀는 젤라 이모를 연상시킨다. 살아남겠다는, 끝내 이기겠다는 차갑고 강철같은 의지.

우마가 침을 넘긴다.

"제 생각에는 구이도가 저와 헤어지자마자 헌터를 죽이라고 명령한 것 같아요. 그 직전에 제가 코드에 대해 말해 줬는데 아마도 흔적을 없애려고 한 게 아닌가 싶어요. 그게 아니라면 코드를 혼자 차지하고 싶었던 거거나. 모르겠어요. 하지만 오빠는 코삭에게 잡힌 고위급치고는 너무 금방 풀려났어요."

마지막 말을 한 후, 우마의 얼굴이 새빨개진다.

"그게 그렇다고, 오빠가 배신을 했다는 얘기는 아니고……. 하지만 모르는 거니까……. 그리고 전 이 일을 확실하게 해야 하니까."

시타가 한숨을 쉰다.

"정말로 충분히 생각해 본 거니? 코드의 자취를 은폐하기 위해 죽이라고 한 게 맞을 거야. 구이도는 뼛속까지 아웃사이더인 사람이야. 위원회에 몸담고 있고. 우리의 안전을 지키기 위해서, 이 운동을 지켜나가기 위해서 매일 힘든 결정을 내려야 하지. 리더가 된다는 건 어려운 선택을 해야 한다는 것을 의미한단다."

"내 친구를 죽이는 선택이요? 빈민가로 데려온 손님을요? 그런 운동이라면 저는 발 빼고 싶네요."

"다른 선택은 없다고 느꼈을지도 몰라. 사방에서 우릴 압박해 오고 있고, 그 애는 스파이일 수도 있었어. 정말 옳은 길을 택했다고 확신하는 거니?"

우마는 자신이 떨고 있음을 느낀다. 이 부담을 덜어 버릴 수만 있다면, 다시 사촌을 믿고 자유가 될 수만 있다면 달리 바랄 게 아무것도 없다. 하지만 젤라에게 약속을 했다. 그리고 구이도가 한 짓은 절대로 용서할 수 없다.

갑자기 누가 문을 두드린다. 시타는 벽으로 가서 복도 스캐너를 작동시킨다. 드래곤 홀 무대 책임자의 땀에 젖은 얼굴이 화면에 나타난다. 그 뒤에 어떤 움직임을 시타가 감지한다. 코삭 제복을 입은 군인이 통로의 어두운 쪽으로 몸을 숨기는 게 언뜻 보인다.

시타는 모니터를 끈다.

"얼른, 여기서 빠져나가야겠어. 군인들이 왔어! 이 창을 통해서 저 아래 골목으로 피해!"

"하지만 로즈는 어떡해요? 여기다 두고 갈 순 없어요."

또 한 번 문 두드리는 소리, 이번에는 아까보다 더 다급하다.

"걱정하지 마. 내가 최선을 다해서 보호할게."

시타의 얼굴에 자조적인 미소가 어린다.

"내가 괜히 디바는 아니란다."

우마는 잠시 꼼짝도 않고 서 있다. 로즈! 로즈에게 무슨 짓을 한 건가. 아무 보호 장치 없이 코드 프로그램 안으로 들여보냈고 이제는 코삭 코앞에 그 애를 남겨 두고 떠나려 하고 있다. 하지만 이 여인의 말이 맞다. 로즈는 도망칠 상태가 아니다. 그리고 우마는 목숨을 걸고 달려야 한다. 우마는 응접실로 연결되는 문을 벌컥 연다.

"헌터, 우리 지금 여기서 나가야 해!"

헌터가 재빨리 방을 가로질러 와 분장실 창가에 서 있는 우마 옆에 선다. 그리고 무거운 유리판을 위로 들어 올린다. 또 한 번 문 두드리는 소리가 들리고 이번에는 시타 데비가 스캐너를 작동시킨다.

"네, 무슨 일이죠?"

책임자의 걱정스런 얼굴이 화면을 채운다.

"괜찮으십니까? 제가 좀 들어가도 되겠습니까?"

"폴, 정말이지 지금은 좀 곤란하네요."

"네, 하지만 소동이 좀 있었다고 들었습니다."

"정말 아무 일 없어요. 그리고 지금은 그냥 혼자 있는 편이 나을 것 같네요."

그의 눈동자는 깜빡이지만 목소리는 여전히 차분하다.

"저 혼자 왔습니다. 아주 잠깐만 들여보내 주시면 마음이 한결 놓일 것 같은데……."

시타는 우마가 뛰어내리는 것을 곁눈으로 본다. 더 시간을 끌었다가는 저들이 문을 부숴 버릴 것이다.

"그렇게 고집하신다면 할 수 없네요. 옷을 챙겨 입을 시간은 주세요."

헌터가 열린 창으로 다리를 내미는 것을 보며 시타는 연결을 끊는다. 그리고 헌터 곁으로 달려가 그의 손을 잡아챈다.

"저 애를 떠나면 안 돼, 헌터. 약속해 줘."

헌터는 까맣게 아이라인을 그린 그녀의 눈을 들여다본다.

"당신은 정말로 아웃사이더인가요?"

"그래."

"하지만 정말로 그냥 시민처럼 보여요."

시타 데비는 고개를 옆으로 꺾는다.

"겉보기에는 그래. 어쩜 너도 마찬가지 아닐까, 헌터? 이제 가, 죽도록 빨리!"

헌터는 고개를 끄덕 하고 뛰어내린다. 시타 데비가 그 모습을 지켜본다. 그의 몸이 저 아래 쥐들이 우글거리는 골목으로 떨어져 바닥에 착지한 후 한 바퀴 굴러 골목 끝에 서 있는 우마를 향해 정신없이 달려 나간다. 눈물이 솟아오르려고 하자 시타는 눈을 질끈 감는다. 창문을 닫고 문을 향해 돌아서는 순간, 그녀의 표정은 당당하게 바뀌어 있다.

복스홀의 군사본부. 클라크 지휘관이 감방 안으로 저벅저벅 들어온다. 가장 가까이 서 있는 부하가 리오에게 거칠게 헤드락을 걸고 있다. 클라크는 마음을 독하게 먹는다. 이 아이를 천천히 망가뜨릴 시간이 그에겐 없다. 이 아이가 메시지를 전해 줘야 한다. 방금 들어온 소식에 따르면 헌터와 아웃사이더 여자아이가 체포 직전 또 그들의 손을 빠져나갔다.

클라크가 까딱해 보이자 감방에 있는 다른 군인이 톱니 모양의 펜치를 꺼내 들고 리오의 손을 붙잡아 엄지에 펜치를 갖다 댄다.

리오가 공포에 질려 비명을 지른다.

"안 돼!"

클라크가 손을 든다.

"쯧쯧, 시끄러워 죽겠군. 난 이제 너의 그 한심한 거짓말에 지쳤어. 그러니까 지금부턴 이 방법을 쓸 거야. 네가 우릴 도와주면 우리도 널 돕는다. 그러지 않았다간 내 말 한마디면 저 사람이 네 엄지손가락을 뜯어내서 쓰레기통에 던져 버릴 거야. 리오, 넌 전화 한 통화만 하면 돼."

리오는 갑자기 미친 듯이 흐느끼며 무너져 내린다. 그리고 클라크가 신호를 보내자 군인이 리오를 놓아 준다. 아주 잠깐 클라크는 눈을 감는다. 더 이상 진행하지 않아도 되어 어찌나 다행인가. 그는 리오의 RET스캔을 테이블 위로 밀어 준다.

"제대로 잘하는 게 좋을 거야. 네 목숨이 달렸으니까."

헌터와 우마는 레스터 광장 뒤쪽을 달려 차이나타운을 가로질러 얼기설기 얽혀 있는 소호의 뒷골목으로 들어선다. 헌터가 갑자기 우마를 덥석 잡아 세운다.

"어디로 가고 있는지는 알고 가야 할 거 아냐. 이렇게 무조건 뛰는 건 아무 소용없어."

우마가 고개를 끄덕인다.

"하지만 어떻게?"

"내 RET를 켤 거야. 마지막으로 제대로 작동하길 빌어 줘."

"안 돼, 너무 위험해. 코삭들이 곧바로 우릴 찾아낼 거야."

"다른 방법이 없어, 우마. 뱃사공의 자리가 어디인진 알아내야 할 거 아냐."

우마가 손등으로 이마를 닦아 낸다. 헌터 말이 맞다. 하지만 자기 친구들을 위험에 빠뜨리는 것도 이제 신물이 난다. 우마는 헌터를 가만히 본다. 일이 다 끝나고 나면 이 애는 어쩌려는 걸까?

"알았어, 해. 하지만 최대한 빨리 끝내."

헌터가 장치를 켜고 렌즈의 전원이 들어오길 잠시 기다린다. 렌즈가 깜빡이더니, 잠시 뿌옇게 흐려진다. 하지만 家 상징 문양을 알아볼 수 있다. 접속 완료.

"연결됐어."

헌터는 서둘러 지명을 입력하고 렌즈 위로 정보가 흘러나올 때까지 조바심을 치며 인상을 쓰고 있다.

"됐어! 뱃사공의 자리는 뱅크 사이드, 서더크 브리지 옆에 있어. 길 알아?"

우마가 코웃음을 친다.

"나는 태어나면서부터 이 도시를 꿰고 있어. 니들 슬리퍼들이 밤에 이불 속에 쏙 들어가 꿈이나 꾸고 있을 때 여기는 우리 세상이라고."

헌터가 씩 웃는다.

"그래, 어련하겠냐."

그리고 전원을 끄려고 하는데 갑자기 귀를 찢을 듯한 벨소리가 터져 나온다.

"아아아에에에에에에에이이이이오우-우-우-우-우-우-우아아아아아아!"

헌터의 몸이 굳어진다. 리오? 우마가 손사래를 친다.

"받지 마!"

헌터의 손가락이 파워 스위치 위에 있다. 하지만 리오잖아. 리오를 그냥 무시할 수는 없다. 받아야만 한다. 헌터는 '연결'을 누른다.

"리오?"

리오의 명랑한 목소리가 헌터의 귓속을 파고든다.

"요, 아미고, 어디 있는 거?"

우마는 어처구니가 없다는 듯 두 손을 확 떨어뜨린다.

헌터는 한 발 물러선다.

"풀려난 거야?"

"그래, 코삭놈들, 나 같은 사람을 오래 붙잡아 두진 못하지. 암만 심문해 대도 내가 암껏두 말 안 해 줬더니 보내 주더만. 어쩌겠어? 근데 너랑 할 말 있어, 급해."

"안 돼."

"하지만 난 너랑 얘길 해야겠어. 너한테 할 말이 있다고. 지금 당장. 놈들이 듣고 있을지도 모르니까 이렇게는 안 되고. 지금 어디야?"

"난……. 난 말 못해."

감방 안에서 리오가 클라크를 쳐다보자, 클라크는 입모양으로만 말한다.

'계속 말하게 해.'

GPS 추적기의 디지털 눈금이 소호 지역으로 좁혀 들어간다.

리오가 침을 삼킨다.

"헌터, 너 나한테 아주 제대로 빚졌다고. 그렇게 발길질을 당하면서도 놈들한테나 너희 아빠한테나 암말도 안 했어. 그러니까 난 지금 부탁하는 게 아니라 당당히 요구하는 거야. 지금 너랑 얘길 해야겠어. 몇 분이면 돼."

우마가 헌터의 어깨를 붙들고 끊으라는 몸짓을 한다.

헌터가 얼굴을 찡그린다.

"하지만, 리오……."

"입 안 닥칠래? 난 24시간 동안 한 잠도 못 잔 데다 배는 고파 죽을 지경이야. 그런데도 널 돕겠다고 기꺼이 시내까지 이 몸을 끌고 가겠다는 거 아냐. 적어도 나한테 맥주랑 스위트빈 국수 한 그릇은 사야 한다고."

헌터가 손가락으로 관자놀이를 누른다.

"정말 나중에 하면 안 되는 얘기인 거야?"

"그럼!"

"게다가 그냥 여기다가 말할 순 없는 거고?"

"절대."

"알았어. 하지만 맹세코 절대 5분 이상은 못 줘. 뱅크 사이드에 있는 서더크 브리지 근처로 갈 거야. 글로브 극장 앞에서 30분 뒤에 만나. 시간 맞출 수 있어?"

"당근. 거기서 만나, 친구. 고마워."

헌터가 접속을 끊자, 우마가 헌터의 가슴팍을 밀친다.

"너 지금 뭐하자는 거야?"

헌터의 눈빛이 타오른다.

"얘는 나랑 제일 친한 애고, 만나 달라고 사정을 하고 있잖아. 이 세상 천지에 너만 있는 건 아니라고, 알아?"

"오늘은 아무도 믿을 수가 없어. 코삭들이 도청하고 있을 수도 있다고. 코삭들이 왜 풀어 준 건지는 물어 봤어?"

"너희 쪽 사람들은 믿을 수가 없겠지. 리오는 그럴 애가 아냐. 우리 둘 사이의 통화를 도청당하게 한 적은 한 번도 없어."

"그럴 애가 아냐? 코드를 훔친 애잖아, 기억 안 나?"

"그래, 하지만 다신 허튼짓 안 한다고 약속했잖아. 자기 형의 목숨을 걸고 맹세했다고."

우마가 홱 돌아선다.

"들려? 사이렌 소리야!"

우마는 지붕으로 연결된 홈통을 잡는다.

잠시 후 코삭들이 소호 뒷골목으로 밀려든다. 하지만 헌터와 우마는 이미 지붕을 타고 글래스하우스 가의 어느 안뜰로 미끄러져 내려가고 있다.

"날, 따라 와."

우마가 속삭이고 둘은 함께 헤이 마켓 쪽으로 남쪽을 향해, 강을 따라 달려간다.

시타 데비가 방 안을 서성거린다. 할 수 있는 모든 것을 다해 보았지만 코삭들은 심문을 해야 한다며 로즈를 끌고 가 버렸다. 뭐라도 해야 한다. 우마 손에 있는 코드가 무사하지 않을 게 뻔하다. 우마는 너무 어리다. 하지만 이 정도로 엄청난 정보를 누굴 믿고 말할 수 있을까? 그다! 그가 유일한 사람이다. 시타가 눈을 감고 손을 임플란트로 뻗어 그의 번호를 입력하자 잠시 후 친숙한 목소리가 흘러나온다. 시타 데비는 숨을 깊이 들여 마신다.

"말씀 드릴 게 있어요…….."

한 5분쯤 흘렀을까, 얘기를 모두 쏟아 낸 뒤, 시타는 잠시 멈춘다.

"이 말씀을 드리는 게 옳은 결정이었을까요?"

아일 오브 독스에 있는 금방이라도 무너질 듯한 집에서 해리가 고개를 끄덕인다.

"그래, 시타, 아주 잘했구나. 걱정하지 말거라, 아가. 내가 도울 사람을 보낼 테니."

전화를 끊은 후, 해리는 침울한 얼굴로 돌아선다.

"우리가 우마를 찾은 것 같구나. 그 애가 코드를 가지고 있다는 얘기는 왜 안 한 거냐?"

"그게, 그러고 싶었어요. 하지만……."

해리가 한숨을 쉰다.

"안다. 비밀을 지키고 싶었던 게지. 잘했다."

"지금 어디 있대요?"

"뱃사공의 자리로 가고 있고, 코삭들이 뒤쫓고 있다는구나."

구이도가 자리에서 벌떡 일어난다.

"그게 어디죠?"

"뱅크 사이드, 서더크 브리지 근처에 있어. 글로브 극장 쪽 어느 담에 박아 둔 걸로 기억하는데. 아득한 옛날, 뱃사공이 그곳에 잠들었지. 서둘러 가거라."

그때 갑자기 현관문을 요란하게 두드리는 소리가 들리더니 패츠가 방 안에 불쑥 들어선다.

구이도가 고개를 들고 패츠의 멍든 얼굴을 본다.

"다친 거야?"

두 사람은 한참 말없이 눈길만 주고받는다. 그리고 패츠가 시선을 떨군다.

"괜찮아요, 암것두 아니에요."

구이도가 권총을 집어 든다.

"따라 와."

그리고 성큼성큼 걸어 나가며 해리에게 꾸벅 인사한다.

"우마를 무사히 데려올게요."

패츠도 휙 돌아서서 멍든 손목을 주무르며 구이도를 쫓아 뛴다.

두 사람이 떠난 후, 해리는 지저분한 분홍색 소파에 가만히 앉아 강물 소리를 듣는다. 왜 늘 이렇게 폭력과 공포가 난무해야만 하는 걸까? 해리의 눈에는 인류가 거꾸로 가고 있는 것 같다. 복스홀의 강의 이미지가 떠오른다. 그들은 그 강을 '켈트 족의 묘지'라고 부른다. 로마와 치열한 전쟁 끝에 수천 개의 해골이 던져진 곳. 죽음과 파괴임에는 분명했으나 그 시절에는 적어도 명예가 있었다. 겸손함도 있었다. 전투가 끝나고 나면, 사람들은 영혼은 물로 몸뚱이는 자연으로 되돌렸다. 지금은 전투는 끝날 줄 모르고 몸뚱이는 길거리에서 썩어 가게 놔둘 뿐이다.

헌터는 글로브 극장의 담에 몸을 바싹 붙이고 길게 숨을 내뱉는다. 여기까진 잘 왔다. 밀레니엄 다리에서의 막판 질주는 정말……. 세인트폴에서부터 테이트까지 훤히 드러난 인도교에서 10분간 계속된 총질이 가장 끔찍했다.

헌터가 몸을 떤다. 저녁이 숨 가쁘게 다가오고 있다. 차가운 안개가 스며든다. 지는 해의 마지막 햇살이 수면 위로 타들어갈 듯 괴이

한 빛을 발하고, 마지막 빛의 엷은 빛깔이 새까만 어둠 속에서 너울거린다. 템스 강은 시간을 초월해서 과거의 냄새를 싣고 앞으로, 앞으로 흘러가고 있는 것 같다. 담배, 럼, 커피, 향신료, 오렌지, 설탕, 차, 와인, 브랜디. 그리고 그보다 더 오래된 잊힌 것들과 떠나 버린 무수한 생명들이 뒤섞여 있다. 헌터는 시간을 확인하고 강둑을 샅샅이 살핀다. 지금쯤은 리오가 도착해야 한다. 헌터는 인상을 찌푸린다. 뭔가가 마음에 자꾸 걸리는데 그것의 정체를 모르겠다.

헌터가 우마를 본다.

"이제 어디로 가지?"

우마가 서더크 브리지 쪽으로 고개를 까딱한다.

"몰라. 카페들이 늘어선 쪽으로 가볼까?"

담 쪽으로 바짝 붙은 채 둘은 돌길로 접어든다. 해가 지기 시작하면서 주위에는 사람이 별로 없다. 대부분 관광객인데 차가운 저녁 공기 때문인지 그들 중에도 어슬렁거리거나 느긋하게 돌아다니는 사람은 없다. 헌터와 우마는 건물과 담들을 훑어보며 빨리 걷고 있다. 그러다가 우마가 우뚝 멈춰 서서 어느 레스토랑 모퉁이를 가리킨다. 그곳 담의 옆면에 작은 직사각형 블록이 박혀 있다.

"저것 봐!"

둘이 뛰기 시작한다.

잠시 후 그들은 묵직한 슬레이트 판이 밑 부분을 대고 있는, 돌담의 움푹 들어간 부분 앞에 선다. 그 위에 걸려 있는 명판에는 '뱃사공의 자리'라는 말이 새겨져 있다.

헌터가 주먹을 꼭 쥔다.

"됐어!"

"쉿."

우마가, 왼쪽으로 몇 발짝 떨어진 곳에 묵직한 코트를 입고 빨간 스카프를 두르고 갈색 화로 앞에 옹송그리고 앉아 있는 할머니 쪽으로 고갯짓을 해 보이며 인상을 쓴다.

"되긴 뭐가 됐다는 거야? 이걸로 이제 어떡해야 하는데? 단서는 대체 어디 있어?"

헌터가 씩 웃는다.

"성질 좀 죽이는 게 어때? 뒤로 개떼같이 달려드는 코삭들을 매단 채 우리는 런던을 가로질러 이걸 찾아냈다고. 1초만이라도 좀 기뻐 해 봐라."

우마가 입술을 옆으로 쭉 늘려 1초쯤 억지 미소를 짓는다.

"됐나?"

헌터는 어이없다는 표정이다.

"과분하다."

헌터와 우마는 다시 원래 있던 곳으로 돌아가 돌담과 명판을 골똘히 들여다본다. 헌터가 인상을 쓴 채 큰 소리로 읽기 시작한다.

"예전 건축 구조물들이 있던 자리에 지어진 이 뱃사공의 자리는, 강 건너 사람들을 실어 나르던 뱅크 사이드 뱃사공들의 편의를 위해 만들어졌다. 그 시기는 알려진 바가 없으나 기원이 고대로 거슬러 올라가는 것으로 추정된다."

헌터는 손가락 마디로 이를 두드린다.

"저 돌 아래 뭔가가 숨겨져 있는 건 아닐까?"

"할 수 있으면 들어내 봐. 내 생각엔 무게가 1톤쯤 될 것 같은데."

"좋아, 그럼 뱃사공이란 부분은? 그게 단서일지도 몰라."

"물어볼 만한 뱃사공 있어? 네 RET에 전화번호라도 있는 거야? 뱃사공 주식회사입니다. 당신이 원하는 모든 비밀 단서를 제공합니다."

헌터는 화로에 손을 덥히고 있는 할머니를 눈으로 가리킨다.

"그럼 다른 좋은 생각이라도 있어?"

"아니. 나는 여기 또 다른 안내가 있을 줄 알았어. 이런 게임이나 하고 있을 시간이 없단 말이야."

별안간 화가 치밀어 오른 우마는 돌 의자에 털썩 앉는다.

"뭐 이런 지랄 맞은 시스템이 다 있어? 너도 우리가 적어도 이것보다는 정교한 무언가를 만들었을 거라 생각했겠지? 이러니 다들 우리가 퇴보하고 있다고 생각하는 것도 당연해."

"내가 보기엔 꽤 괜찮은 것 같은 데 뭘. 아웃사이더 지식을 제대로 알고 있지 않거나 너희 공동체의 도움이 없다면 이 단서들을 따라가는 건 불가능하다고. 코삭들이 드림라인을 해킹하고도 아무런 성과를 보지 못한다는 걸 너도 알잖아. 코삭들이 뭐라도 건지려면 너희의 이 움직임과 너희 사람들 속으로, 삶 속으로, 너희들의 세계 속으로 제대로 스며들어야 할 거야."

하지만 우마의 속에선 분노가 끓어오를 뿐이다. 우마는 벌떡 일어서 두 팔을 크게 벌리고 소리친다.

"저기, 이 음울한 강가를 지배하는 자, 카론이 서 있네! 뭐라도 아는 사람 아무도 없어요? 전혀 없어요?"

우마의 목소리가 벽을 울리고 몇몇 사람들이 소리를 질러 대는 이상한 여자아이를 쳐다보느라 고개를 돌리지만 헌터는 이미 듣고 있지 않다. 두려움이 이상한 느낌으로 다가와 그를 덮친다. 리오 때문이다. 뭘까? 리오가 하는 말이 좀 이상했다. 헌터는 다시 RET를 통해 나눈 대화를 되짚어 본다.

'코삭들 ……. 나한테 빚졌어 ……. 여기서는 얘기 할 수 없고 ……. 배고파 죽겠어 ……. 스위트빈 국수 ……. 30분 안에 만나.'

그러자 생각이 난다. 리오는 스위트빈 국수라면 질색한다. 스위트빈 국수 옆에만 가도 토할 정도다. 작년에 한 그릇을 먹고 정말로 헌터의 재킷에다 제대로 토해 버렸다. 그렇다면 왜 그렇게 말했을까? 왜냐하면 마음껏 말할 수 없는 상황이었기 때문이다. 리오는 헌터에게 경고를 하려 애쓰고 있었던 거다. 그리고 그것은 곧 리오가 아직도 코삭들 손에 있음을 뜻한다. 헌터가 미친 듯이 주변을 둘러본다. 함정이야!

강가에서 고함소리가 들려온다. 헌터가 고개를 돌리자 마치 슬로모션처럼 부두에서 실랑이가 벌어지고 있는 게 보인다. 남자애 하나가 무장한 군인한테 잡힌 채 몸부림치고 있다. 산발이 된 모히칸 머리가 헌터의 눈에 들어온다. 리오! 그리고 그의 뒤편, 서더크 브리지 위 저 높이에서 군인들이 보도를 가로질러 달려오고 있는 모습이 보인다.

분노가 안에서 불길처럼 일어나는 것을 느끼며 헌터는 리오를 향해 달린다. 가까이 다가갔을 때쯤 왼발로 군인의 무릎을 후려갈기고는 다시 돌아서 뒤꿈치로 그 남자의 급소를 걷어찬다. 기습을 당한 군인은 균형을 잃고 비틀거리며 총을 바닥에 떨어뜨리고 정신을 차리기도 전에 헌터가 총을 향해 달려들어 오른손으로 잡는다. 하지만 집어 올리려는 찰나 군인이 앞으로 달려들어 총을 다시 빼앗으려고, 발악하듯 헌터의 손목을 있는 힘껏 잡아 누른다. 헌터의 손목을 안쪽으로 꺾고 팔뚝을 대각선으로 휙 잡아당겨 넘어뜨리려는 것이다.

헌터가 뒤로 휘청하고 군인은 그 기회를 놓치지 않는다. 총을 붙잡고 늘어진 헌터의 손을 움켜쥔 채 그는 헌터를 밀쳐서 부두 계단으로 나동그라지게 한다. 하지만 밑으로 떨어진 헌터 위로 군인이 온몸의 무게를 실어 올라탄 순간 갑자기 강렬한 폭발과 함께 그의 몸이 들썩인다. 헌터의 위에서 군인의 눈이 커다래지더니 이내 헌터의 가슴 위로 몸뚱이를 축 늘어뜨리며 헌터를 밑에 깔아 버린다. 엄청난 충격에 휩싸여 헌터가 위를 올려다본다. 방금 뭐지? 총, 손가락. 계단 위로 떨어지면서 방아쇠를 건드린 게 분명하다. 대체 내가 무슨 짓을 한 거야? 하지만 실수였어. 헌터는 극심한 충격으로 앞을 본다. 의식을 잃은 남자가 심장에 뚫린 엄청난 구멍으로 피를 쏟아내며 자기 위에 널브러져 헌터는 꼼짝할 수가 없다.

"헌터!"

간신히 고개를 돌린다. 우마. 우마가 뭐라고 말하는지 알아들을 수가 없다. 머리를 들어 정신이 아득한 채로 강둑을 살핀다. 사방에서 전투가 벌어졌다. 레스토랑 테라스 뒤편에서 허름한 옷을 입은 사람들이 코삭들과 총격전을 벌이고 있다. 저들은 누구지?

우마가 헌터의 팔을 잡아당긴다.

"일어나, 어서!"

헌터는 거친 숨을 몰아쉬며 군인의 몸을 비집고 나오기 시작한다. 발길질을 한 끝에 겨우 몸을 빼내자 군인의 몸뚱이는 부두 계단을 따라 굴러 계단 맨 아래에 위태롭게 멈춘다.

우마가 헌터의 어깨를 잡는다.

"리오는 갔어. 극장 뒤로 도망쳤어. 어서 가자!"

헌터가 멍한 얼굴로 우마를 본다.

"어디로?"

"배로."

하지만 어찌된 일인지 몸을 움직일 수가 없다. 근육이 도무지 말을 듣지 않는다. 우마가 헌터를 앞으로 민다. 부두 보도의 구불구불한 길을 따라, 강을 지나고, 빨간 스카프를 두른 할머니가 쭈그리고 앉아 있는 물가까지 억지로 끌다시피 데려온다. 우마는 모터보트 끝을 꽉 움켜잡는다.

"할머니는……."

헌터가 외친다.

할머니가 고개를 끄덕인다.

"그래, 난 다 듣고 있었어. 그래서 뱃사공을 불렀고, 우리 사람들을 불렀어. 시간이 없다, 어서!"

총알이 부두의 나무 널에 요란하게 튕긴다. 헌터는 몸을 앞으로 던져 배 안으로 세게 구른다. 그리고 짙은 색 긴 코트를 입은 어떤 노인네가 앉아 있는 게 언뜻 눈에 들어온 찰나 엔진이 부르릉 살아나 보트가 앞으로 달려 나간다. 총격으로 사방에서 물이 튀긴다. 헌터는 총알이 그의 살갗에 와 박히는 건 시간문제일 거라 생각하며 쪼그려 앉는다. 하지만 그를 둘러싼 도시는 어느새 칠흑 같은 어둠 속으로 잠겨 버린다. 모든 가로등, 모든 방, 모든 건물의 불빛이 죽어 버린다. 어마어마한 규모의 정전. 마치 누군가가 안개에 쌓인 도시 위로 거대한 검정색 커튼을 쳐 버린 것 같다. 헌터가 숨을 몰아쉰다. 갑자기 그들에게 살 기회가 생긴 것이다. 이렇게 캄캄한 물 위에서 그들은 보이지 않는다.

밀레니엄 다리 위. 화가 머리끝까지 난 클라크 지휘관은 대시보드 위로 리오의 RET스캔을 박살낸다. 리오를 미끼로 그들을 꾀어내려고 그렇게나 조심했건만. 그래도 아직 끝난 건 아니다. 다른 방법이 또 있다. 이제 그들 손에 있는 게 무엇인지 파악했으니 그것을 절대 손가락 사이로 빠져나가게 두진 않을 것이다. 하지만 어느 쪽으로 갔을까? 이 머저리 같은 놈들이 알아낼 리가 없다. 통신망을 작동시킨 클라크는 스피커에 대고 고래고래 소리를 지른다.

"북쪽에 있는 전 대대는 지금 동쪽으로 이동한다. 목표물은 강에 있다. 그들이 뭍으로 올라오지 못하게 막는다."

그러고는 옆에 서 있는 장교에게 말한다.

"아무나 가서 그 아버지를 찾아. 손 좀 제대로 봐 놔."

서더크 브리지의 중앙 버팀대 바로 밑의 발판 위에 납작하게 엎드려 있던 구이도는, 소총의 망원 가늠자를 통해 우마가 탄 배가 사라지는 것을 지켜보고 있다. 코삭들의 지프차가 동쪽과 서쪽으로 질주하기 시작하자 구이도의 짙은 눈썹이 따라 내려간다. 저들을 지체시켜 시간을 벌어야만 한다. 우마가 동쪽으로 가고 있음을 구이도는 안다. 직감이 그렇다. 고통스러운 신음을 억누르며 구이도는 자세를 제대로 잡고, 자기 위쪽에서 빠른 속도로 달려가는 차들 쪽을 신중하게 겨냥한다.

라이플총의 렌즈를 눈에 바싹 붙인 채 구이도는 초대형 탱크롤리가 자기 바로 위로 올 때까지 기다린다. 그다음 방아쇠를 당긴다. 무표정한 얼굴로 기다리는 구이도. 탱크롤리가 차선을 벗어나 미끄러지면서 다리를 가로질러 V자 모양으로 급정거한다. 앞바퀴가 터져 걸레가 된 것이다.

옆에서 패츠가 감탄의 휘파람을 분다.

"명중이네."

구이도도 만족스럽다는 듯 고개를 끄덕인다. 대형 트럭이 양쪽 교통을 완전히 막아 버렸다. 그럼 동쪽으로 향하던 코삭들은 잠시라도 붙들어 둘 수 있을 것이다. 구이도는 라이플총을 어깨에 메고 다리 난간의 금속 버팀대로 달려간다.

"움직여! 우리 시야를 벗어나게 둘 순 없다고."

시청은 어둠 속에 서 있다. 시장실에는 긴급 에너지 대책 회의를 하던 사람들이 침묵 속에 앉아 예비 발전기의 전기가 들어오길 기다리고 있다. 에반 내시는 안경을 벗고 벌겋게 충혈된 눈을 문지른다. 이런 날들은 대체 언제쯤 끝나게 될까? 어찌된 일인지 아까 코삭 본부에 갔던 일을 떨쳐낼 수가 없다. 클라크 지휘관의 차가운 미소가 목구멍에 들러붙어 있는 것 같다. 빈민가에 사는 사람들을 쓰레기 취급하던 그의 말투. 대체 언제부터 그런 인간이 권력을 쥐기 시작했던 걸까? 사람들은 언제부터 이런 겁쟁이가 되기 시작한 걸까? 겁에 질린 리오의 멍든 얼굴을 떨쳐낼 수가 없다. 에반은 고개를 흔들며 올라오는 분노를 내리눌러 보려 하지만 소용없는 일이다.

이런 회의석상에 얼마나 여러 번 앉아 있었는지 셀 수도 없다. 여태까지 그가 겪어 온 시장 셋은 하나같이 역겨웠다. 에반은 어둠 속으로, 시장이 앉아 있는 테이블의 맨 끝자리를 흘깃 본다. 분노가 더 자라나는 느낌이다. 우리의 세상이 이렇게 엉망진창이 돼 버린 건 당장 눈앞의 일밖에 모르는 저런 바보들 때문이다. 그들은 21세기 초반부터 석유 생산량이 정점을 찍었음을 알고 있었다. 하지만 정치인들과 정유 기업 회장들 중에 그 문제를 인식하거나 관심을 갖는 이는 아무도 없었다. 그리고 그 많은 나라에 위기가 닥칠 때까지 하나같이 손을 놓고 있었다.

예비발전소의 전력이 공급되자 전등이 깜빡이며 들어온다. 시장이 마음 놓으라는 듯 미소를 띠고 방 안을 훑어본다.

"자, 이제 우리의 안건들로 돌아가 볼까요. 현재의 위기 상황에도 불구하고 며칠만 기다리면 러시아 원유와 브래드웰 B의 전력이 다시 공급되고 런던은 다시……."

"다시 뭐요?"

"뭐라고요?"

에반은 자세를 바꾸며 말한다.

"런던이 어떻게 된다는 거죠? 다시 일상으로 돌아가게 될 거라고요?"

시장이 이마를 찌푸린다.

"2년 안에 새로운 핵발전소 20개가 가동되기 시작하면, 그래요, 정상 에너지 단계로 진입하게 될 것입니다. 지금 이 시점이 꼭……."

"우리가 하고 있는 일에 문제를 제기할 때는 아니라고요? 제 생각에는 지금이 아주 적기입니다."

에반은 시청 주변의 캄캄한 도시를 향해 손을 흔든다.

"정상? 이제 정상적인 건 아무것도 없습니다. 그런 건 사라진 지 오래예요. 지금의 우리를 좀 보세요. 중국의 구호에 의존하고, 빚에 허덕이고, 전시(戰時)도 아닌 때에 이렇게 가혹한 정부는 정말 처음입니다. 우리는 새로운 에너지 시스템을 구축하려고 노력하고 있습니다. 아주 잠깐만 멈춰 서서 누굴 위해, 그리고 왜 이것을 하고 있는지 잠깐 생각해 본다고 누가 죽기라도 합니까? 평범한 사람들을 위한 공정한 무언가를, 그 사람의 아이들과 그 아이들의 아이들에게까지 공정하게 미칠 수 있는 무언가를 만들어 내는 것이 지금 우리의 의무입니다. 아웃사이더들이 하는 것처럼 말입니다."

시장은 회의 참석자들의 놀란 얼굴을 쳐다보며 말한다.

"내시 선생, 좀 진정하실 필요가 있겠네요. 우리는 사람들에게 에너지를 공급하기 위해 최선을 다해야 합니다."

테이블 밑으로 에반은 주먹을 꽉 쥔다. 시장의 말이 맞다. 지금 좀 진정할 필요가 있다. 하지만 어찌된 영문인지 뜻대로 되질 않는다. 더 이상 입안의 말들을 삼킬 수가 없다.

"진정할 만해야 진정하죠! 정부가 옳은 일을 할 거라고 어떻게 믿습니까? 15년 전에 그들이 공황에 빠져 선택한 게 핵입니다. 에너지 갭을 뛰어넘기 위한 전력으로 말이죠. 그런데 어디 내놓을 만한 성과가 있었습니까? 이미 예정보다 한참 기한을 넘긴 브래드웰 B의 가동을 5년이나 기다려 왔습니다. 우리에게 있지도 않은 세금 수

10억을 쏟아부었는데 아직도 전력 공급이 제대로 되지 않고 있습니다! 그런데 보아하니 반란 세력 몇몇이 건드렸다고 그냥 폐쇄되는 지경이더군요. 만약 진짜로 그들이 한 짓이라면 말이죠. 아직까지 그 어떤 증거도 찾아내지는 못했습니다만. 우리가 믿고 의지하기엔 이 거대한 전력발전소는 너무나 위험하고 너무나 취약합니다. 우리는 사람들이 에너지를 자급할 수 있도록 해야 합니다. 빈민가 사람들이 하고 있는 것처럼 말입니다."

시장이 손으로 테이블을 쾅 내리친다.

"원 세상에, 정신 좀 차려요!"

에반은 안경을 집어 든다. 가슴으로, 목구멍으로 계속해서 치밀어 올라오는 말들을 이를 악물고 삼킨다. 솔직히 말해, 이 대열에서 이탈하는 순간 자기 자리를 차지할 사람들이 방 하나를 꽉 채우고도 남는다는 것을 알고 있다.

"시장님, 감히 말씀 드리자면, 저는 정신을 아주 똑바로 차리고 있습니다. 저는 이 에너지난의 현실 속에서 살고 있습니다. 당신들이 만들어 놓은 이 더럽고 역겨운 쓰레기들을 제가 매일 처리합니다. 정신을 제대로 차려야 할 사람은 시장님이십니다."

이어지는 침묵 속에서 에반은 서류를 집어 들고 방을 성큼성큼 걸어 나온다. 문을 닫는 순간 공포의 파도가 그를 덮친다. 방금 무슨 짓을 한 거지? 심장이 두방망이질치는 가운데 에반은 엘리베이터를 잡아타고 두 층을 내려가 사무실로 접어드는 복도를 걷는다. 그리고 벽에 걸린 대형 화면 모니터에 뜨는 속보에 넋을 잃고 멈춰 선다. 아들의 얼굴이 화면 속에서 그를 빤히 보고 있고 그 아래로 자막이 흐른다.

헌터 내시, 헌병대 제5대대 장교 총격 사건 연루 혐의로 수배 중.

에반은 제발 받으라고 속으로 소리치고 기도하며 RET스캔을 더듬어 헌터의 번호를 입력한다. 하지만 잠시 후 발신음이 죽어 버리고 먹통이 된다. 아, 어디에 있는 걸까? 그리고 돌아서는 찰나 그는 자신을 향해 걸어오고 있는 군인 셋을 발견한다.

그들은 어느새 에반 바로 앞까지 와, 대장으로 보이는 남자가 경찰 배지를 에반의 얼굴에 들이댄다.

"에반 내시 씨?"

에반이 눈을 가늘게 뜬다.

"내 아들은 어디 있소?"

형사가 눈살을 찌푸린다.

"당신 사무실 안으로 좀 들어가도 되겠습니까?"

"아니! 내 아들을 찾아야겠소."

형사가 신호를 보내자 무장 경찰들이 복도에 흩어져 에반을 막고 다시 방 안으로 밀어 넣는다. 형사가 그 뒤를 따라 들어와 조용히 문을 닫는다.

에반은 책상에 바짝 눌린 채 가쁜 숨을 몰아쉰다.

"무슨 이유로 나를 이렇게 막 대하는 거요?"

형사는 손을 들어 보인다.

"내시 선생, 우린 시간이 없어요. 질문은 우리가 합니다. 무슨 말인지 알겠소?"

에반은 숨을 들이마시며 호흡을 가다듬으려 노력한다.

형사가 고개를 끄덕인다.

"좀 낫군. 당신 아들, 헌터 내시가 군인 장교를 쐈어."

에반이 나무로 된 책상 끝을 잡는다.

"그 말을 믿으라고?"

"서더크 브리지 근처 부두에서 불과 10분 전에 일어난 일이오."

"거짓말!"

"아니. 군인과 싸우는 헌터의 모습을 본 증인이 적어도 열은 된다고. 총격이 있었고, 그 뒤에 당신 아들이 배를 타고 강으로 달아났어. 우린 그 녀석이 어디로 가고 있는지 알아야겠어."

"그걸 내가 어떻게 알아? 나도 화면으로 보고 처음 알았는데."

"내시 선생, 좀 더 제대로 협조해야 할 텐데."

에반은 손바닥을 세게 내리친다.

"엿 먹어, 새끼야!"

형사가 고개를 까딱하자 제일 가까이에 있던 군인이 에반의 얼굴을 내리쳐 책상에 갖다 박게 만든다.

"바보같이 굴지 말고. 그냥 질문에 대답만 해."

형사가 사무실을 둘러본다.

"훌륭한 사무실에, 좋은 직장. 요즘 같은 때에 이렇게 살기도 정말 힘들지."

눈빛이 번쩍하더니 에반은 입안 가득 고인 피를 뱉어낸다.

"나를 협박하는 건가? 나는 제1계급 기술자이고, 런던 시장의 선임 에너지 자문위원이야."

"그렇다면 왜 당신 아들은 아웃사이더 계집애와 저런 사건에 휘말려 있는 거지? 브래드웰 B 폭발사건 용의자로 우리가 쫓고 있는 여자아이라고. 작전명 클리어 워터에 협조하고 싶을 텐데, 안 그렇소?"

에반이 침을 삼킨다.

"나는 아웃사이더든, 여자아이든 전혀 아는 게 없소. 헌터는 한번도 이런 비슷한 일에조차 관련된 적이 없소. 그리고 나는 어젯밤 이후로 아들 얼굴을 보지도 못했소."

"그러니까 당신 말은, 반체제 인사들이 이미 사회 각계각층에 스며들어 있다, 이 뜻이군."

경악한 에반이 그를 쳐다본다.

"당신, 지금 나를 아웃사이더로 모는 거요?"

"난 그저 당신이 당신 아들이나 그들에 관한 정보 중에 우리와 공유하지 않은 게 있는지 물어보는 것뿐이오."

"당연히 그런 것 없어."

"당신 아들이 군인을 죽였어. 그게 무엇을 의미하는지는 잘 알 텐데. 협조하시오."

"내 아들이 그런 짓을 했다는 것을 믿을 수 없어."

"증인만 열둘이오."

"전부 다 코삭들이겠지!"

형사가 숨을 거칠게 들이쉰다.

"대체 무슨 뜻으로 하는 말이야?"

에반은 시선을 떨어뜨린다. 현명해져야만 한다. 그는 가장 자신 있는 에반 내시표 미소를 지어 보인다.

"전, 저는 지금 협조하고 있는 겁니다. 저도 형사님만큼이나 절실하게 그 녀석을 찾아서 이 일을 바로잡고 싶은 사람입니다."

그리고 재킷으로 손을 뻗는다.

"그러니까, 양해를 해 주신다면, 지금부터 찾기 시작하겠습니다. 찾는 그 순간 바로 알려 드릴 것을 확실히 약속……."

형사가 눈 깜짝할 새 앞으로 다가가 팔을 위로 쳐들며 주먹으로 에반의 목울대를 올려붙인다.

"다시 시작할까요?"

비틀비틀 뒤로 물러나는 에반, 숨을 제대로 쉬지 못한다.

"난. 나에겐……. 시민권이 있어."

형사는 테이저 총(전기 충격기 - 옮긴이)을 꺼내어 에반의 이마에 갖다 대고 깊은 상처를 만든다.

"내시 선생, 감히 말씀드리지만, 당신의 권리는 우리가 줘야 있는 것이오. 자, 그럼 아이는 어디 있소?"

에반이 무릎을 꿇는다.

"난……. 몰라."

"이거 왜 이래, 진짜. 당신은 그 녀석 아비잖아!"

피가 볼을 타고 뚝뚝 흘러내리고, 에반은 적개심에 찬 얼굴로 쏘아본다.

"내가 누구라고 말할 자격, 당신에겐 없어."

형사의 차가운 눈이 에반의 눈을 뚫고 들어갈 듯하다.

"정말 선택의 여지가 없군. 에반 내시, 당신을 ID 위반 300으로 체포한다. 국가의 적들을 은닉하고, 방조하거나 교사한 혐의다."

경찰 하나가 에반의 팔을 붙들어 전기 수갑을 채운다.

에반이 겨우 겨우 두 발로 지탱하고 선다.

"이럴 수는 없어! 내 변호사를 불러 줘!"

그 순간 형사는 테이저 총을 들어 올려 겨누고 발사한다. 에반은 기절한 짐승처럼 바닥으로 쓰러진다. 형사는 만족스러운 듯이 내려다본다. 침묵. 훨씬 낫군. 왜 모두들 변호사를 대 달라고 소리를 질러 대는 건지 원.

강에서 올라온 물안개가 복스홀 코삭 본부의 번쩍거리는 입구까지 다다른다. 계단 꼭대기에 잠시 멈춰 선 로즈는 이 상황을 저주한다. 밤 시간, 도시 전체의 정전, 거기다가 이 짙은 안개까지. 이런 상황에서 대체 어떻게 우마를 찾을 수 있을까? 하지만 그래도 누군가가 찾을 수 있다면 그건 바로 자신일 것이다. 우마가 어떤 식으로 생각할지, 어떻게 점프를 할지, 어디에 숨을지, 이 세상 그 누구보다도 잘 아는 사람은 로즈다. 게다가 다른 정보도 갖고 있으니 찾아내고야 말 것이다.

눈물로 얼룩진, 잔뜩 부은 얼굴로 로즈는 거리를 내려다본다. 한 남자가 엔진을 켜 둔 채 스쿠터를 세우고 매점으로 뛰어 들어간다. 로즈가 차가운 미소를 짓는다. 아, 시민들을 축복하소서. 아기한테서 사탕 뺏는 것처럼 간단하군. 로즈는 왼쪽, 오른쪽을 살피고 가벼운 걸음으로 계단을 내려간다. 몇 걸음 안에 로즈는 스쿠터 위에 앉아 있다. 그리고 주인이 소리를 치려고 입을 채 열기도 전에 하얀 강둑을 끼고 동쪽을 향하여 내달리고 있다. 핸들을 돌리면서 오른손의 상처에서 올라오는 통증은 떨쳐 버린다. 이 일을 해내야만 한다. 코드를 찾아서 무사히 전달해야만 한다. 다른 방법은 없다.

배 안에서 우마는 자기 뒤에서 키를 잡고 구부정하게 서 있는 턱수염 노인네를 어깨 너머로 본다.

"당신이 뱃사공인가요?"

그가 고개를 끄덕인다.

"그럼."

"어떻게 우리에게 그렇게 빨리 왔죠? 빨간 스카프를 두른 여자가 당신을 불렀다고 하니까 어느새 와 있었잖아요."

"다 방법이 있지. 난 아주 오래전부터 이 일을 준비해 왔고."

"우린 어디로 가는 거죠?"

뱃사공은 배 앞쪽의 하얀 벽에 시선을 고정한 채 우마 쪽은 거의 쳐다보지도 않는다.

"프로스펙트. 와핑 로에 있어."

"프……. 뭐라고요?"

"프로스펙트 오브 휘트비. 런던에서 가장 오래된 술집인데, 수백 년 전에는 악마의 술집이라고 불리기도 했지."

"그다음은요?"

뱃사공은 어깨를 으쓱할 뿐이다.

"내 몫은 거기까지야. 그 할멈이 노랫말을 듣고 뱃사공의 자리에서 나를 불렀어. 난 널 술집 계단까지 데려다 줄 뿐이고, 그 이상은 몰라."

우마의 머리가 빙빙 돈다. 이제 그들은 시작점이었던 아일 오브 독스 근처까지 다시 돌아가는 셈이다. 우마는 헌터를 힐끗 본다. 등을 잔뜩 굽히고 머리는 무릎 사이에 파묻은 채 앉아 있다. 우마가 헌터의 볼에 손을 갖다 댄다.

"그 군인, 살았을지도 모르잖아. 헌터, 희망을 놓지 마."

우마는 그의 뻣뻣한 몸을 두 팔로 감싼다. 만약 헌터가 진짜로 그 군인을 죽였다면 코삭들은 그를 잡을 때까지 결코 멈추지 않을 것이다. 48시간 동안 헌터는 자기 인생을 송두리째 우마에게 걸었다. 우마는 눈을 감는다. 심지어 아직도 끝이 난 게 아니다. 그다음은? 프로스펙트에서 누군가가 기다리고 있는 걸까? 어쨌든 간에 지금은 파수꾼에게 가까워지고 있음이 분명하다. 젤라 이모! 불현듯 이모의 모습이, 지난 밤 사이 이모가 겪었을 고통들이 떠오른다. 우마는 헌터의 가슴을 안고 있는 팔에 좀 더 힘을 준다.

우마 뒤에서 뱃사공이 엔진을 잠시 끄더니 배의 방향을 바꾼다. 그러고는 우마를 힐끗 본다.

"배를 꽉 잡는 게 좋을 거야. 코삭들이 우리에게 다시 총질을 해대기 시작할 때 빠지기 싫다면 말이지. 이 강은 제법 위험하다고. 수면은 잔잔해 보일지 몰라도 한 번 빠졌다 하면 순식간에 밑바닥까지 빨려들게 되지."

헌터는 꿈꾸는 것처럼 앉아 있다. 검은 안개가 육중한 무게로 그를 내리누르고 있는 것 같다. 그의 세계는 파괴됐다. 그는 코삭을 죽였다. 그것은 종신형을 의미한다. 아버지조차 이런 일을 해결해 줄수는 없다. 아버지마저 파괴시킬 것이다. 지금 아버지와 통화할 수만 있다면, 목소리를 들을 수만 있다면 무슨 짓이라도 하겠다. 하지만 그의 RET스캔은 서더크 브리지 옆 부둣가에 산산조각 난 채 버려져 있다. 아, 이런, 너무나 엄청난 일을 벌였다. 엄마도 떠나셨는데. 자기 방으로 돌아가, 베를린 쌈패들이나 켜 놓고 이 악몽을 끝낼 수만 있다면 정말 무슨 짓이라도 하겠다. 헌터는 바닥에 엎드린다. 아, 그리고 리오까지도! 불쌍한 그 친구는 앞으로 어떻게 될까?

헌터의 눈에 자꾸만 자꾸만 그 군인의 얼굴이 보인다. 공포로 가득한 눈, 헤벌어지던 입, 그리고 폭발음, 그의 가슴에서 튀던 핏방울들. 그 남자는 죽은 게 틀림없다. 헌터는 그가 템스 강으로 떨어지는 것을 보았다. 자기가 떠 있는 바로 그 강이 죽은 몸뚱이와 함께 끔찍하리만치 빠른 속도로 흘러가고 있다. 헌터는 손을 뻗어 우마의 손을 꼭 잡는다. 그들은 너무나 작다. 도시를 가로지르는 고대의 암흑 속을 떠가는 작은 점일 뿐이다. 마치 태곳적 정글의 강에서 그랬듯이.

서더크 브리지 위, 클라크 지휘관은 분노에 휩싸여 있다. 대형 트럭에 막혀 주차장이 되다시피 한 도로를 노려보며 지프차의 핸들만 손가락으로 두드리고 있다니. 긴급히 군용 헬기를 띄우려고도 해 보았으나 이런 안개 속에서 날 수 있을지도 의문이었다. 동쪽으로 가기 위해서 그는 새로운 계획을 떠올려야 한다. 서쪽으로는 한 부대를 보냈지만 그의 직감은 그들이 동쪽으로 갔다고 말하고 있다. 그 배를 따라잡아야 한다. 그 아이들이 다시 빈민가의 쥐구멍 속으로 사라지도록 내버려둘 수 없다.

클라크는 자포자기한 심정으로 차들로 꽉 막힌 차선을 본다. 더 이상은 지체할 수 없다. 지프에서 뛰어 내린 후, 부하들에게 따라오라고 한다.

"나를 따라 와. 걸어서 다리 반대편으로 간다. 반대편에서 오는 민간인 차량을 불러 세운다!"

클라크는 정전을 저주하며 빨리 뛰기 시작한다. 불빛과 전력이 가장 필요한 이때를 딱 맞춰 정전이라니. 암호화 코드가 손에 닿기 직전이란 말이다!

배 안에서, 헌터는 다시 현실로 돌아오려고 애를 쓰고 있다. 왼쪽으로 런던타워가 미끄러지듯 지나간다. 화이트 타워 부분과 홍벽이 어둠 속에서 빛나고 있다. 헌터는 몸을 떤다. 어둠 속의 런던은 완전히 다른 모습이다. 너무나 비밀스럽다. 어둠 속에서 모습을 드러내는 희미한 형체들. 모든 움직임과 모든 형체들이 그들을 향해 돌진해 오는 코삭 소대로 보인다.

이제 그들은 타워 브리지 밑을 지나고 있다. 석조 아치 밑에서 물소리가 메아리친다. 불과 이틀 전, 바로 이곳에서 모든 게 시작됐다. 이제 그는 적이다. 목숨을 위해 도망치는 더러운 아웃사이더 아이다. 모든 게 너무나 순식간이었다. 마치 게임처럼 시작된 일이었는데 이제 그에게 남은 건 옆에 있는 이 여자아이뿐이다. 헌터의 손톱이 손바닥을 파고든다. 정신을 수습하고 우마를 위해서라도 강해져야 한다. 이제 그에게 의미 있는 일은 코드를 제대로 전달하는 것뿐이다. 이제는 실패할 수 없다, 아니 그렇게 놔두지 않을 것이다.

1분이 지나가고, 또 1분이 지나간다. 헌터와 우마는 조용히 어둠 속에 앉아 온몸의 신경을 팽팽히 곤두세우고 첫 번째 고함소리, 첫 번째 총성이 들리길 기다리고 있다. 그때 갑자기 배의 엔진이 나가 버리자 조류가 배를 밀었다 당겼다 하며 돌 제방을 타고 오르는 소리까지 똑똑히 들을 수 있게 된다. 헌터가 앞으로 몸을 숙인다. 조용히, 숨 막힐 듯 미끄러져 나가던 배가 뭔가에 턱 부딪히고 목재로 된 측면이 콘크리트에 거칠게 긁힌다. 주머니에 손을 집어넣은 뱃사공은 잠시 후 작은 손전등으로 뭍을 비춰 보고 있다. 손전등의 빛이 거칠게 깎아 놓은 계단을 따라가다 뒤틀린 목재 문 앞에 떨어진다.

"여기야. 저 위……. 보이나?"

어둠 속에서 우마가 그를 향해 돌아선다.

"여기가 뭐 하는 데라고 했죠?"

뱃사공은 손전등의 불빛을 우마에게 비춘다.

"말했잖아, 오래된 강가의 술집, 프로스펙트 휘트비라고."

우마가 고개를 끄덕인다. 빛을 받은 그녀의 얼굴이 창백한 달걀 같다.

"그리고 그 이상은 모른다고요?"

뱃사공이 거친 손을 우마의 어깨에 얹는다.

"나는 내 역할만 할 뿐이야. 그리고 그건 내 손님을 프로스펙트의 계단까지 데려오는 거야. 그 이상도 그 이하도 안 해."

우마가 배 안에 움츠리고 앉는다. 정말 절망적이다.

"우마!"

깜짝 놀라 우마가 올려다본다. 금속 기둥을 잡아 지탱하며 헌터가 배 쪽으로 몸을 내밀고 팔을 쭉 뻗는다.

"올라와."

우마가 헌터의 얼굴을 물끄러미 본다. 새하얗게 질려 있지만 단호한 결기 같은 게 서려 있다. 그리고 우마 안에서도 응답하는 감정이 일어난다. 끝까지 싸우고 나아갈 것이라고. 손을 뻗어 우마는 헌터의 손을 잡는다. 그리고 두 사람의 손가락이 만나는 순간 우마의 온몸이 전율한다. 다른 이유가 없다면 오직 그를 위해서라도 이 일의 끝을 보고 말겠다. 제방 위에서 우마는 뱃사공 쪽으로 돌아서서 속삭인다.

"고맙습니다."

그러고는 돌아서서 헌터를 따라 울퉁불퉁한 계단을 오른다.

계단 맨 위에서 헌터가 잠시 멈춘다. 금빛 랜턴의 불빛이 술집 안쪽에서 흘러나온다. 헌터는 벽의 그림자 쪽에 몸을 바싹 붙이고 안쪽을 가만히 들여다본다. 낮은 나무 테이블 위로 석유램프가 걸려 있고, 그 불꽃이 길게 흔들리는 그림자를 만든다. 테이블에는 병과 지저분한 잔들이 널려 있고, 그 주위로 몇몇의 남자와 여자들이 구부정하게 앉아 걱정스런 얼굴로 목소리를 낮춰 얘기를 나누고 있다.

우마가 계단을 올라와 헌터 옆에 서서 귀에 대고 속삭인다.

"이젠 어떡해?"

"몰라. 안으로 들어가서 무슨 일이 벌어질지 지켜보는 수밖에."

우마가 팔꿈치로 헌터를 툭 친다.

"적어도 맥주는 얻어먹을 수 있을 것 같아. 그렇게 까다로워 보이진 않잖아."

헌터가 추레한 술집을 둘러본다.

"아니면 얼굴을 정통으로 한 방 맞을 수도 있고."

헌터가 한숨을 푹 쉰다.

"다시 묻지만, 우리가 뭘 찾아야 하는지도 모르는 거 맞지?"

우마가 고개를 끄덕인다.

"맞아. 또 다시 드래곤 홀로 들어가는 심정이군."

"그렇담, 빨리 해치워 버리자고."

램프 불빛이 드리운 금빛 아치 안으로 들어서며 헌터는 손잡이를 돌려 문을 연다. 술집이 갑자기 조용해지며 얼굴이 불그레한 키 큰 남자가 의자를 넘어뜨리며 벌떡 일어선다.

"원하는 게 뭐요?"

헌터는 자기도 모르게 뒤로 한 발 물러나다가 뒤에 서 있던 우마
와 부딪힌다.

"멈춰!"

그 사내는 두 사람에게 권총을 겨눈다.

헌터는 피가 귀로 몰리는 것을 느끼며 우뚝 멈춰 선다.

"테오, 잠깐!"

집 뒤쪽의 어둠 속에서 자그마한 체구의 남자가 나타난다. 그는
헌터와 우마를 유심히 들여다본다.

"여기엔 왜 왔지? 오늘밤은 손님을 안 받는데."

"우린……."

말이 우마의 입에서 죽어 버린다. 우마는 절망적으로 그 남자를
본다. 여기서 뭘 찾고 있는지는 자기도 모른다. 단서, 다음 목적지,
다크넷 안으로의 또 다른 여정? 그에게 무슨 말을 할 수 있을까?

"우린 뭐?"

눈치가 빨라 보이는 남자의 시선이 헌터에게로 향한다.

"너는 시민이구나, 그렇지?"

헌터는 지쳤다는 듯 고개를 끄덕인다.

"그래요."

"그렇다면, 여기서 썩 꺼지라고 충고하고 싶은데. 저기 테오가 네
창자에 구멍을 내기 전에 말이야."

"잘 모르셔서 그러시는데⋯⋯."

남자가 목소리를 높인다.

"나는 여기 대대로 200년 동안 프로스펙트의 주인이야. 내가 뭘 알고 말고 할 필요는 없어. 이제 꺼져."

"싫어요!"

헌터가 술집 안쪽으로 한 발짝 뗀다.

"한 발짝만 움직였다간 봐!"

총성이 울리고 총알이 헌터의 오른발 옆의 바닥을 살짝 스친다. 헌터는 바닥으로 몸을 날려 꼼짝 않고 엎드린 채, 이제 자기 머리를 정통으로 겨냥하고 있는 테오의 총구를 올려다본다. 테오가 주인장을 흘깃 보자 그가 고개를 끄덕인다.

"해치워. 오늘 밤은 시민을 들이는 모험을 할 수 없어. 공습이 너무 심해."

"하지 마세요!"

우마가 비명을 지르지만 주인장은 한 발 앞으로 나서며 우마의 팔을 잡는다.

"테오, 어서!"

주인장이 고함을 내지르더니 갑자기 놀라 멈춘다. 그가 손을 든다.

"잠깐!"

헌터가 필사적으로 고개를 돌려 보니 뱃사공이 구형 권총을 손에 꽉 쥔 채 문간에 서 있다.

주인장이 침을 꿀꺽 넘긴다.

"당신은?"

술집 안은 쥐 죽은 듯 조용하고, 그 안의 눈동자들이 일제히 문간의 노인에게 쏠린다.

"당신은……. 뱃사공 아닌가, 그렇지?"

뱃사공은 낡아빠진 모자의 챙을 뒤로 돌린다.

"내가 누군지는 잘 알잖아, 톰."

주인장은 우마를 한쪽으로 밀치고 앞으로 걸어 나와 뱃사공의 코트 깃을 움켜잡는다.

"당신이 이것들을 데려온 거야?"

그가 눈짓으로 헌터와 우마를 가리킨다.

"그래."

"그러니까 당신이…….."

그가 목소리를 낮춰 속삭인다.

"뱃사공의 자리에서 저들이 당신을 불렀다는 거야?"

뱃사공은 주인장의 눈을 한동안 응시하더니 고개를 끄덕인다.

주인장의 목소리가 떨린다.

"그렇다면 모두들 나를 따라 와. 그 녀석을 봐 줘, 테오."

헌터는 허둥지둥 일어나 다른 사람들을 따라간다. 주인장이 안내하는 대로 술집을 나가니 통로가 나오고 그 통로는 강을 접하고 있는 어둑한 방으로 연결된다. 방문이 닫히자마자 주인장은 램프를 낚아채 불꽃을 돋우더니 우마의 얼굴 가까이 들이대고 간절한 표정으로 그녀의 눈을 들여다본다.

"갖고 있나?"

우마는 그의 눈길을 맞받아치며 아무 말도 하지 않는다. 이 정도만 듣고 입을 열 순 없다.

주인장은 우마를 자기 쪽으로 잡아끌더니 그녀의 귀에 입을 바싹 붙인다.

"뱃사공이 불려 왔을 땐, 프로스펙트에 엄청난 임무를 띠고 오게 돼 있어. 파수꾼만이 가질 수 있는 것. 너, 암호화 코드를 가지고 온 거냐?"

우마의 심장이 빠르게 고동친다. 우마는 고개를 끄덕인다.

주인장이 깜짝 놀라 우마를 놓아 준다.

"하지만 넌 겨우 어린 애잖아. 어떻게 네가 그걸 손에 넣은 거냐?"

"그건, 그건 말할 수 없어요."

그는 헌터를 힐끗 본다.

"저 애는 믿을 수 있는 거야?"

"네. 저 앤 우리 사람이에요."

주인장의 눈에 의심이 불길처럼 인다.

"어떻게 그럴 수 있지?"

우마가 그의 눈에 시선을 박은 채 말한다.

"그렇다면 그런 줄 아세요. 저를 믿으셔야 해요. 저는 젤라 섀터의 명령으로 여기까지 왔어요."

그가 시선을 떨군다.

"그렇다면 좋다."

우마가 이마를 찌푸린다.

"그럼 이게 다예요? 파수꾼이 이곳으로 오는 건가요?"

주인장이 숱이 적은 머리카락을 손으로 쓸어 넘긴다.

"그래. 내가 사이렌을 울릴 거야. 그게 신호야."

"하지만 그건 미친 짓이에요. 그렇잖아요, 모두들 듣게 될 거라고요."

"그래, 하지만 그게 뭘 의미하는지는 알지 못해. 오직 파수꾼만이 행동하게 될 거야."

"하지만 코삭들이 우리 뒤를 쫓고 있어요. 그들도 듣게 될 거예요."

다급한 숨소리.

"그들도 네가 뭘 운반하는지 알아? 그들이 널 쫓고 있어?"

우마가 침을 꿀떡 삼킨다.

"전, 전 그들이 뭘 아는지는 몰라요, 하지만 우릴 쫓고 있는 건 확실해요. 그리고 아주 바짝 따라오고 있어요."

주인장이 두 손을 번쩍 든다.

"큰일 났군! 그래도 다른 방법은 없어. 코삭이건 뭐건 간에 명령을 지체할 순 없어."

"그렇다면 하세요."

헌터가 얼굴을 찡그린다.

"그들이 여기까지 오는 데 얼마나 걸릴 것 같아요?"

주인장의 입가에 절망적인 미소가 희미하게 어린다.

"누구? 파수꾼, 아니면 코삭? 나는 사이렌을 가능한 한 짧게 울릴 거야. 그다음에는 그저 기도할 수밖에."

그는 벽 쪽에 붙어 있는 나무 의자를 가리킨다.

"앉아. 우리 쪽 사람들이 보초를 설 거야. 쉬어도 돼. 여긴 모두 피로 맺어진 사람들이니까."

주인장의 발자국 소리가 복도를 따라 사그라지고 헌터와 우마는 오래, 아주 오랫동안 아무 말 없이 서 있다. 들리는 소리라곤 쉼 없이 템스 강물이 강가에 와서 부딪히는 소리뿐이다. 그러다가 불현듯 그 옛날 제2차 세계대전 공습 사이렌 소리가 밤공기를 가른다. 소리는 단 10초간 터져 나왔지만, 죽은 사람도 깨울 것 같이 느껴지는 소리였다.

우마는 눈을 감는다. 지금, 바로 이 순간이다.

부둣가에서 해리는 하얀 소용돌이에 휩싸인 채 미동도 않고 서 있다. 무언가 잘못됐다. 불협화음이 크게 울려 나오고 있다. 심지어 여기, 만물이 동등한 강에서까지. 갑자기 공습 사이렌이 구슬프게 나직이 울리더니 곧이어 개 짖는 소리, 사람 목소리들이 터져 나오고, 창가에서 불빛이 번쩍인다. 아, 무슨 일이 일어나고 있는가?

사방이 안개 속이다. 검은 강물 위로도 안개, 마천루마저 삼킬 듯한 안개, 해크니 습지 위로도 안개, 햄스테드(런던의 행정구역 - 옮긴이) 위로도 피어오르는 안개. 하지만 안개는 해리의 머릿속까지 메우지는 못한다. 그는 자기가 할 일이 있음을 또렷이 알고 있다. 여기, 오늘 밤, 강에서 뭔가가 벌어질 것이다. 그는 미래를 들을 수 있다. 종소리보다 더 또렷하게. 그런데 또 다른 소리가 들려와 그의 심장을 공포로 채운다. 강 위를 날아가는 코삭 헬기의 엔진이 고동치는 소리다.

헌터와 우마는 완전한 침묵 속에서 기다리고 있다. 불빛이 강물 위로 반짝인다. 쿵쿵 뛰는 가슴을 안고 우마는 유리에 얼굴을 붙였다가 뗀다. 결국은 아무것도 아닌 것을. 저 커다란 세상이 지금 이 한순간으로 압축된다. 그녀의 심장 박동 소리, 손에 꽉 쥐고 있는 차가운 금속 케이스, 그리고 옆에 있는 이 아이.

우마는 고개를 흔든다.

"정말 미안해."

헌터가 손을 내젓는다.

"그러지 마."

"하지만, 헌터……."

그리고 바로 그 순간, 밀려오는 파도와 같이 안에서 밀려오는 무

언가에 이끌려 우마는 헌터 쪽으로 몸을 돌리고 두 사람은 깊은 입
맞춤을 한다. 이것밖에는 다른 그 무엇도 없다. 이 벼랑 끝에서 폭
발하는 열정이 두 사람을 관통한다. 하지만 우마는 몸을 뺀다. 헌터
는 숨 막힌 채 기다린다. 이번에도 우마가 그를 밀어낸다면 억지로
어찌할 수 없다. 아니, 그러지 않을 것이다. 헌터는 얼어붙은 채 서
있고, 우마는 너무나 깊은 눈으로 꼼짝 않고 서 있는 그를 본다.

우마는 마치 난생 처음 보는 것처럼 그를 가만히 응시한다. 몸을
떨며 우마는 바라본다. 그리고 깨닫는다. 곁에 있는 이 아이는 이미
그녀 안에 있다. 우마는 그를 이미 받아들였고 처음으로 우마는 외
롭지 않다.

우마는 그를 바짝 끌어당기고 너무 작아 그가 알아듣기도 어려
운 소리로 속삭인다.

"널 사랑해."

번개가 그를 관통하는 것 같다. 헌터는 한동안 꼼짝도 하지 않고
서 있다. 마치 심장이 멈춰 버린 것만 같다. 그렇게 영원 같은 시간
이 흐르고 헌터는 가슴 속의 익숙한 박동을 느끼며 다음 숨을 겨
우 들이마신다.

우마는 속눈썹이 젖은 채 미소를 짓는다.

"너 없이는 도저히 할 수 없어……."

그 순간 갑자기 그들 뒤로 문이 조용히 열린다. 우마가 깜짝 놀라
돌아보니 어떤 마른 여자가 문지방에 서 있다. 그 여자가 방에 들어
선다. 여자의 짧은 금발머리가 램프 불빛을 받아 빛난다.

"부르는 소리를 들었어요. 여기 주인이 당신을 찾아가라고 했고."

우마가 헌터로부터 떨어진다.

"어떤 소리요?"

"공습 사이렌."

우마가 그 여자를 유심히 쳐다본다. 높은 광대뼈, 맑고 푸른 눈동자. 분명 아웃사이더의 모습이긴 하지만 어떻게 확신하지?

"어떻게 정말 당신이란 걸 확신하죠?"

푸른 눈동자가 빛난다.

"왜냐하면 내가 여기 있기 때문이죠. 공습 사이렌이 프로스펙트에서 들려오면 나는 템스 강 밑의 통로를 따라 코드를 받으러 오게 돼 있어요. 그것이 어떻게 여기까지 오는지 나는 몰라요. 나는 긴 사슬의 한 부분일 뿐이에요. 하지만 지금 여기, 내 존재가 바로 내가 진실을 말하고 있다는 증거예요. 이 조직은 그렇게 돌아가죠."

그녀의 눈빛이 부드러워진다.

"내가 파수꾼이에요, 우마. 그러니 지금 바로 코드를 내게 줘야 해요. 내 목숨을 걸고 지킬 것을 약속해요."

우마가 이마를 찌푸린다.

"제 이름을 아세요?"

그 여자의 얼굴에 희미한 미소가 어린다.

"젤라 섀터의 조카잖아요. 젤라가 우마 얘기를 자주 했어요. 나는 위원회에서 젤라와 함께 일했어요."

우마는 덜덜 떨리는 턱을 통제해 보려 애쓴다.

"그쪽이 누구신지 알 수 있을까요?"

여자는 고개를 젓는다.

"알지 않는 편이 좋아요. 우마는 이미 너무 많은 것을 알고 있어요. 어서요, 낭비할 시간이 없어요."

우마는 천천히 주먹을 펴고 금속 케이스를 내놓는다. 여자는 한 발짝 앞으로 다가와 단순하고 우아한 동작으로 케이스를 낚아챈다. 그것이 자신의 손아귀를 벗어난 순간 안도감과 기쁨이 우마를 압도한다. 해리 아저씨 집에서 구이도에게 줬을 때처럼. 드디어 끝났어! 얼굴에 천천히 미소가 번진다. 그리고 그 순간 어떤 소리가 들린다. 밤공기를 가르는 헬리콥터 엔진이 돌아가는 소리. 코삭이다!

얼마간 모두 넋이 나간 채 멀뚱히 서 있는데 뱃사공의 거친 목소리가 들려온다.

"밖으로! 밖으로!"

제일 먼저 움직여야 할 사람은 파수꾼이다.

"빨리 지하 창고로! 템스 강 통로로 나와 함께 가요!"

문 쪽으로 달려가며 우마와 헌터에게 따라오라고 손짓한다.

헌터도 그 뒤를 따르기 시작하고, 우마도 몇 걸음 뒤에서 따라간다. 그런데 그때 어마어마한 불빛이 건물 전체를 가르고 헌터는 몸으로 통로를 막아서는 뱃사공과 부딪힌다.

"비키라고요!"

하지만 그 말은 벼락같이 울리는 폭발음에 묻혀 버리고, 그의 몸은 뒤로 날아가며 우마 위로 떨어지고 곧 천정에서 목재와 시멘트가 비처럼 쏟아져 내린다.

헌터는 잠시 충격 속에 그냥 누워 있다. 술집은 폐허가 되었다. 그리고 겨우 몸을 일으켜 앞으로 걸어 나가려 애쓴다. 잔해 더미 위를 기어오르려고 하자 통증이 거짓말처럼 배 속에서 또아리를 트는 것 같다. 입구에 서서 헌터는 눈을 마구 문지른다. 뱃사공이 돌 더미에 반쯤 파묻힌 채 누워 있다. 폭발을 자기 몸으로 막으며 헌터를 통로 쪽으로 밀어내고 죽었다. 그리고 그 몇 발짝 뒤에, 목이 비틀리고 눈을 뜬 채 파수꾼이 미동도 않고 누워 있다.

이럴 수가. 헌터가 나서야 한다. 건물 잔해 위를 기어가 여자의 팔을 들어 올려 손을 억지로 편다. 아직 따뜻한 그녀의 손바닥 안에 그녀가 꼭 쥐고 있던 코드가 있다. 조용히 기도를 올리고, 헌터는 그녀 손에서 케이스를 집어 들어 뒷주머니에 넣는다.

코삭들이 현관문을 두들겨 대고 있다. 갇혔다. 그리고 이 여자가 그들을 어디로 이끌려고 했는지 전혀 알 수가 없다. 유일한 방법이라면 다시 강가로 나가 그들이 왔던 길을 되짚어 가는 것이다. 돌무더기 위를 기어서 길을 되짚으며 우마에게 소리친다. 돌아서라고, 자기와 함께 뛰라고. 하지만 우마는 벽에 바짝 붙어 바닥에 쪼그리고 앉은 채 대답하지 않는다.

헌터는 우마의 어깨를 거칠게 잡는다.

"우마, 당장 일어나!"

하지만 듣지 못하는 것 같다. 우마는 바닥에 쪼그리고 앉아 꼼짝도 않고 빤히 보고만 있다. 우마의 몸을 잡아 끌어 세워 어깨에 떠

메고 작은 바 쪽으로 향한다. 긴 창에 다다르자 헌터는 우마가 바닥에 미끄러지도록 내려놓고 재킷을 벗어젖힌다. 팔뚝에 재킷을 둘둘 감은 후 온몸의 무게를 실어 유리창을 들이 받는다. 희미하게 금이 간다. 욕설을 내뱉으며 헌터는 다시 한 번 유리를 때린다. 이번에는 작은 유리 조각이 떨어져 나간다. 얼굴을 가린 채 헌터는 통과할 수 있을 만큼 충분히 큰 구멍이 만들어질 때까지 계속 반복해서 팔을 내리친다. 그다음 재킷을 창문틀 아래쪽에 던져놓고 우마를 일으켜 세워 창밖으로 밀어내고 헌터 또한 고약한 냄새가 진동하는 강가의 진흙 더미 위로 착지한다. 그와 동시에 군인들이 술집 안으로 들이 닥친다.

헬기는 이제 거의 그들의 머리 위까지 와 있다. 귀청이 터질 듯한 소리, 30미터도 채 안 되는 높이에서 돌아가는 날개, 무시무시한 조명등이 거대한 은빛 커브를 그리며 프로스펙트의 바를 정면으로 겨냥하고 있다. 그 불빛 아래 템스 강물이 빛난다. 헌터는 우마의 팔을 붙들고 벽이 만든 그림자 쪽으로 끌고 간다. 캄캄한 암흑 속, 헌터는 오직 거친 돌들에 의지해 길을 더듬어 나가며 강가를 가로 지른다.

그의 왼쪽으로 은색 불빛이 나타난다. 강가에서 도로로 접어드는 좁은 골목에 높이 걸린 석유 등에서 나오는 빛이다. 헌터는 잠시 망설인다. 골목의 반대편에서 그들을 기다리는 건 뭘까? 그쪽 길에선 군인들이 몇 명이나 진을 치고 있는 걸까? 하지만 벌써 술집에서 고함을 질러대는 군인들의 소리도 들려온다. 그들이 들고 있는 손전등 불빛이 강가를 이리저리 비추는 것도 보인다. 그러더니 부서진 유리창까지 발견하고 말았다. 헌터는 우마를 어둑한 골목으로 밀어 넣고 바로 뒤따라 몸을 던지는 순간 코삭의 손전등 불빛이 벽을 쓸고 지나간다.

헌터와 우마는 좁은 골목에 얼굴부터 철퍼덕 떨어진다. 헌터는 겨우 일어나 우마의 손목을 확 잡아 일으킨다.

"지금 당장 움직이지 않으면 우린 둘 다 죽어."

이번에는 우마가 고개를 끄덕인다. 눈빛도 다시 또렷해졌다. 비틀비틀 일어선 우마는 헌터를 따라 전력을 다해 뛰기 시작하고 몇 초 안에 그 골목을 통과해 큰 길로 나온다. 그들 앞으로, 한 200미터쯤 떨어진 곳에 코삭들의 거대한 밴이 비스듬히 주차돼 있다. 1초도 낭비하지 않고 우마는 곧장 방향을 틀어 반대편 창고 건물을 향해 길을 가로질러 달린다.

우마는 미친 속도로 창고 벽돌담을 수직으로 달려 올라가 견고한 목재 문까지 간다. 헌터도 그 뒤를 따라 몸을 던진다. 도약을 한 뒤 뭐라도 잡으려고 허우적대는데 손가락 끝에 체인이 걸린다. 그런데 그만 발을 차올리다가 건드린 석판이 길바닥으로 곤두박질친다. 아래서 고함 소리가 들려온다. 걸렸다. 이번에는 체인을 단단히 붙잡은 헌터는 앞으로 몸을 던지고 모멘텀을 이용해 옆 창고 건물로 몸을 움직인다.

그리고 포물선의 정점에서 몸을 날려 두 건물 사이의 틈을 가로지른다. 헌터는 잠깐 검은 공간으로 붕 떠올랐다가 옆 건물 3층 창문턱에 세게 부딪힌다. 손으로도 꽉 붙들고, 다리도 쓰고, 온몸으로 충격을 흡수해 보려고 필사적으로 노력한다. 다 썩어 가는 목재를 꽉 움켜쥐고 창 위로 몸을 끌어올리고는 그 위층으로 올라간다. 세 층만 더 올라가면 옥상 위에 다다를 것이다. 곁눈으로 슬쩍 보니 우마는 헌터보다 두 층 위에서 노련하게 벽을 타고 있다. 거의 다 갔다.

그런데 그때 저 아래 거리에서 스포트라이트가 올라와 창고 벽을 좌우로 쓸더니 우마를 포착한다. 벽을 갈퀴로 긁듯 총알들이 날아 들지만 우마는 이미 사라지고 없다. 다시 한 번 검은 공간으로 자취를 감춘 것이다. 그녀를 찾는 불빛이 다시 한 번 춤을 춘다. 이제는 헌터 쪽으로 다가오고 있다. 피하기 위해 헌터는 빛의 속도로 몸을 비틀어 위 쪽 창문을 향해 대각선으로 도약한다. 문틀을 붙잡고 발을 거친 목재 창으로 차올리며 숨을 헐떡인다. 그의 옆으로 겨우 2미터쯤 떨어진 곳에 우마가 있다.

벽에 딱 달라붙은 우마는 울퉁불퉁한 벽면을 따라 미끄러지지 않으려고 팔을 있는 대로 벌리고, 다리로는 발을 지지할 무언가를 미친 듯이 찾고 있다. 하지만 소용이 없다. 지지대가 없다. 우마는 정신없이 미끄러지고 있다. 헌터는 건물의 톡 튀어나온 부분을 기다시 피 해 우마 쪽으로 다가가 무게를 나눠 가지려고 팔을 내밀어 보지만 닿지 않는다. 스포트라이트가 벽 위를 질주한다. 그들을 덮치는 건 시간문제다. 그때 갑자기 위쪽에서 목소리가 들려온다.

"내 손을 잡아!"

그 순간 불빛이 그들을 제대로 덮친다. 눈이 부셔 앞이 잘 안 보이는 헌터가 겨우 구이도를 알아본다. 옥상 끝에서 떨어지기 직전까지 몸을 내밀고 팔을 최대치로 뻗고 있다. 총알이 벽을 할퀴고 지나가며 벽돌을 부서뜨린다. 우마가 비명을 지른다. 다른 방법이 없다. 우마는 벽을 놓아 버리고 사촌 오빠를 향해 필사적으로 몸을 위쪽으로 뻗는다. 구이도는 커다란 손으로 우마의 손목을 감싸더니 몸을 옆으로 비틀어, 온 힘을 써 우마를 옥상 위로 던져 올린다.

총알들이 날아들어 아래쪽 창틀을 박살내자 헌터는 옥상을 향해 홀로 처절한 도약을 한다. 높이 뛰어올라 홈통을 잡은 헌터는 꼭대기로 몸을 끌어올린다. 총격으로 벽이 부서져 내림과 동시에 헌터는 옥상의 찬 바닥으로 세게 떨어진다. 그 옆에서 우마가 사촌 오빠로부터 놓여나려고 발버둥 치며 옆으로 구른다. 헌터가 비틀거리며 그 옆으로 다가가 구이도에게 제대로 한 방 날린다. 하지만 헌터의 주먹이 채 닿기도 전에 뒤에서 뭔가가 날아와 그를 패대기친다. 옥상 바닥에 완전히 찌그러진 헌터 위로 누군가가 올라타 꼼짝 못하게 한다.

구이도는 우마의 오른팔을 잡고 등 뒤로 꺾는다.

"우마, 나야! 구이도라고."

우마가 돌아서더니 그의 얼굴에 침을 뱉는다.

"날 내버려 둬!"

구이도의 왼편으로 헬기가 날아들며 옥상을 딱 집어 눈이 멀 정도로 환한 빛을 비추는 게 보인다. 이런 미친 짓을 하고 있을 시간이 없다. 구이도는 우마를 세게 친다.

"따라 와, 지금 당장. 아니면 전부 죽어."

우마의 두 눈이 불타오른다. 이 모든 걸 다 겪어 내고도 다시 잡혀야 하다니!

구이도가 우마를 잡아 일으킨다.

"어서! 세인트 캐서린 도크가 저기야. 여기서 제일 가까운 시민 구역이야. 코삭들이 그쪽으로 발포하진 않을 거야!"

바로 그때 헬기가 그들 위에 나타난다. 수류탄이 창고 옥상 위로 터지지만 도망자 넷은 그곳에 없다. 뛰어내린 그들은 이미 사라지고 없다.

창고 옥상에서 미끄러져 내려온 헌터는 구이도로부터 몇 걸음 떨어진 곳에 세게 떨어져 내린다. 비틀거리며 겨우 일어서지만 근육이 땅겨 움직이기가 힘들다. 우마는 이미 앞서 가고 있다. 쟤는 정말 타고났다. 헌터는 이를 악물고 비명이 터져 나올 때까지 다리 근육을 주무른다. 그리고 옆 건물과 이어지는 콘크리트 육교를 향해 엄청 멀리 도약한다. 하지만 계산이 빗나갔다. 공중에서 잠깐 그의 몸이 움직인다. 헌터가 팔을 앞으로 던져 콘크리트에 박혀 있는 철제 버팀목을 붙잡으려는 찰나 두 손이 무참히 미끄러져 내린다. 그러나 마지막 순간, 겨우 뭔가를 붙든다.

코삭들의 서치라이트가 주변을 훑고 지나는 동안 땅에서 20미터 올라온 곳에 매달려 끔찍한 순간을 버틴다. 버텨야 한다고 스스로에게 소리치며 헌터는 다리를 앞으로 차올려 움푹 팬 벽면에 다리를 최대한 붙이고 있다가 건물의 돌출된 벽면으로 몸을 던진다. 손과 무릎이 피투성이가 된 채 앞으로 기어 나가며 헌터는 눈앞에 보이는 다 허물어져가는 빈민가 건물들의 들쭉날쭉한 윤곽을 다급하게 훑는다. 이 안개 속에선 아무것도 볼 수 없다. 하지만 우마를 놓칠 수도 없다. 헌터, 힘을 내라고! 움직여. 어서 가란 말이야. 본능을 따라가. 그동안의 훈련과 너의 몸과 네 정신력을 믿어 봐.

'바로 여기, 바로 지금, 이 모습이 바로 너야.'

생각해! 세인트 캐서린은 왼쪽, 우마는 바로 그곳으로 가고 있다. 헌터는 강 쪽을 향해 아스팔트 위를 달리기 시작해서, 주차 건물 꼭대기를 지그재그로 뛰어 넘는다. 그런데 헬기가 낮게 날아들며, 눈앞에서 들쭉날쭉한 1950년대 주거단지를 환히 밝힌다. 눈부신 안도감이 쏟아진다. 헌터는 날아오를 것 같다. 그녀가 저기 있다. 쏟아져 내리는 총알 속을 완벽하게 일치된 동작으로 뛰어오르며 달리고 있는 세 사람, 그중 두 번째다.

심장에 불이라도 붙은 것처럼 헌터는 그들을 향해 주차건물에서 뛰어내린다. 그는 몸을 앞으로 내던지다가 육교 위로 엄청 세게 떨어진다. 총탄이 난사되고 있는, 오줌으로 얼룩진 벽을 등지고 우마와 겨우 몇 발짝 떨어진 곳으로 말이다. 헌터는 더 낮은 곳으로 뛰어 내려 헬리콥터의 사정권을 벗어나라는 구이도의 소리를 듣고, 우마를 뒤따라 뛰어내린다. 그리고 녹슨 배수 파이프를 잡아, 나선형으로 빙빙 돌며 곧장 3층까지 내려간다. 분명 헬리콥터가 이렇게 낮은 곳까지 따라올 수는 없을 것이다.

파이프를 놓으며 우마가 휘청하지만 곧 중심을 잡고 계단 아래 몸

을 숨긴다. 잠시 후 헌터도 우마 옆으로 착지하고 두 사람은 다시
달린다. 이제 들리는 거라곤 그들이 달리며 내는 손바닥 스치는 소
리와 발바닥이 콘크리트에 닿는 소리뿐이다.

점프하고, 기어오르고, 달리며 도약한다. 생각 따윈 없고, 오직 순
수한 흐름뿐이다. 태초에 우리 몸이 그랬듯.

저 앞, 강의 요트 정박장 위로 솟아오른 세인트 캐서린 부두가의
고급 고층 아파트들이 막 모습을 드러내고 있다. 저기까지만 갈 수
있다면 아직 기회는 있다.

이제 빈민가 한 블록만 지나면 정박장 근처의 가장 가까운 시민
아파트다. 아웃사이더들의 마지막 전초기지. 코삭을 피하기 위해 적
진을 향해 내달리고 있다는 게 미친 짓이긴 하지만, 그곳에선 군인
들이 감히 무차별사격을 하지 못할 거라는 구이도의 말이 맞다.

우마와 구이도는 다시 기어 올라가 난간이 있는 육교를 네 발로
기어 이동하고 있고, 헌터와 패츠는 한 층 아래에서 그들을 향해 계
단을 뛰어오르고 있다.

헬리콥터가 헌터 위로 갑자기 불쑥 나타나고, 코삭들은 빈민가에
서의 마지막 기회를 노린다. 그리고 바로 그때 패츠가 움직인다. 다
리를 걸어 헌터를 넘어뜨리고 군화발로 그의 배를 거칠게 걷어찬다.
얼마간 헌터는 움직이지도 못한다. 총탄 세례가 쏟아지는 가운데,
눈을 멀게 할 것만 같은 조명을 받으며 꿈틀거린다.

패츠는 등을 돌리고 어둠 속으로 질주한다. 하지만 갑자기 뭔가에
심하게 얻어맞은 것처럼 휘청한다. 헬기의 불빛을 피하기 위해 죽기

살기로 계속 뛴다. 그리고 계단 끝에서 도약하지만 저격수는 다시 그를 찾아낸다. 결국 날아든 총탄이 패츠의 몸을 난간 앞에 정지시킨다.

그 뒤에서 헌터는 겨우겨우 두 발로 일어서 계단을 향해 기듯이 나가는데 종아리에서 날카로운 통증이 폭발한다. 통증으로 비명을 지르며 헌터는 살기 위한 마지막 몸부림으로 계단 아래쪽을 향해 몸을 날린다. 헌터는 고개만 겨우 돌려 패츠의 몸뚱이가 총알에 누더기가 되는 것을 무력하게 지켜본다. 패츠는 마지막으로 난간을 필사적으로 잡는다. 끝에서 잠시 흔들거리다가 처절한 비명을 지르며 앞으로 거꾸러져 사라지고 만다.

그리고 마치 검은 안개가 삼켜 버리기라도 한 듯 헬기는 다시 사라진다. 헌터는 계단 밑에서 기어 나와 건물 끝으로 몸을 질질 끌다시피 옮겨 아래쪽을 미친 듯이 살피지만 보이는 것은 아무것도 없다. 마치 그런 사람이 애초에 존재하지도 않았던 것처럼. 뜨거운 분노가 그의 가슴을 메운다. 패츠! 놈들이 패츠를 길바닥의 개처럼 죽여 버렸다. 이제 열여덟인 아이를. 그가 무슨 짓을 했든 그렇게 죽일 수는 없다.

잠시도 거기 더 머무를 수는 없다. 우마한테 가야만 한다. 찢어진 바지의 천을 들어 올려 종아리를 보기 위해 몸을 굽힌다. 피가 사방에서 솟아나고 있고 엉망이다. 정강이를 손으로 쓸어보며 부러진 곳이 없나 찾는데 두 동강이 난 것 같진 않다. 아, 하느님. 헌터는 뼈가 몸무게를 지탱해 주길 기도하며 천천히 일어선다.

이를 악물고 고통을 참으며 헌터는 몸을 편다. 몇 초간 사방이 캄캄해지더니 주거단지가 앞에서 깜빡인다. 길게 심호흡을 한 후, 난간을 붙잡고 다시 계단을 내려가기 시작한다. 처음에는 다리를 그냥 끌다시피 하다가 조금씩 무게를 실으며 점차 굽히려 애쓴다. 포기할 수 없다. 이제 코드를 쥐고 있는 사람은 헌터 자신이니까.

う마가 타워호텔 옥상을 향해 마지막 점프를 시도하자 쭉 뻗은
몸이 창공으로 붕 떠오른다. 여기선 빠르게 움직이기만 한다면 아직
기회는 있다. 충격을 흡수하기 위해 몸을 유연하게 유지하며 구이도
를 따라 뛰어내린 후, 헌터와 패츠가 오나 보려고 고개를 돌려 건물
들을 살핀다. 하지만 아무것도 없다. 회전하거나 기어오르는 그 어
떤 움직임도 보이지 않는다. 들리는 소리라곤 빈민가에서 멀어지고
있는 헬리콥터 엔진의 부릉부릉 소리뿐이다.

우마는 두 손을 입에 모아 소리친다.

"헌터, 어디 있어?"

구이도가 손사래를 친다.

"쉿, 금방 이리 들이닥칠 거야. 우마, 어서 가자고!"

우마에게 따라오라는 손짓을 하며 구이도는 옥상 반대편에 있는 엘리베이터를 향해 달리기 시작한다.

하지만 우마는 움직이지 않는다. 헌터는 왜 오지 않는 거지? 그리고 그때서야 처음으로 코드가 자기 손에 없다는 사실이 생각난다. 프로스펙트에서 파수꾼에게 넘겼지!

구이도가 엘리베이터 문 앞에 서서 말한다.

"우마, 어서! 몇 분만 지나면 상황이 더 불리해져."

우마는 간절한 눈길로 건물들을 계속 훑는다. 이곳에 코삭들이 벌떼처럼 몰려든다고 해도 상관없다. 코드 없이는 모든 게 끝장이다. 유일한 희망은 헌터가 갖고 있는 것이다. 우마는 다시 그의 이름을 부른다. 텅 빈 아파트들 사이로 자기 목소리만 메아리쳐 돌아올 뿐, 아무 대답도 없다. 다시 호텔 옥상 끝으로 달려간 우마가 빈민가 쪽으로 점프하기 위해 잠시 멈춰 선다.

불현듯 아래쪽에서 희미한 비명 소리가 들린다. 아래쪽을 살피다가 부서진 콘크리트 조각을 발견하는데……. 저기! 헌터가 4층 정도 아래 빈민가 건물에 서 있다.

"헌터, 뭐 하는 거야? 이쪽으로 넘어 와!"

헌터가 몸을 무겁게 움직여 계단 난간에 기댄다.

"아니, 네가 이쪽으로 와. 난 이제 더는 못 가."

"왜?"

헌터는 조급하게 손짓을 한다.

"그냥 좀 와. 네가 코드를 가져가야 돼."

우마의 심장이 입으로 튀어나올 뻔한다.

"네가 갖고 있었구나."

"그래, 얼른 와."

우마는 안도의 한숨을 내쉰다. 그런데 왜 점프해서 이쪽으로 건너오지 않는 거지? 다쳤나? 우마는 자기가 서 있는 건물 옆쪽을 살핀다. 3층 아래에 툭 튀어나온 호텔 발코니가 있어 헌터가 서 있는 계단에 바로 닿을 듯하다. 금속 파이프로 손을 뻗어 헐겁게 잡은 후 아래쪽으로 내려간다.

한편 엘리베이터 옆에 서 있던 구이도는 우마가 사라지자 당황해서 소리를 지른다. 또 뭐야? 끙 하고 신음소리를 내며 구이도는 다시 옥상 끝으로 달려간다.

어느새 발코니 높이까지 내려간 우마는 기둥으로 손을 뻗어 단단히 잡고 몸을 반시계 방향으로 회전시킨 뒤, 가속도를 이용해 몸을 좀 더 비틀며 호화로운 발코니 타일 위로 정확히 착지한다. 그러고는 발코니 끝까지 달려 어둠 속에서 헌터를 찾는다. 저기 있다!

"다친 거야?"

헌터는 애써 차분한 목소리로 말한다.

"다리를 좀 다쳤어. 난……. 난 점프는 더 이상 못할 것 같아. 거리로 내려가서 숨을 곳을 찾아야 할 것 같아."

"하지만 저 아래는 너무 위험해. 코삭들이 벌써 쫙 깔렸을 거라고."

"알아. 그러니까 네가 코드를 가져가. 넌 아직 높은 곳을 기어오를 수 있잖아."

우마가 고개를 흔든다.

"그러지 마, 헌터. 나도 늘 부상당한 채로 점프한단 말이야. 너도 할 수 있어."

헌터가 침을 넘긴다. 다리를 관통한 총상을 극복하는 것은 자기 능력 밖이다. 해낼 수 없으리란 걸 잘 안다. 이번에는 내면의 두려움이 진실을 말하고 있다. 건물과 건물 사이의 간격이 너무나 멀다.

"아니! 당장 케이스를 들고 떠나!"

우마의 목소리가 무너진다.

"절대 널 두고 가지 않아."

"우마, 나 총에 맞았어. 어서! 아님 그동안 고생한 게 전부 물거품이 된다고."

"널 두고는 아무 데도 가지 않아."

우마는 발코니 난간을 타고 기어 다시 빈민가 쪽으로 점프하기 위해 자세를 가다듬는다.

그런데 그때 불쑥 구이도가 나타나 금속 파이프를 타고 돌진해 내려오더니 발코니 난간을 군화발로 밟고 선다. 그리고 미처 피할 틈도 주지 않고 우마를 붙들어 그 커다란 손으로 팔을 꽉 움켜잡는다. 그의 목소리가 거칠다.

"뭐 하는 거야?"

우마는 팔을 빼려고 애쓰며 뒤로 물러난다.

"헌터, 도망가!"

구이도가 우마를 끌고 가는 모습을 헌터가 무섭게 노려본다.

구이도의 목소리가 흔들린다.

"우마. 너 대체 왜 이러는 거야? 나한테 저항하지 마. 빨리 가야해. 나도 저 애가 잘못되길 바라는 건 아니지만 저 애는 우리가 아니야. 시민이란 게 밝혀지면 코삭들도 저 앨 놔 줄 거야."

우마가 그의 팔 안에서 발버둥 친다.

"그래서 저 애를 죽이라고 명령했던 거야?"

깜짝 놀란 구이도의 얼굴이 멍해진다.

"그게 무슨 소리야?"

"빈민가에서, 내가 코드를 넘기자마자 패츠를 보냈잖아."

구이도가 고개를 젓는다.

"나는 절대……."

"아, 아닌 척하지 마. 이제 더 이상 오빠를 믿지 않아. 내 친구를 그렇게 냉혹하게 죽일 수 있다면 오빠는 어떤 짓도 다 하겠지. 오빠가 사심이 있어 코드를 가지려는 건 아닌지, 코삭들에게 매수된 건 아닌지 알게 뭐냐고!"

바로 그 순간 저 높은 곳 어딘가에서 석궁 화살이 공기를 가르고 날아와 구이도의 배에 퍽 하고 꽂힌다. 우마가 깜짝 놀라 획 돌아본다. 우마의 손을 놓아 버린 구이도는 배에 꽂힌 금속 화살을 꽉 움켜잡은 채 호텔 창문의 판유리를 타고 천천히 미끄러진다.

잠시 후, 작고 가냘픈 형체가 옥상에서 뛰어 내려 발코니 타일 위에 우아하게 착지한다.

우마가 입에서 헉 소리가 난다.

"로즈?"

로즈는 그저 석궁을 새로 장전할 뿐 아무 대답도 하지 않는다.

우마가 다시 묻는다.

"너, 여기서 뭐 하는 거야?"

구이도가 고개를 반쯤 돌린다.

"코삭들 통신을……. 헬기 보고를 따라온 게 분명해. 그렇지, 로즈?"

우마는 친구를 뚫어지게 본다. 얼굴빛은 변하지 않았지만 분노가 하얗게 스치고 지나간다.

"하지만 로즈가 그런 걸 어떻게 알아?"

"그건 쟤한테 물어 봐."

"총을 이리 던져, 구이도. 지금."

로즈의 석궁이 구이도의 머리를 정면으로 겨냥하고 있다.

구이도가 침을 뱉는다.

"아……. 어디서 돈을 구하나 했더니. 이제 알겠군."

"지금 당장. 내 화살이 빗나가는 일이 없다는 거 잘 알 텐데."

구이도의 총이 바닥에 떨어진다. 로즈가 한 발 앞으로 나가 총을 차버리자 달그락 하고 테라스 끝으로 가 부딪힌다.

로즈가 우마 쪽으로 돌아선다.

"드라마는 찍지 말자. 코드 내놔."

우마의 머리가 돌아가지 않는다. 어떻게 이런 일이.

"하지만, 로즈……."

"당장."

"왜?"

고개를 번쩍 드는 로즈, 고통스러운 듯 얼굴이 화끈 붉어진다.

"레이레이 치료비를 내야 하니까."

"돈 때문에?"

"그럼 대체 어느 구멍에서 돈이 나오겠니? 넌 한 번도 묻지 않았어. 안 그래, 우마? 어쩌면 알고 싶지 않았는지도 모르지. 우리 동네 그 누구도 마찬가지야."

우마가 고개를 흔든다.

"그렇지 않아. 우리 모두 너희를 보살폈어."

"그래, 하지만 그 누구도 내게 진짜 필요한 걸 주진 않았어. 그렇게 혼자 몇 년을 버텨 왔지. 그런데 일주일 전에 병원에서 면담이 있었어. 의사들이 레이레이가 다섯 달 안에 다섯 번의 수술을 받아야 한대. 두개골 안에 압력이 너무 빨리 올라가고 있다고. 그래서 그 돈을 마련하기 위해선 그 방법 밖에 없었어."

로즈의 목소리가 갈라진다.

"우마, 넌 절대 알 수 없어. 그 애가 우는 걸 지켜보면서 아무것도 해 주지 못하는 심정을."

우마는 자기도 모르게 눈물이 두 뺨을 타고 흐르고 있음을 느낀다.

"그래서 우릴 팔아넘겼니?"

로즈가 두 눈을 똑바로 뜨고 쳐다본다.

"그래, 그랬어. 그리고 그 애를 위해서라면 또 할 거야."

구이도의 입에서 신음소리가 새어 나온다. 우마가 그를 향해 움직인다.

로즈의 목소리가 강경해진다.

"안 돼."

"하지만 다쳤잖아!"

"안 된다고 말했어."

갑자기 우마의 목소리가 분노로 떨리기 시작한다.

"지난 일주일 동안 코삭들이 왜 그렇게 우리 뒤를 바짝 쫓을 수 있었는지 이제 알겠어. 장례식, 젤라 이모……."

우마가 눈을 가늘게 뜬다.

"하지만 이해가 안 가는 게 있어. 왜 여태까지 기다렸던 거야? 레스터 광장에서 너에게 코드에 대해 내가 말해 줬을 때, 왜 날 바로 그때 넘기지 않은 거야?"

로즈가 한숨을 쉰다.

"꼭 알아야겠다면 말해 주지. 너랑 헌터가 코삭을 피해서 아일 오브 독스의 기름 탱크에 숨어 있을 때 클라크 지휘관과 통화를 했어. 네가 뭔가 비밀스러운 걸 갖고 움직이고 있다고. 그랬더니 너한테 붙어 있으라는 명령을 받았어. 그래서 드래곤 홀에서 '안'으로 들어 갔던 거야. 코삭들이 암호화 코드를 깨기 위해선 아웃사이더를 동원해야 한다는 것을 나는 아주 잘 알고 있었지. 그리고 정말로 거의 다 됐는데, 다치고 말았어."

우마가 가슴을 친다.

"하지만 나라고! 우리잖아! 네가 무슨 짓을 하고 있는지 생각해 봐, 로즈."

"난, 난 방법이 없어."

순간적으로 로즈의 얼굴이 화끈 붉어진다.

"그놈들이 레이레이를 죽일 거야. 드래곤 팰리스에서 나와서 난 클라크한테 네가 암호화 코드를 갖고 있다고 말했어. 그랬더니 너와 코드를 찾아오지 않으면 레이를 다시는 볼 수 없을 거라 협박했어. 난 코드를 넘겨줘야 해."

우마는 마지막으로 한 번 더 시도하기로 하고 손을 뻗어 말한다.

"로즈. 그놈들이 어떤지 봤지? 절대로 믿을 수 없는 사람들이야."

로즈의 얼굴이 굳어 버린다.

"아니. 이러지 않는 게 좋아. 내 동생 목숨이 걸려 있다고. 자, 케이스를 넘겨."

우마가 로즈의 눈을 똑바로 쳐다본다.

"난 너한테 아무것도 주지 않을 거야, 로즈 맥과이어. 나를 먼저 죽여야 할 거야."

놀랍게도 로즈는 미소를 짓는다.

"아, 이것 봐, 우마. 코삭들은 아직 감도 못 잡고 저 멀리서 뛰어다니고 있는데 내가 어떻게 널 찾은 것 같니? 왜냐하면 난 네 생각을 읽을 수 있기 때문이야. 그들은 네가 프로스펙트에 있다고 말했지만 나는 네가 정박장 쪽으로 건너갈 거란 걸 알고 있었어. 널 협박하느라 시간 낭비하지 않을 거야."

로즈는 석궁을 당기고 있는 손가락에 힘을 준다.

"코드를 나한테 넘기는데 10초 줄게. 그 담엔 이 화살이 구이도의 머리를 곧장 뚫어 버릴 거야. 사촌 오빠를 의심하고 그 담엔 죽이기까지한다면……. 그걸 견디며 살 수 있겠어?"

우마가 주먹을 불끈 쥔다.

"그럼 만약 너에게 넘기면, 오빠를 살려 줄 거야?"

"그럼. 난 바로 떠날 거야."

"약속해?"

"그래."

구이도는 피투성이가 된 가슴팍에서 고개를 천천히 든다.

"아무것도 주지 마, 우마!"

계단에 서 있는 헌터는 입안에서 토사물 맛이 나는 걸 느낀다. 호텔 발코니까지 닿으려면 5미터나 점프를 해야 한다. 그가 서 있는 곳에선 도저히 불가능하다.

로즈가 고개를 젓는다.

"구이도, 네가 죽을지 살지 우마에게 선택하도록 해. 빨리 그걸 내게 넘기면 너도 살려 주고 우마도 도망갈 기회를 줄 거야."

갑자기 머리 위로 헬리콥터의 육중한 소리가 들려온다. 로즈가 고개를 위로 홱 젖힌다.

"저들이 여기로 내려오기 전까지 도망칠 수 있는 시간은 몇 분밖에 안 남았어."

로즈의 눈빛이 우마의 두 눈을 뚫을 기세다.

"이제 세기 시작할 거야. 하나…… 둘……. 셋."

우마가 재킷 안으로 손을 넣고 빈주먹을 꼭 쥐며 마지막 격투를 준비한다. 헌터를 쳐다볼 수 없다. 그가 도망가기를, 떠날 용단을 내릴 수 있기를 기도하는 것 말고는 아무것도 할 수 있는 게 없다.

"넷……. 다섯……. 여섯……."

헌터는 거친 숨을 내쉰다. 단순해져야 한다. 땅, 떨어지는 것, 고통은 생각하지 말고 오직 목표물에만 집중. 요령은 이미 알고 있다.

'바로 이게 지금의 너야, 헌터 내시.'

로즈가 석궁 조준기를 올려 눈에 갖다 댄다.

"일곱……. 여덟……. 아홉……. 내가 못할 거라 생각하면 오산이야, 우마."

몸을 날리기 직전 우마는 몸을 긴장시킨다. 구이도와 석궁 화살 사이로 몸을 날릴 것이다. 구이도의 목숨을 살리고 헌터가 탈출할 수 있는 귀중한 몇 초를 벌어 주기 위해. 그 순간 느닷없이 헌터의 무릎이 로즈의 등을 가격하고 로즈는 앞으로 푹 거꾸러진다. 헌터가 앞으로 넘어지며 두 사람은 사지가 뒤엉킨 채 바닥으로 나가떨어진다. 하지만 헌터가 발코니 난간을 뛰어넘다가 발로 우마의 머리를 걸어찼다. 부츠를 신은 발로 아주 세게. 뾰족한 철제 난간 끝에 머리를 심하게 부딪힌 우마는 앞으로 고꾸라진다.

로즈는 테라스 바닥에서 헌터를 벗어나려고 몸부림친다. 헌터는 로즈의 팔 아래로 손을 밀어 넣어 로즈의 손목을 잡고 안으로 비튼다. 로즈가 고통에 찬 비명을 내지르며 다리를 오므려 무릎으로 헌터의 명치를 걷어차고 몸을 거의 다 일으켜 세우려는 찰나, 헌터가 로즈의 머리카락을 잡아 다시 바닥으로 끌어당긴다. 하지만 이미 다리를 마음대로 쓸 수 있게 된 로즈는 헌터의 하체를 다시 세게 걷어찬다. 헌터는 극도의 고통에 비명을 지른다. 통증이 온 다리를 뒤흔들고 지나간다. 헌터는 이를 악문다. 놓지 않을 것이다. 놓아서는 안 되니까. 이 싸움에서 이겨야만 하니까.

호텔 판유리 위에 있던 구이도가 헌터 쪽으로 몸을 던진다. 복부의 통증이 너무나 강렬해서 거의 움직일 수가 없다. 시야가 이미 흐려진 상태로 구이도는 앞으로 기어가 손가락을 뻗어 총을 더듬어 찾는다. 엄지손가락에 뭔가 차가운 게 닿자 손을 벌려 잡은 후 자기 쪽으로 당긴다. 안간힘을 쓰느라 인상을 잔뜩 쓴 채 구이도가 몸을 일으켜 총을 쏜다. 첫발은 크게 빗나가며 총알이 타일 바닥에 튕겨 버린다. 하지만 두 번째 발은 정확했다. 로즈가 비명을 지르고 헌터는 로즈의 손아귀 힘이 갑자기 풀리는 것을 느낀다. 로즈가 헌터 옆에 쓰러진다.

"그만!"

우마의 비명이 울려 퍼진다. 하지만 총은 이미 구이도의 손에서 떨어져 버렸다. 우마는 손바닥과 무릎으로 기어 구이도 쪽으로 다가가 그의 옆에 웅크리고, 그의 몸 아래쪽에서 피가 흥건히 배어 나오는 것을 보고 손을 덜덜 떤다.

"사람을 불러와야겠어."

구이도가 고개를 흔든다.

"가, 지금. 명령이야."

"오빠!"

우마가 흐느낀다.

구이도의 검은 눈동자가 단호해진다.

"어서."

구이도는 천천히 고개를 돌려 축 늘어진 로즈 옆에 미동도 않고 서 있는 헌터를 본다.

"그 군인을 죽인 건 나였어. 부두에서……. 내가 쐈어. 서더크 브리지에서. 네가 계단으로 넘어지는 바로 그 순간 총알이 박혔던 것 같아. 네가 죽인 게 아니야."

그러더니 구이도는 숨을 몰아쉬며 다시 바닥에 쓰러진다.

"우마, 내 동생, 이제 그만 가……."

고통에 그의 눈이 커지더니 이내 조용해진다.

우마가 그의 손을 잡는다.

"안 돼, 안 돼!"

갑자기 옥상 쪽에서 서치라이트 불빛이 내려온다. 헬리콥터가 착륙한 것이다. 헌터는 우마를 붙잡아 일으켜 세운다. 그리고 뒷주머니에서 메탈 케이스를 꺼내 든다.

"가져가!"

우마는 그것을 다시 헌터 손으로 밀어낸다.

"싫어! 너 없인 안 가. 내가 이걸 가지면……. 그러면, 그러면 네가 내 곁을 떠날 것 같아. 우린 함께해야 해."

헌터가 고개를 젓는다.

"난 안 돼."

우마는 흐느낌을 가라앉히려 안간힘을 쓴다.

"지금 날 포기하면 안 돼, 헌터. 이젠 정말 너랑 나뿐이야. 약속해 줘!"

헌터는 천천히 고개를 끄덕인다. 이건 정말 미친 짓이다. 하지만 어쩔 수 없다. 헌터는 다시 케이스를 뒷주머니에 찔러 넣는다.

우마도 허리를 똑바로 펴고 구이도와 로즈를 마지막으로 바라본 후, 발코니 난간을 잡는다. 하지만 난간을 잡고 그네를 타듯 빈민가 쪽으로 몸을 뺀 순간 옥상에서 총성이 터져 나온다. 손가락으로 차가운 금속을 더 꽉 움켜잡고 난간을 넘어 올라오는 우마, 하지만 그 순간 어둠 속에서 총알이 날아온다. 총탄이 우마의 목에 구멍을 내자 피가 분수처럼 뿜어져 나오고 그녀가 비틀 거린다. 그때 한쪽 발이 난간에 걸리면서 우마의 몸이 중심을 잃고 옆으로 돌아간다.

헌터가 방향을 바꾸지만 이미 때는 늦었다. 그녀를 잡으려고 두 팔을 날리지만 헌터는 너무 느리다. 우마의 몸이 난간을 넘어 저 아래 강물을 향해 떨어진다. 지켜보는 것 말고 그가 할 수 있는 일은 없다.

허공에 두 손을 뻗은 채, 마비된 듯 헌터는 얼마간 그렇게 서 있다. 코삭들이 벽을 타고 기어 내려오고 있다. 몇 초 후면 잡힐 것이다. 그런데 그 순간 갑자기 헌터의 몸이 다시 자유롭게 움직인다. 그리고 군인들이 다다르기 직전 마지막 순간, 마치 늘 하던 운동을 하기라도 하듯 헌터는 발코니 난간을 붙잡고 가볍게 도약해서 건물 옆으로 낙하한다. 우마를 따라서.

8층 높이를 떨어져 헌터의 몸이 템스 강물 속으로 처박힌다. 이렇게 몸을 갈가리 찢을 듯한 충격과 통증은 살아오면서 한 번도 느끼지 못했다. 마치 으스러진 듯 숨이 막힌 채 헌터는 캄캄한 어둠 속에서 아래로, 더 아래로 가라앉다가 강바닥을 친다. 우마를 찾으려고 고개를 이리저리 돌려 보지만 너무 어두워 아무것도 보이지 않는다. 물 위로 올라가려고 미친 듯이 버둥거려 보지만 이미 물살에 갇혀 버린 헌터는 수백만 톤이나 되는 물의 무게에 짓눌려 버린다. 온몸을 집어삼킬 것 같은 공포와 싸우며 겨우겨우 올라가지만 곧 격렬한 급류가 그를 삼켜 빙글 빙글 돌다가 다시 아래쪽으로 패대기쳐진다.

옴짝달싹할 수 없다. 목구멍에 경련이 일더니 물을 마구 마시고 있다. 아, 이런, 이렇게 빠져 죽겠구나. 안 돼, 안 돼! 그 순간 불현듯 저 위에서 불빛이 내려와 강물을 가르고, 헌터는 얼핏 우마를 본다. 헬리콥터가 머리 바로 위에 있는 게 분명하다. 우마는 헌터 왼쪽으로 몇 미터 떨어진 곳에서 흑갈색 물살에 뱅뱅 돌아가며, 이리저리 비틀리고 있다. 창백한 손, 머리카락 한 뭉치……. 그러더니 다시 사라진다. 또 다시 어둠 속에 휩쓸려 버렸다. 돌, 유모차 바퀴, 녹슨 쇳덩이를 걸리는 데로 붙잡으며 헌터는 우마가 있던 자리까지 간다. 흔적도 없다. 반대 방향으로 가는데 갑자기 헌터의 눈앞에 우마가 불쑥 나타난다. 눈동자는 초점을 잃었고, 팔다리는 늘어져 있다.

왼팔로 우마의 몸뚱이를 꽉 감싸 안고 한쪽 팔로는 미친 듯이 물을 가른다. 발을 차며 위로, 수면을 향해 올라간다. 하지만 물살이 또 다시 그를 강타하고 이번에는 우마마저 낚아채 버린다. 얼마간 헌터는 끔찍한 속도로 물살에 휩쓸려 가다가 죽은 사람처럼 강바닥을 구른다.

헌터는 다시 미친 듯이 발을 찬다.

'안 돼! 이건 아니야. 이렇게 끝나게 놔두진 않겠어.'

그런데 갑자기 강의 깊이가 달라진다. 소용돌이 속에 빨려 들어간 것이다. 강물의 흐름이 방향을 완전히 바꾸고 이제 수백 톤의 물이 요동을 치며 위쪽으로 회전하며 올라가고 있다. 그리고 그 안에 헌터 몇 미터 위로, 다시 우마가 보인다.

마지막 남아 있는 의지와 폐에 남아 있는 마지막 산소 찌꺼기를 모아 헌터는 그녀의 옷을 잡는다. 그런 다음 피가 귀로 몰려 펑펑

소리가 날 정도로 미친 듯이 발을 차며 위로 올라가 강의 수면을 뚫고 나간다.

얼마간 헌터는 가만히 누워 공기를 들이마시고 폐를 가득 채운다. 하지만 머리 위에 헬리콥터 불빛이 그를 향해 다가온다. 정박장에 템스 강을 향하고 있는 코삭들의 지프차 불빛과 소리치고 명령을 내지르는 군인들의 모습이 보인다. 이대로 잡힐 수는 없다. 그렇게 놔두지 않을 것이다. 이제 헌터는 더 이상 생각도 하지 않는다. 그는 마치 쫓기는 짐승처럼 순전히 본능만을 따라 움직인다. 바로 그때, 바지선 한 척이 안개를 뚫고 어렴풋이 나타나 천천히 바다 쪽을 향해 가는 게 눈에 들어온다.

헌터는 돌아누워 우마를 가슴 위로 올리고 두 팔로 그녀의 몸을 단단히 감싼다. 그리고 소용돌이치는 물살을 가르며 눈에 띄지 않기를 기도한다. 서치라이트가 너무 가까이 와서 이제는 불과 몇 미터 떨어진 곳을 훑고 있다. 온몸의 힘을 다리로 모아 헌터는 계속해서 발을 찬다. 매 순간 찢어진 종아리 근육이 고통으로 비명을 지르는 것 같다.

순간 갑자기 금속 물체가 닿는 느낌이다. 고개를 위로 들어보니 녹슨 바지선의 커다란 선체가 다가오고 있다. 그리고 여기 강의 수면 위로 몇 센티미터 올라간 부분에 좁은 철판이 장착돼 있다. 그 밑으로 사람 몸뚱이 하나 겨우 숨길 수 있을 것 같다.

이제 머리 바로 위까지 온 헬리콥터의 불빛이 바지선 전체를 태울 듯이 비추고 있다. 우마의 몸뚱이를 철판 아래로 끌어 놓고 헌터는 뭔가 붙들고 있을 만한 것을 찾느라 미친 듯이 허우적거린다. 우마의 몸을 고정시켜 불빛으로부터 숨기기 위함이다. 배 밑면에 부식된 후크 덩어리가 헌터의 손가락에 잡힌다. 헌터는 그 부분을 왼손으로 꽉 붙잡고, 우마의 얼굴이 수면 위로 나오도록 자기 몸을 반쯤 회전시킨다. 이렇게 하면 헌터의 몸은 위험할 정도로 낮게 들어가고 머리는 수면 위로 간신히 나올락 말락하게 된다. 우마를 꽉 붙들고 있는 헌터의 코와 입 안으로, 움직이는 배가 만들어 내는 후류(後流)가 쏟아져 들어온다. 숨이 가빠 헐떡이는 헌터의 폐가 다시 아파 온다.

몇 초가 몇 시간처럼 흐른다. 손에 쥐고 있는 녹슨 쇳덩이만이 유일한 희망이다. 헬기 아크등의 빛줄기가 아래쪽을 비추며 바지선을 훑고 지나가기를 반복하고, 강물은 견디기 힘들 정도로 눈부시게 빛난다. 대체 얼마나 더 계속될 것인가. 자기도 모르게 헌터는 또 한 차례 물을 입 한가득 들이킨다. 그의 팔에서 우마가 조금 빠져나간다. 이제는 코와 입만 물 위에 떠 있다. 헌터는 우마의 무게 때문에 물밑으로 가라앉는다. 폐에서 올라오는 통증을 더 이상은 견디기 힘들다.

쇳덩이, 그것을 잡고 있는 그의 손 그리고 바지선. 이것이 그의 현실이다. 붙잡고 버티기. 두 사람의 목숨을 모두 지켜 내야 한다. 우마가 아직 숨을 쉬고 있는지조차 알 수 없지만 그 어떤 것도 헌터의 손을 풀지 못한다. 강물이 눈부시도록 밝다. 저기 저건 무엇일까? 코드? 아니. 바보 같은 소리. 그건 그의 주머니 안에 있다. 헌터의 생각이 표류하기 시작한다. 헌터는 또 한 번 물밑으로 미끄러져 내려간다. 피가 고동치고 폐에는 산이 가득 찼다.

헌터는 눈을 뜨고 물결 위의 해를 본다. 엄마가 거기 있다. 아, 그래, 엄마가 악어 튜브를 갖고 있다. 잘됐어. 반짝이는 악어 이빨과 씩 웃는 입이 보인다. 엄마가 맞긴 한데 왜 저렇게 화가 났을까? 엄마는 놀고 있지 않다. 여느 때처럼 웃고 있지도 않다. 고함을 지르고 있다.

"헌터. 견뎌야 해!"

뭘 견디라는 걸까?

더 이상은 안되겠다. 이제 그가 할 일은 긴장을 풀고, 입을 벌리고, 다 놓아 버리는 것뿐이다. 가슴의 통증을 없애고 싶다.

"정신 차려!"

엄마가 그를 흔든다. 예전에 학교에 늦었을 때처럼 어깨를 잡아당긴다.

헌터는 눈을 감고, 짜증이 나서 옆으로 돌아누우려고 한다.

"일어나, 헌터. 당장!"

헌터가 깜빡하고 눈을 뜬다. 헌터는 바지선으로부터 몇 미터쯤 떨어진 채 떠내려가고 있고, 우마는 그 옆에서 물속으로 가라앉고 있다. 그 순간 다시 현실이 살아난다. 다시 어두워졌다. 마침내 헬기는 사라졌다. 하지만 이젠 발을 찰 기력이 없다. 그저 바지선을 붙들고 있는 수밖에 없다. 그것만이 떠 있을 수 있는 유일한 방법이다. 덜덜 떨며 녹슨 쇠를 더듬어 나가다가 다른 후크를 발견한다. 헌터는 그것을 붙들고 간신히 우마를 본다. 목에서 피가 흘러나오고 있고 얼굴은 이미 죽은 사람 같다. 헌터는 상처를 손가락으로 누른다.

"우마 정신 차려. 얼른!"

눈을 감은 채 우마는 그의 옆에 떠가고 있다. 헌터는 우마의 허리를 낚아채 맥을 짚고 한참을 기다려 본다. 손가락으로 그녀의 피부를 더 세게 눌러 보지만 아무것도 느껴지지 않는다. 우마는 떠났다.

그러자 이번에는 분노가 가슴에서 치밀어 오른다. 이대로 죽을 수는 없다. 그 많은 일들을 다 겪어 내고 이렇게 죽어? 헌터는 배 밑면을 주먹으로 내리치고, 템스 강 상류에서 아직도 선회하고 있는 헬기에 대고 분노를 내지른다.

"덤벼! 나 여기 있으니까. 난 아직 살아 있다고! 와서 다 끝내 버려!"

소리치고, 흐느끼며 헌터는 미친 듯이 허우적댄다. 물을 주먹으로 내리치고, 발길질을 하고, 때리다가 처절한 절규를 하고는 완전히 기진해서 선체 쪽으로 나가떨어진다. 바지선과 나란히 떠가는 사이 또 몇 분이 흐른다. 검은 물결 속에 혼자 그녀의 몸을 덥히고 깨우려고 여전히 필사적이다. 이젠 우마마저도 헌터를 버렸다. 이제 그는 더 이상 누구에게도, 어디에도 속하지 않는 사람이 됐다. 이 어둡고 캄캄한 도시에 완전히 혼자다. 군인을 죽이지 않았다. 하지만 그 사실을 입증해 줄 단 한 명은 죽어 누워 있다. 그의 결백을 절대로 입증할 수 없을 것이다. 고통이 심장을 찢는다. 아, 그리고 그의 아버지!

모든 것을 놓아 버릴 시간이다. 그래, 물이 그의 폐를 채우기 시작할 때 순간의 공포가 있겠지만 이미 그 문턱까지 가 보지 않았는가.

썩 나쁜 일도 아니다. 잠시 잠깐의 고투……. 그다음은 평화. 어차피 우마도 떠나지 않았는가. 코드를 던져 버리면, 바다로 흐르고 흘러 아무도 찾을 수 없는 곳으로 가겠지.

마지막 휴식을 얻고자 헌터는 딱딱 부딪히는 이를 악문다. 몇 분이 흐르지만 아직도 놓지 못하고 있다. 겁쟁이처럼 구는 자신을 욕하며 헌터는 크게 소리친다. 그런데 그 순간 우마가 움직인다. 그의 품 안에 있는 그녀의 몸이 감지하기조차 어려울 만큼 살짝 움직였다.

헌터가 우마를 꽉 잡는다.

"우마! 내 말 들려?"

우마는 죽은 사람처럼 떠가며 한참 동안 꼼짝하지 않는다.

헌터는 우마의 얼굴을 뚫을 듯이 들여다본다.

"우마, 제발……."

그리고 그때 헌터는 자신의 오른쪽 팔에 감긴 우마의 손가락에 힘이 들어감을 느낀다. 세지는 않지만 확실하다. 살아 있었어!

그의 심장이, 머리가 기쁨으로 터져 버릴 것 같다. 당장 데리고 나가야 한다. 그는 어두운 강둑을 정신없이 훑어본다. 어디에 있는 걸까? 바지선은 놀라울 정도로 빨리 움직이고 있다. 안개 속에서 보이는 것은 정전 중에도 여전히 반짝이고 있는 커네리워프 타워 꼭대기의 피라미드뿐이다. 다시 아일 오브 독스 근처에 와 있는 게 분명하다.

헌터가 우마의 귀에 대고 속삭인다.

"버텨 줘. 내가 데리고 나갈게."

반응이 없다.

헌터는 더 꽉 잡는다.

"우마, 나와 함께 있어 주겠다고 약속해 줘, 알았지?"

한참 뒤, 그녀의 입이 움직이며 입술에서 들릴 듯 말 듯한 희미한 속삭임이 흘러나온다. 헌터는 소리를 들으려고 귀를 바짝 세운다.

우마의 입술이 다시 움직인다.

"해 보자."

헌터는 마지막 힘을 모아 몸을 차내고 안개 낀 강기슭을 향한다.

타워 호텔 옥상 위, 클라크 지휘관은 바깥쪽 난간을 잡고 한 대의 군용 헬기가 계속해서 강을 훑으며 비추는 부분을 살피고 있다. 이런 상황에서 중앙 사령부가 더 이상의 수색병력은 허락하지 않을 것이다. 비겁한 놈들. 근 10년 새 가장 엄청난 돌파구를 코앞에 두고 있는데 달랑 헬기 한 대만 내 주다니.

난간을 잡고 있는 그의 손마디가 하얘진다. 아이의 생사여부조차 파악하지 못하고 있다. 시민 아이가 대체 어쩌다가 이 일에 휘말리게 된 걸까? 윤곽도 잡지 못했다. 클라크는 얼굴을 찡그린다. 이 일로 아웃사이더들의 사상이 시민의 가정까지 침투하면 안 될 텐데.

클라크는 입을 굳게 다문다. 끝났다. 호텔 옥상에서 그런 식으로 뛰어내려서 살 수 있는 사람은 없다. 그들의 시신은 지금 물살에 떠내려가고 있다. 마지막 순간에 안개와 정전에 패하고 말았다. 이런 아이러니가 있단 말인가. 클라크는 옥상 반대편으로 저벅저벅 걸어가 엘리베이터 근처의 의료진 앞에 잠시 멈춰 선다. 그리고 들것에 누워 있는 시신을 고갯짓으로 가리킨다.

"가망이 없나?"

의사가 고개를 끄덕인다.

클라크는 갑자기 시신 위로 허리를 굽히고는 속삭인다.

"그래, 구이도, 네가 맞았어. 너희 아웃사이더들은 브레드웰 B에 손도 안 댔어. 사실 아무것도 아니었어. 열 교환 장치에 바늘구멍만 한 틈이 생겨서 좀 샜던 것뿐이지. 하지만 그냥 흘려보내기엔 너무나 훌륭한 구실이었다는 거 너도 동의할 거야. 서류를 좀 그럴 듯하게 꾸미고, 아웃사이더들의 사보타주라는 가짜 증거 몇 개 던져 놓고 바로 작전명 클리어 워터를 발동시켰지."

클라크는 허리를 펴고 그 옆 들것에 누워 있는 로즈를 흘낏 본다. 생명이 끊어진 그녀의 육체 위에 천이 덮여 있다. 드림라인은 여전히 온전하고, 암호화 코드는 여전히 숨겨져 있고, 또한 아웃사이더들의 신분은 여전히 비밀 속이다. 그 네트워크를 와해시킬 수 있는 한 세대에 한 번 올까 말까한 기회가 날아가 버렸다. 두 명의 아이들. 내일쯤이면 어느 냄새나는 해변 가에 시신으로 나타나겠지.

클라크는 엘리베이터를 기다리는 동안 얼어붙은 두 손을 재킷 주머니 안에 찔러 넣는다. 아웃사이더 놈들은 정말 포기를 모른단 말이지. 모든 빈민가, 모든 주거지가 전부 반란 세력의 벌집이다. 매년 그들의 운동은 조금씩 전 세계로 확장되고 있다. 엘리베이터 문이 미끄러지듯 열리자 1층 버튼을 누른다. 그래, 모든 게 끝장 난 건 아니지. 아직 결판 낼 일이 많다. 헌터의 아버지도 붙잡아 놨고…….
그리고 그 녀석이 만약 살아 있다면 중대한 것들을 입증할 수 있겠
지. 사건이야 또 만들어 내면 되는 거고. 아직 끝이 아니다.

31

아일 오브 독스의 질척한 강변, 템스 강 쪽을 주시하고 서 있는 사람들 중에 해리도 있다. 그는 물 저편을 지켜보고 있다. 지구 상에서 가장 오래된 것. 우리의 몸은 모든 생명의 시초인 고대의 바다로부터 만들어졌다. 강물을 가르는 헌터의 팔을 보기도 전에 그들이 다가옴을 느끼며 해리의 몸이 경직된다. 해리는 그길로 강물로 뛰어들어 허리까지 차는 물을 헤치며 소리친다.

"다친 거니?"

하지만 헌터는 대답할 기운도 없다. 헌터가 꽉 붙들고 있던 우마를 가만히 굴리듯이 빼내어 해리가 받아들고 강기슭으로 돌아간다. 진흙 위를 힘겹게 올라, 높고 마른 땅을 골라 우마를 눕힌다. 그러고는 맥박을 짚더니 이마의 주름이 깊어진다.

잠시 후, 헌터도 몸을 끌다시피 따라온다.

"제가, 제가 할 수 있는 일은 다 했어요."

가슴을 헐떡이며 소리 없는 눈물을 흘리며 헌터가 쓰러진다. 그리고 어둠이 그를 덮친다. 일어나 보려고 해도 균형을 잡을 수가 없다. 희미하게 사람들 목소리가 들리는 것 같다. 다시 쓰러지는 헌터를 누군가가 붙들어 준다. 그를 잡아 주고, 바닥에 눕히는 손. 시원한 느낌이 온몸으로 퍼진다. 그다음은 아무것도 느끼지 못한다. 헌터는 잔잔한 물살에 깊이 빠져들어 표류한다.

동트기 직전 캄캄한 밤, 리오가 어느 골목길에서 깨어난다. 쓰레기 더미에서 무언가가 부스럭 거리는 소리가 난다. 리오는 벌떡 일어나 필사적으로 들여다보지만 아무것도 보이지 않는다. 리오는 몸을 떨며 얇은 재킷을 꼭 여민다. 곧 날이 밝을 텐데, 그럼 어떻게 해야 하나? 집으로는 돌아갈 수 없다. 오늘은 안 되고, 앞으로도 영원히 안 된다. 소매를 눈가로 가져가며 그는 이를 악문다. 운다고 해결될 일은 아무것도 없다. 형을 이 일에 끌어들일 수도 없고, 그러지도 않을 것이다. 파올로 형을 또 그렇게 좌절시킬 수 없다.

이제 리오 자신이 스스로를 돌보아야 한다. 만약 목숨을 부지하고 싶다면, 사라져야 한다. 빈민가 속으로……. 헌터와 우마를 찾아야만 한다. 오직 그 길 밖에는 없다. 똑바로 일어선 리오가 걷기 시작하더니 아일 오브 독스를 향해 동쪽으로 달린다. 그곳이 바로 헌터가 점프하러 가던 곳이고, 코삭들이 GPS로 헌터의 마지막 위치를 추적했던 곳이다. 헌터가 어디엔가 살아 있다면, 바로 그곳이다.

헌터가 눈을 뜬다. 낮이다. 얼굴을 찌푸리는 헌터. 정신을 잃기 전에도 주위가 환했던 것 같은데……. 여기에 얼마나 있었던 걸까? 헌터는 머리를 들고 방 안을 둘러본다. 낡은 책상과 의자들이 쌓여 있는 걸 보니 무슨 사무실이었던 것 같다. 그는 혼자다. 몸을 억지로 일으켜 붕대가 감긴 다리를 매트리스 끝으로 옮긴다. 갑자기 속이 울렁거리며 토할 것 같다. 잠시 시트를 꽉 잡는다. 속이 잠잠해지자 헌터는 심호흡을 하고, 떨리는 손을 입가로 가져간다.

"계세요?"

정적.

"아무도 안 계세요?"

다행스럽게도 문이 삐걱 열리는 소리가 희미하게 들리더니 발자국 소리가 뒤따른다. 잠시 후, 헌터가 있는 방의 문이 열리며 해리가 들어선다. 노인은 머리를 절레절레 흔들며 헌터를 다시 매트리스에 앉힌다.

"아, 누워야지. 아직 그렇게 움직일 때가 아니란다."

"우마는 어디 있어요?"

"가까이에."

"우마도……."

"그래, 살아 있어."

해리는 헌터의 손을 꼭 잡는다.

"지난 이틀간 밤을 새며 곁을 지켰지만, 아직도 안심할 수는 없어."

"이틀 밤이요? 여기에 그렇게 오래 있었어요?"

"그래."

헌터는 주름이 깊이 팬 노인의 얼굴을 들여다본다.

"그래도 이겨 내겠죠, 그죠?"

해리는 헌터의 시선을 마주친다.

"운명이 그렇다면. 하지만 네가 이해해야 한다. 병원에 데려갈 순 없어. 너무 위험하니까."

헌터는 금 간 창문을 내다보며 한숨을 쉰다.

"여기는 어디죠?"

"섬의 끝에 있는 낡은 게피 창고. 사건이 터지고 아침이 되자마자 코삭들이 우리 집으로 밀고 들어왔지만 물론 이미 떠난 뒤였지. 그들은 멀지 않은 곳에 있다. 빈민가를 매의 눈으로 지켜보고 있다는 걸 똑똑히 알아 둬. 최고의 정보원을 잃긴 했다만."

고개를 젓는 해리의 목소리가 떨린다.

"잠이 든 채로 네가 많은 얘길 했단다. 가엾은 로즈. 그 아이가 얼마나 고통스러웠겠니."

헌터는 다시 베개를 베고 벌렁 눕는다. 현실이 마치 낙진처럼 그 위로 떨어져 내린다.

해리가 헌터의 얼굴을 본다.

"다리는 많이 아프니?"

"약간요. 그런데 아저씨, 이제는 어쩌죠? 영원히 이렇게 숨어 있을 수는 없잖아요."

"그렇지. 위원회가 소집됐단다. 우리 인맥을 동원해서 너를 아주 깊숙이 숨길 거야."

그때서야 불현듯 머리를 치는 생각. 옷은, 청바지는 어디 있지? 코드는? 헌터는 미친 듯이 방안을 둘러본다.

해리의 얼굴이 심각해진다.

"네가 찾는 게 뭔지 안다. 내가…… 없앴다."

헌터의 입이 떡 벌어진다.

"뭘 어쨌다고요?"

"다른 방법이 없었다. 파수꾼에게로 가는 경로가 위태로워졌으니. 너무나 많은 게 위험해졌어.

"그럼 그 모든 게 다 소용 없는 짓이었단 말이에요?"

"그렇지 않아! 국제위원회가 새로운 파수꾼을 선정하고 암호화 코드의 복제품을 극비리에 그에게 맡길 거야. 복제품은 딱 3개뿐이다. 그러니까 그걸 파괴하기로 한 게 얼마나 힘든 결정인지 알겠지?"

해리가 한숨을 쉰다.

"하지만 방법이 없었단다. 그리고 앞으로는 절대 이 얘기를 다시 해서는 안 돼. 헌터, 약속해 다오."

헌터가 고개를 끄덕인다. 그러다가 불쑥 앞으로 몸을 내민다.

"하지만, 아저씨, 전 숨어서 살 수 없어요. 아버지를 만나야 해요."

노인은 고개를 젓는다.

"그럴 수 없단다. 아버지와 접촉을 시도하면 코삭들이 널 찾아낼 거야."

"그래도 해야 해요."

해리가 손을 내젓는다.

"그 즉시 체포될 게다. 그리고 아버지를 더 힘든 상황으로 몰게 될 거야. 헌터, 네 마음 이해한다. 그래서 네가 보호받고 있다는 사실을 너희 아버지에게 알리기 위해 내가 이미 사람을 보내 뒀다."

"군인은 제가 죽이지 않았어요. 구이도예요! 하지만 이미 죽었고, 이제 증명할 길이 없어요."

노인의 목소리가 떨린다.

"죽은 게 확실하니?"

헌터는 고개를 끄덕인다.

"발코니에서, 두 눈으로 직접 봤어요. 죄송해요……."

헌터가 머리를 두 손에 파묻는다. 모든 게 꿈같다. 영원히 깨어날 수 없는 꿈. 그래, 바로 그거다. 지금 당장은 해리가 하라는 대로 하는 수밖에 없다. 한참 뒤 헌터가 다시 고개를 든다.

"우마를 봐도 될까요?"

"그래, 조금만 더 있다가."

코삭 군사 본부, 에반 내시가 취조실로 당당히 걸어 들어간다. 군인 하나가 주황색 플라스틱 의자에 그를 밀어 앉히고 한쪽 수갑을 풀어 철제 테이블 다리에 채운다. 그 후 테이블 맞은편에 앉아 있는 남자에게 퉁명스럽게 고개를 까딱해 보이고는 밖으로 나가 문을 잠근다.

에반은 냉랭한 얼굴로 코삭이 유일하게 허락해 준 변호사를 빤히 본다. 뚱뚱하고, 추잡스러워 보이는 남자. 눈도 겨우 뜨고 있는 것 같다. 변호사는 손수건으로 입술을 닦더니 멍한 표정으로 에반을 본다.

"안녕하세요, 어…… . 누구더라…… . 아, 내시 씨. 좀 어떠십니까?"

에반은 이 남자의 싸구려 양복을 훑어본다.

"저는 제 변호사와 얘기하고 싶습니다."

이 변호사라는 남자는 껌 종이를 벗기더니 입에 넣는다.

"그게, 지금 입에 달다 쓰다 하실 입장은 아니신데…… ."

그러더니 아주 역겨운 소리를 내며 껌을 짝짝 씹기 시작한다.

"대테러 법까지 새로 등장한 요즘 같은 시기에 나를 만난 것도 행운인줄 아쇼."

"나한텐 선택의 기회도 없었어요."

갑자기 변호사가 몸을 앞으로 내밀더니 아주 작은 소리로 속삭이기 시작한다.

"선택이라는 게 참으로 흥미로운 것이죠. 이런 위기 상황에 정부는 오직 한 가지 선택밖에 없다고 믿게 하려고 하죠. 그들이 하라는 대로 하자면, 과거의 영광에서 헤어 나오지 않으며 우리의 불행을 다른 나라들 탓으로 돌리는 거죠. 하지만 다른 선택이 있다고 믿는 사람들도 있다 이거죠. 우리 모두를 살릴 수 있는 선택. 하지만 우리가 과거의 것들을 던져 버리고 미래를 위한 새로운 시스템을 창조해야 가능한 선택 말입니다."

에반은 변호사를 빤히 본다. 지금 이 사람이 뭐라고 한 거지? 그러더니 이번에는 노란색 포스트잇 종이에다 뭐라고 적고 있다. 조금 아까까지 여기 앉아 있던 게으른 멍청이와는 완전히 다른 사람이다. 그는 검지를 입술에 갖다 대며 종잇조각을 에반 쪽으로 밀어서 보내고, 에반은 떨리는 손으로 메모를 집어 든다. 이거 무슨 함정 같은 걸까? 에반이 반체제 사상을 보유하고 있는지 코삭들이 시험하는 걸까? 에반은 메모를 읽는다.

　　아이는 우리가 무사히 데리고 있음.

에반의 심장이 마구 뛴다. 그리고 변호사의 손목을 움켜쥔다.
"어디?"
남자가 몸을 뒤로 뺀다.
"쉿. 사건 얘기를 계속해요. 도청되고 있을지도 몰라요."
에반은 얼굴을 문지르며 목소리를 차분히 가라앉히려 애쓰고, 변호사는 뭔가 다시 휘갈겨 쓰기 시작한다.
에반이 목청을 가다듬는다.
"그럼 제가 이 안에 얼마나 있어야 하는 겁니까?"
새 메모가 테이블 위를 가로질러 에반에게로 날아오고 에반이 그걸 잡아챈다.

다른 곳으로 데려갑니다. 안전해지면 연락할 테니 우릴 믿어요.

갑자기 문의 자물쇠가 열리더니 보초를 서던 군인이 안으로 들어선다. 변호사는 아주 자연스럽게 통통한 손을 쭉 뻗어 포스트잇을 구겨 공처럼 만들더니 삼켜 버린다. 그러고는 군인은 무시한 채 의자 등받이에 다시 기대 앉아 지루한 표정으로 껌을 씹고 있다.

"글쎄, 잘 모르겠는데, 이 구류라는 게 참 애매해서. 혐의가 좀 더 명확해질 때까지 기다려 봐야 알 것 같네요."

그러고는 태연하게 군인을 올려다본다.

"그래, 또 뭐요?"

군인이 고개를 흔든다.

"아무것도 아닙니다. 그래도 문은 열어 두라는 명령을 받았습니다. 전 두 분이 보이는 데 서 있겠습니다. 괜찮겠습니까?"

변호사가 손을 내젓는다.

"알아서 하쇼."

그리고 가방으로 손을 뻗어 메모 노트를 꺼낸다.

"자, 내시 씨, 어떻게 된 일인지 전부 말씀 좀 해 주실까요?"

그러고는 노트를 테이블 위에 올려놓는다.

"3월 24일 아침의 일부터 시작해 봅시다. 모두 시간 순서대로."

하지만 에반은 대답하지 않는다. 노트에서 눈을 떼고 변호사가 그를 본다. 에반의 손이 떨리고 있고, 눈에는 희망이 반짝이고 있다.

변호사가 미간을 찌푸린다.

"이봐요, 감정 좀 조절하세요. 앞으로 갈 길이 아주 아주 멀 테니까."

계피 창고의 어느 방, 낡은 담요들을 여러 겹 깔아놓은 곳 위에 우마가 누워 거칠고 얕은 숨을 쉬고 있다.

문가에 선 헌터의 가슴이 방망이질 친다. 상태가 너무 안 좋아 보인다. 헌터가 해리를 본다.

"그거……. 그 총알은 빼내셨나요?"

노인이 턱수염을 문지른다.

"아니. 스치기만 했더구나. 안 그랬으면 무조건 죽었을 거다."

그러고는 미소를 짓는다.

"원한다면 네 것은 잘 보관하고 있다. 얼른 들어와, 거기 멀뚱히 서 있지 말고."

헌터가 절룩거리며 방에 들어오자 류바가 꼬리로 바닥을 툭툭 친다. 헌터는 허리를 숙이고 우마의 손을 잡으려고 천천히 손을 뻗는다. 우마는 우마처럼 보이지 않는다. 정말 곧 죽을 사람처럼 보인다. 안에서 분노가 끓어오름을 느끼는 헌터.

"왜 이래야 하죠?"

해리가 미간을 찌푸린다.

"왜냐하면 어떤 사람들은 사람이고, 어떤 사람들은 늑대이기 때문이란다. 미안하다, 헌터. 너한테는 가혹한 현실일 게다."

"우마는 가망이 없는 거죠, 그렇죠? 사실대로 알려 주세요."

"희망은 있단다. 하지만 회복된다고 해도 그걸로 끝이 아니야. 너희 둘 다 엄청난 위험에 처했으니까."

"어디로 가면 안전할까요?"

"이 근처는 다 위험하다고 보면 된다. 그건 확실해. 코삭 네트워크
가 유럽 연합을 소집했다."

"그럼 어디요?"

"어쩌면, 남미. 그곳에는 막강한 아웃사이더 네트워크가 결성돼
있어. 거기라면 너도 새로운 삶을 살 수 있을 거다."

헌터는 놀라 그를 뚫어지게 본다.

"말도 안 돼……."

"다른 방법이 없다."

"하지만 이렇게 모두를 그냥 떠나 버릴 순 없어요. 아버지, 내 친
구들, 내 삶이 여기 있다고요. 그리고 난 시민이에요. 난, 난 누릴 권
리가 있어요."

"넌 시민이었지. 어쩌면 다시 될 수도 있을 테고. 하지만 지금은
아니야. 코삭들의 법률 체제에 따라 코삭 살해에 대한 처벌을 받기
싫다면 말이다. 이 나라에는 두 가지 법률 체계가 있지. 그중에 아
웃사이더로 분류당하면 정말 힘들어질 텐데."

헌터가 폭발하고 만다.

"하지만 난 결백하다고요!"

옆에서 우마가 움직이며 자기 손을 잡고 있던 헌터의 손에 힘을
준다. 헌터가 우마의 얼굴을 뚫어지게 본다. 어떻게 이런 일이?

해리가 한숨짓는다.

"헌터, 우리 중에도 네가 한 일을 해낼 수 있는 사람은 극히 드물단다. 넌 코삭들을 따돌렸을 뿐만 아니라 네 마음을 속이지 않았어."

헌터는 천천히 똑바로 앉는다.

"아저씨, 전 하루아침에 갑자기 아저씨 같은 아웃사이더가 될 수 없어요. 전 저쪽 편에서 시민으로 자랐어요. 그리고 전 절대로, 겁에 질려 그저 하루하루 살아나가려 애쓰는 평범한 사람들을 미워하는 법은 배우지 못할 것 같아요."

노인의 얼굴에 주름이 팬다.

"우리도 그들을 미워하지 않는단다. 우리에 대한 거짓말을 믿으면 안 돼. 시민들, 평범한 사람들 역시 우리 형제이고 자매란다. 하지만 그들은 가라앉고 있어. 그런데도 정부가 손 놓고 있으면 사람들이 일어나야 하는 거란다. 우리 모두가."

해리의 눈동자가 날카로운 푸른빛으로 변하며 그가 갑자기 헌터의 손을 세게 꽉 잡는다.

"다른 선택은 할 수 없다는 걸 정말 모르겠니? 모든 것은 바로 지금 바로 여기에서 시작되는 거야, 헌터 내시. 이제 탄력을 받은 건 우리야. 모멘텀이 우리에게 있다고. 우리는 성장하고 있고 새로운 미래를 위해 싸워야만 한다. 그리고 너도 마찬가지야. 그것만이 유일한 길이야."

헌터의 시선이 해리에게서 우마 쪽으로 옮겨간다. 헌터는 아래로 손을 뻗어 우마 이마 위의 머리카락을 쓸어 넘긴다. 그녀가 눈을 뜨기를, 살기를 바라고 있다. 갑자기 지는 해의 마지막 빛 한 줄기가 방으로 들어와 그녀의 얼굴을 눈부신 금빛으로 밝힌다.

헌터는 손을 그녀의 볼에 갖다 댄다.

"우마, 계속 싸워야 해!"

아주 긴 정적이 흐르고, 그때 아주 잠깐이었지만 우마가 눈을 깜빡이며 뜬다. 그녀가 여기 있다. 그녀가 그를 본다. 돌아오려고 싸우고 있는 거다. 순수한 에너지가 고동치며 기쁨이 헌터의 온몸을 타고 흐른다. 목이 메어온다. 그녀만이 그에게 남은 유일한 것이고, 이해할 수 있는 한 가지다. 그리고 해리 아저씨의 말이 맞다. 예전의 그의 세상은 영원히 사라지고 말았다.

헌터가 천천히 고개를 끄덕인다.

"우마가 이겨 낸다면, 우마와 함께 갈게요. 우리 아버지를 돌봐 주신다고 약속해 주셔야 해요."

해리가 고개를 끄덕인다.

"그래, 아웃사이더들은 서로 보호한다. 그리고 만약 우마가 깨어난다면 너희는 물결에 몸을 맡기고 가야 한다. 미래가 어떻게 될지는 아무도 모르는 거니까."

도시의 거친 스카이라인 아래로 해가 떨어져 버리자 방 안은 다시 어두워진다. 런던 빈민가의 어느 하루가 또 이렇게 지나간다.

 아찔하게 높은 힐을 신고 한껏 멋을 낸 아가씨가 얼굴 전체를 덮는 방진 마스크를 쓰고 눈만 내놓고 거리를 걷는 모습을 보며, 그 부조화가 우습기도 하고 슬프기도 하다는 생각을 했다. '이제 마음 놓고 호흡할 수도 없는 시대가 왔구나.' 하는 생각에. 미세먼지 농도 '매우 나쁨'으로 주의보가 내려진 어느 날이었던 것 같다.

 얼마 후면, 평상복을 입은 사람들이 당연하다는 듯 방독면을 쓰고 거리를 활보하는 날이 올 수도 있겠다 싶었다. 우리의 미래의 모습, 여러분은 어떤 그림을 떠올리는가?

 『에너지 전쟁 2030』의 미래에서는 망막스캔을 통해 신원을 증명하고, 눈에 착용하는 고글을 통해 모든 정보를 검색해 눈앞에 불러올 수 있으며, 아이들은 3D 가상현실 게임을 즐기는 시간이 진짜 현실을 '살아가는' 시간보다 길다. 하지만 동시에 석유 및 에너지 자원 고갈로 정전이 빈번하고, 전철의 전력이 끊기기 전에 귀가해야 하고, 런던 한복판에 인력거가 등장하며 기후 이변으로 자기 땅을 떠나 타국으로 숨어든 불법 이민자들의 대거유입으로 출신 성분에 따른 계급 사회가 형성된다. 과학 기술의 발전으로 최첨단 기기를 사용하면서 동시에 연료 부족을 해결하지 못해 기본적인 삶이 동등하게 보장되지 못한다는 것이 무척 아이러니하다.

 사람들은 나라의 보호를 받는 시민계급과 아웃사이더로 신분이 갈린다. 정부가 계급을 만들고 계급의 차별을 통해 교묘하게 양쪽 집단이 서로를 적대시하도록 조장하여 사회를 통제하고자 하기 때문이다. 아웃사이더는 런던의 '시민'에 속하지 못한 부류로, 대개 기후 급변에 따른 자연재해로 고국을 떠나 런던으로 흘러들어 온 피부색이 다른 인종들을 지칭한다. 이들은 '시민'임을 증명하는 신분증이 없기에 그에 따른 모든 권리와 편의, 혜택에서 제외된다. 따라서 에너지, 연료, 식량을 자급자족하는 길을 찾아 오히려 미래에 적극적으로 대처하며 활기 있게 살아간다. 종일 가상현실에 접속해 지내며 '진짜 삶'을 살지 않는 시민 계급 아이들과 대비되는 모습이다. 그래서 아웃사이더들은 시민 계급 아이들에게 '현실에 눈감고 잠든 자들'이란 의미로 '슬리퍼(sleeper)'라는 별명을 붙여준다. 작가는 아웃사이더들의 삶을 통해, 안이한 생각으로 현재 나타나는 여러 징후들에 애써 눈을 감으려 하는 현대인들에게 생각과 삶의 모델을 제시하고 있다고 생각한다.

제한된 에너지원으로 사회를 통제하려는 정부, 정부가 그어 준 테두리 안에서 '지금', '나만' 편안하면 됐다고 안주하고 살아가는 시민들, 기본권을 박탈당한 채 생존을 위해 몸부림치는 아웃사이더들. 아무리 과학이 발전해도 가능한 것만 가능하고 불가능한 것은 여전히 불가능한 미래. 그래서 무력함은 곱절이 되고, 『에너지 전쟁 2030』에서 그려 내는 미래는 암담하고 무기력하다. 하지만 이 암담함 속에도 반짝이는 빛줄기를 그리며 달리는 두 아이가 있다. 그 막막한 어둠 속에서 뛰고, 달리고, 벅찬 숨을 몰아쉬고, 고뇌하고, 사랑하고, 힘들지만 옳은 선택을 하며 살아 있음을 온몸으로 증명하는 헌터와 우마. 두 아이의 호흡을 숨차게 따라가다 보면 어느새 소설의 마지막 장에 다다르게 된다. 그 빠른 전개와 높은 흡입력은 이 책을 읽는 또 하나의 재미다.

새시 로이드는 이 소설의 전작 『카본 다이어리 2015』와 『식수전쟁 2017』에서 이미 인간의 무절제한 에너지 소비와 자연 앞의 오만한 태도가 초래할 수 있는 가까운 미래의 모습을 예견했다. 그리고 정말 소름끼치게도 이 책들이 발표된 후 얼마 지나지 않아 일본에 지진과 쓰나미가 발생하여 한 마을 전체가 물에 잠기기도 하고 원전이 파괴되는 등의 초유의 사태가 발생했다. 오히려 새시로이드가 예고한 2015년보다 4년이나 앞선 2011년의 일이었다. 홍수가 삶의 터전을 삼키고, 사람들이 하루아침에 집을 잃고 마을 회관에 모여 두려움에 벌벌 떠는 모습을 보며 새시 로이드의 소설 속 주인공들의 모습을 그대로 보는 것 같아 모골이 송연해짐을 느꼈던 기억이 있다.

이 책을 통한 작가의 경고 역시 소설 속의 이야기로만 남을 거라 장담할 수 있을까?

김현수

에너지 전쟁 2030

| 펴낸날 | 초판 1쇄 2014년 5월 20일 |
| | 초판 2쇄 2014년 8월 19일 |

지은이	새시 로이드
옮긴이	김현수
펴낸이	심만수
펴낸곳	(주)살림출판사
출판등록	1989년 11월 1일 제9-210호

주소	경기도 파주시 광인사길 30
전화	031-955-1350 팩스 031-624-1356
기획·편집	031-955-4668
홈페이지	http://www.sallimbooks.com
이메일	book@sallimbooks.com

| ISBN | 978-89-522-2861-1 43840 |

이 도서의 국립중앙도서관 출판시도서목록(CIP)은 서지정보유통지원시스템 홈페이지
(http://seoji.nl.go.kr)와 국가자료공동목록시스템(http://www.nl.go.kr/kolisnet)에서
이용하실 수 있습니다.(CIP제어번호: CIP2014010098)

책임편집 **임세은**